ハズレギフト
「下限突破」で
俺はゼロ以下のステータスで
最強を目指す
～弟が授かった「上限突破」より
俺のギフトの方がどう考えてもヤバすぎる件～
天宮暁
illust.
中西達哉

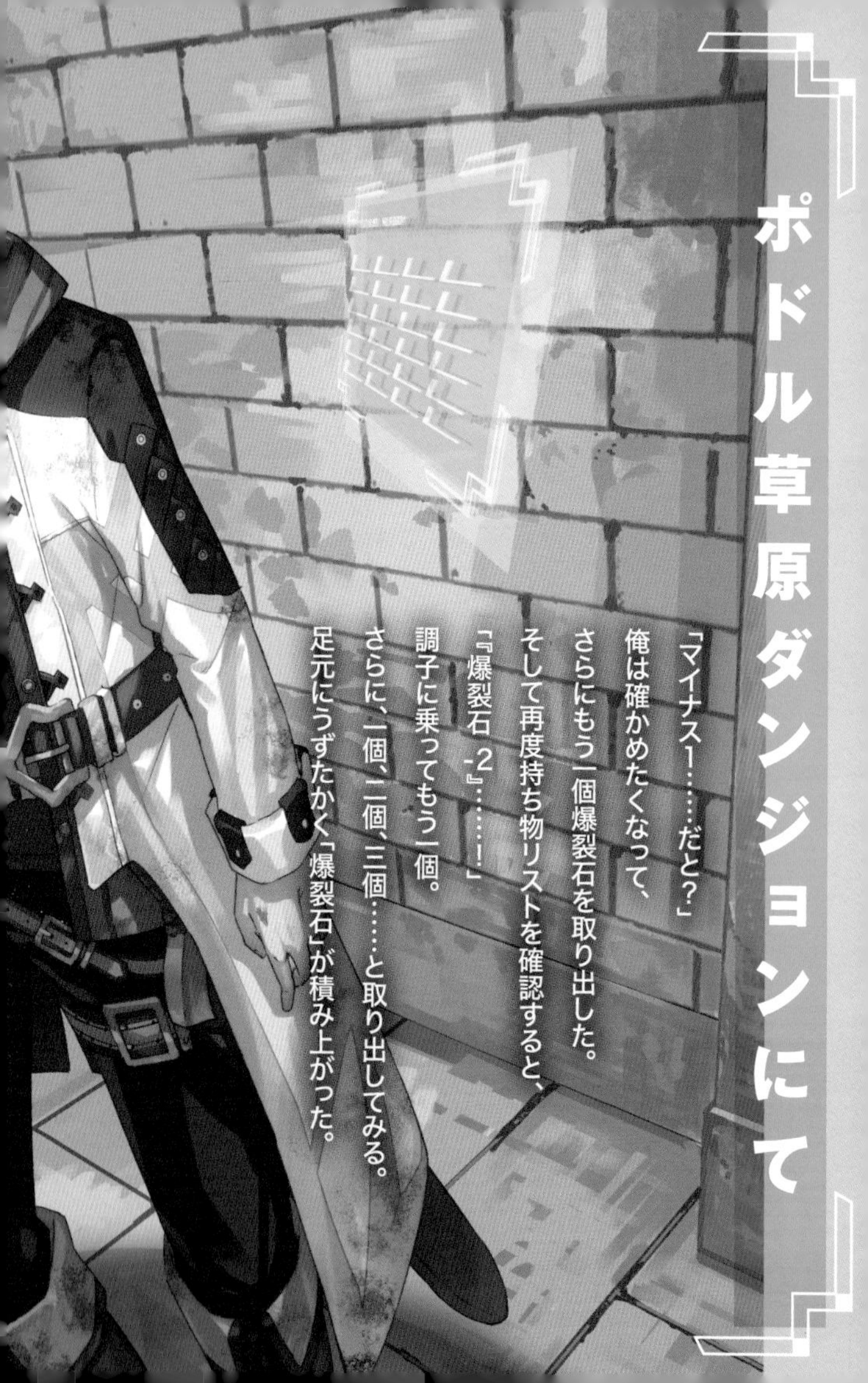
ポドル草原ダンジョンにて
「マイナス1……だと？」

俺は確かめたくなって、
さらにもう一個爆裂石を取り出した。

そして再度持ち物リストを確認すると、

「『爆裂石 -2』……！」

調子に乗ってもう一個。

さらに、一個、二個、三個……と取り出してみる。

足元にうずたかく「爆裂石」が積み上がった。

「これ……とんでもない
ぶっ壊れギフト
なんじゃないか？」

「で、出られましたぁ!」

「ありがとうございます、マスター！
これからよろしくお願いしますね！」
「……えっ？」

ゴブリンキングが嗤ったのは、
俺が恐怖を覚えてると思ったからなんだろう。
もし全知全能の神様がここに現れて、
俺に勝ち目は絶対ないと教えてくれたとしても、
それでも俺は立ち向かうことを選ぶだろう。

「レミィ！　二つ、三つ……
いや、四つほど頼みたいことがある！」

CONTENTS

ハズレギフト「下限突破」で俺は
ゼロ以下のステータスで最強を目指す

〜弟が授かった「上限突破」より
俺のギフトの方がどう考えてもヤバすぎる件〜

天宮暁

GA文庫

キャラクター紹介

イラスト：中西達哉

▶ゼオン

ギフト<下限突破>を授かったクルゼオン家の長男。ハズレギフトを引いた者として、家を追放されてしまう。しかし、持ち前のなんでも試してみる性格で<下限突破>の使い方に気づき、一気に最強のギフトへと変貌させる。

▶シオン

ゼオンの弟。彼とは違い、あたりと呼ばれるギフト<上限突破>を授かる。クルゼオン家の次期当主となり、勇者パーティからも勧誘されることになった。しかし、思ったように<上限突破>を活かすことが出来ない様子で……？

▶レミィ
魔族を名乗る男によって鳥かごに囚われていた妖精。ゼオンが助けたことで、彼のことをマスターと呼び始める。妖精としての知識や能力で冒険や戦闘の手助けをしてくれる存在となり、ゼオンの活躍に大きく貢献してくれる。
▶ミラベル
ミラという愛称で親しまれている、冒険者ギルド・クルゼオン支部の看板受付嬢にして大黒柱。家から追放されたゼオンに対しても、以前と変わらぬ態度を取り続ける。そして、彼女がくれた「爆裂石」はゼオンの未来を大きく変えることになる。

プロローグ

成人を迎えた貴族の子弟の誰もが受ける成人の儀――

神から直接「ギフト」と呼ばれる特殊な能力を授《さず》かれるとあって、十五歳の誕生日が近づくと、年頃《としごろ》の子弟は男女を問わずそわそわしだす。

俺《おれ》と、俺の双子の弟もその例に漏《も》れない。

エルゼビア大陸の西端にあるシュナイゼン王国の、そのまた辺境にあるクルゼオン伯爵領。

現クルゼオン伯爵の長男と次男に当たるのが、俺――ゼオン・フィン・クルゼオンと、俺の弟のシオンである。

「わくわくするな」

俺が言うと、

「兄さんは気楽だなぁ。僕はハズレを引いたらと思うと気が気じゃない」

双子ではあるが、俺と弟はあまり性格が似ていない。楽観的でおおらかな俺に対し、弟は万事控えめで悲観的だ。だが、その分弟がこつこつと勉学を積み重ねてきたのは知っている。

ちなみに、似てないのは性格だけじゃない。線の細い美少年であるシオンに対し、俺はそこまで美形じゃない。髪の色は少し青みがかったダークヘアで同じなんだけどな。

「気を揉《も》んでもギフトが変わるわけじゃないからな。シオンはどんなギフトがほしい？」

気を紛らわせるために、俺はそんなことを訊《き》いてみた。

シオンの答えははっきりしていた。

「僕の限界を取り払って、無限の可能性を見せてくれるような、そんなギフトかな」

「限界？　シオンには十分才能があると思うけどな」

「兄さんと比べなければ、ね」

「俺と？　俺にはこれといって優れた才能はないと思うが」

伯爵家の子弟として努力はしてきた。だが、努力をしてるってことではシオンだってそうだ。

シオンは肩をすくめて首を振ると、

「そう思ってるのは兄さんだけだよ。じゃあ訊くけど、兄さんはどんなギフトがほしいんだい？」

「俺か……。まあ、ギフトなんてもらえるだけで丸儲《まるもう》けだからな。どうせなら、誰かの役に立てるような力がほしいかな」

「……本気でそう思ってるんだから嫌になるよ」

シオンがぼそりとつぶやいた言葉は、はっきりとは聞き取れなかった。

「ひとつだけ気になるのは、親父《おやじ》の反応だな。ハズレだ当たりだと騒がれたらと思うと、厄介《やっかい》だ」

「たしかに、父さんの反応は読めないね。僕なんかがハズレを引いたら、家から追い出せなんて言われかねないよ」

「さすがの親父もそこまでは言わないと思うが……」

「どうかな。僕は疑ってる」

　実の親のことをそんなふうに言うのは気が引ける。でも、シオンの懸念もわかるんだよな。

親父の教会への入れ込みっぷりを思うと、俺とシオンが実の息子だからって安心はできない。

「どっちかがハズレを引くこともあるかもしれないが、二人揃《そろ》ってハズレってことはないだろ。

兄弟同士助け合おうぜ」

「もし二人ともハズレだったら？」

「そのときは一緒に笑いものになるしかないな。大丈夫、俺が笑われてやるから」

「…………さすが、兄さんは人間ができてるね」

　弟の言葉にちょっと棘を感じつつも、俺と弟は成人の儀を迎えることになったのだった——


　明暗が、分かれた。

「ゼオン殿のギフトは……『下限突破』となっておりますな」

　俺が儀式を受けた後、担当の神官が神懸かり状態となり、自動筆記で書き出した「ステータス」

を見せてくる。

　生まれて初めて見る俺のステータスはこうだった。

Status

ゼオン・フィン・クルゼオン
Age：15

LV 1/10
HP 12/12
MP 9/9
STR 11
PHY 10
INT 12
MND 11
DEX 10
LCK 8

Gift

下限突破

Gift

下限突破

あらゆるパラメーターの下限を突破できる

「……は？」

書き出された内容がにわかには呑《の》み込めず、間抜けな声を漏らす俺。

そのあいだに、俺に渡した紙の写しを持って、神官がそそくさと儀式の間から出ていった。

顔色からして、俺の引いたギフトはあまりいいものとは受け取られなかったみたいだな。

がらんとした空間に一人残された俺は、しかたなく儀式の間を出て待合室に戻る。だが、待合室にも誰もいない。彫刻の施された大きな柱時計を見ながら待つが、シオンも、父もやってこない。

かなり時間が経《た》ってから、シオンが神官の書き出したステータスを手に持って戻ってきた。その顔は興奮でうっすら赤くなっている。どうやら、いいギフトを引けたみたいだな。

「おお、どうだった、シオン？」

俺が訊くと、

「僕の授かったギフトは『上限突破』だ。レベルやステータスの上限を突破できる力らしい」

シオンの言葉には、いつにない自信が滲《にじ》んでいた。

「やったじゃないか！　希望通りのギフトだな！」

「そうだね。まさしく僕が望んだ通りのギフトだった」

誇るでもなく恥ずかしがるでもなく、平坦《へいたん》な声でシオンが言う。

「俺のギフトのことは聞いたか？　俺のは――」

「ふふっ……ああ、聞いたよ、兄さん」

その口調、表情に違和感を覚える俺。言葉の端々から、これまで聞いたことのない冷たさのようなものを感じるな。

いや、冷たさではなく――見下し、か？

「し、シオン……？」

「ふっくく……兄さんの授かったギフトは『下限突破』というらしいね。似たような名前でも大違いだ。笑わせてくれる、下限なんか突破してもしょうがないじゃないか。兄さん、とんでもないハズレギフトを引いたもんだね？　神様も皮肉の利《き》いたことをするもんだ」

見たこともない、半笑いの表情で、シオンが俺に言ってくる。

「何を……言ってるんだ？」

「ハズレを引いたら兄弟同士助け合おうだって？　くくっ、お断りだね。双子とはいえ、そんなお笑いギフトの持ち主と協力しあうなんてまっぴらごめんだ。僕は神官様から勇者パーティに加わらないかと勧誘された。能天気で苦労知らずの馬鹿《ばか》兄貴とおさらばできると思うとせいせいするよ」

「なっ、おまえ……」

俺が守ってやらなくては。そう思っていた弟からの一方的な絶縁宣言に、俺は口をぱくぱくさせるだけで返す言葉が見つからない。

「そうそう。父上も僕の結果をいたくお喜びでね。将来的にクルゼオン伯爵家の家督は僕に譲ると明言してくださった。出来損ないには家から出ていってもらうそうだよ」

戻ってくるのに時間がかかったのはそのせいか、と他人事《ひとごと》のような考えが浮かぶ。

「そ、そんな、いきなり……まだ俺のがどういうギフトかもわかってないんだぞ⁉」

「案外、これがそうなのかもしれないよ？　貴族の家に生まれたのに、下限を突破して家から

追放。これから先、果てることなく落ちぶれていくんだ。だから、『下限突破』。兄さん、前世で何か悪いことでもしてたんじゃないの？　天罰としか思えない」

シオンのセリフは、新生教会の教義に乗っかったものだった。神からギフトを授かれる貴族は、前世で善行を積んだから。ギフトを引く貴族は、前世に大罪を犯したからだ。見せしめのためにデメリットしかないギフトを神が与え、その破滅を世間に見せつけるのだという。

俺の父であるクルゼオン伯爵は新生教会の熱心な信者だ。素晴らしいギフトを引いた弟は世継ぎに。ハズレを引いた俺は勘当して家から追放する。信じたくはなかったが、悪い予感が当たってしまった。

さすがに家から追放なんてことまですするとは思ってなかったが、授かるギフトの内容次第で、俺やシオンの家の中での扱いが悪くなるかもしれないとは思っていた。

だから、どちらかがハズレを引いたら助け合おう――シオンとは以前からそう言い合ってきた。

いや――本当に言い合っていたのだろうか？　どちらかといえば、俺がシオンを助ける前提でいたことは否《いな》めない。嫡男《ちゃくなん》である俺のほうが家の中での発言力が強いからな。幼い頃から身体《からだ》の弱かったシオンがハズレとされるギフトを授かったら、いよいよ家の中で余計者扱いされかねない。だから、もしシオンがハズレを引いても、俺はシオンを見捨てない、と言ったのだ。もちろん、それだけでは恩着せがましいので、俺がハズレを引いたらよろしくな、とも言い添えた。

だが、よくよく考えてみれば、俺がそう言っただけであって、シオンと言い合ったわけじゃない。

俺がシオンに言ってきたことは、俺の思いの一方的な押し付けでしかなかったのか……。

繊細だが実はプライドの高いシオンは、俺の独りよがりな押し付けを、内心では嫌がっていたんだろう。それに気づかず、仲のいい兄弟だと思いこんでた俺は――

馬鹿だ。

そうとしか言いようがない。

「……いろいろすまなかったな、シオン。勇者パーティと次期伯爵、おめでとう。陰ながら応援させてもらうことにするよ」

俺は絞り出すようにせめてもの思いを伝えたが、

「ははっ、負け惜しみかい、兄さん？　見苦しいにもほどがある。兄さんは――いや、もう兄ですらないゼオンさんは、伯爵家とは縁もゆかりもない部外者だ。身の回りのものくらいは持ってっていいけど、それ以外にあげられるものは何もないよ。僕と父上の総意だ」

まさか、ここまで憎まれていたなんてな。

悔しいし、怒りもある。だが、それ以上に悲しい。兄弟で一緒に積み重ねてきた思い出はなんだったのか。俺の一方通行な思いにしぶしぶ付き合っていただけだったのか。そんな弟の思いに気づかなかった自分にも腹が立つ。

「親父はどうした？」

儀式の結果が出るのを待ちわびていたはずだが、親父はこの待合室に姿を見せない。

「もう顔も見たくないとさ。笑っちゃうよね。昨日まで兄さんのことを将来有望な後継ぎだ、さぞかし素晴らしいギフトを授かるにちがいない、なんて言ってたのにさ。枢機卿《すうききょう》からちょっと結果について耳打ちされただけで、手のひらをくるっと返すんだから。やっぱり、あんな無能に僕の領地を任せてはおけないな。安心してよ、兄さん。クルゼオン伯爵領は僕の代で雄飛するから」

そう言って俺の知らない顔で笑う弟に、俺は返す言葉を持たなかった。

俺は教会を出て家に戻ると、自室にある荷物をまとめた。その間《かん》、俺は終始無言だ。屋敷の使用人たちも既に噂《うわさ》を聞いたらしく、俺の扱いに困ってるようだった。

だが、その使用人たちも今は仕事で忙しく、俺に構ってる余裕はなさそうだ。成人の儀で優秀なギフトを引いた新たな嫡男をお祝いするためのパーティの準備で、な。

「ゼオン様！　出ていかれるというのは本当なのですか⁉」

俺の部屋（だった部屋）に飛び込んできたのは、老執事のトマスだった。いつもは冷静で穏やかな紳士なんだが、今は顔を赤らめ目の色を変えている。ここまでトマスが怒るのは、俺が幼い頃に厨房《ちゅうぼう》の鍋をひっくり返してあやうく大火傷《おおやけど》を負いかけたとき以来だな。

「ああ。ハズレギフトをもらった俺は神の敵なんだとよ」

「そのようなはずがございません！　使用人にも分け隔てなく接し、常に気を配ってくださったのはゼオン様ではありませんか！　それに比べシオン様は、普段は内気でいらっしゃる反面、相手の立場が下と見ると――」

「それ以上はやめておけ、トマス。いいんだ、そのことも含めて、俺の身から出た錆《さび》なんだろう。案外、前世で悪いことをやってたってのもほんとなのかもな」

正直、授かったギフトの内容よりも、シオンの豹変《ひょうへん》のほうがショックだった。シオンへの思いが俺の独りよがりだったとすると、こんなに悲しく、恥ずかしく、つらいことはない。

「ゼオン様……」

と、かける言葉を失って立ち尽くすトマス。

そこへ、さらなる闖入者《ちんにゅうしゃ》がやってきた。

「ゼオンさまぁ！　屋敷を出ていかれるってほんとなんですかー⁉」

くりくりとした丸い瞳《ひとみ》が特徴の愛らしいメイドがノックもせずに飛び込んできた。

「これ、コレット。きちんとした言葉遣《づか》いをせんか」

メイドの言葉遣いを、トマスがやわらかく注意する。

「ご、ごめんなさい。でも、ゼオンさまが悪魔の手先なんて、そんなの嘘《うそ》に決まってます！」

「悪いな、コレット。俺は自分で思ってるほど善人じゃなかったらしい。実の弟の心もわかってないんじゃ、伯爵家の当主にふさわしいわけがない。いいさ、これもいい機会だ。屋敷を出て、自分の力で生きてくことにするよ」

これまで自分なりに跡取りとして領のために努力してきたつもりだった。その努力が、神のきまぐれ一つで覆《くつがえ》った。親父にとって、俺は代わりの利く人間の一人でしかなかったんだろう。

家族とのつながりを失った俺に、この家でできることは何もない。

「ゼオン様……」

「ゼオンさまぁ……」

「二人とも、シオンのことをよろしくな。根は優しい奴《やつ》だった……はず、なんだ」

今回のことでだいぶ自信は薄らいだが、俺はずっとそう思って接してきた。でもそれが、あいつにとっては「上から目線のおせっかい」のようで気に食わなかった——たぶん、そういうことなんだろう。

俺は引き止める二人に別れを告げ、シオンに言われた通り最低限の身の回りのものだけを持って家を出た。

いくら貴族の子弟といっても、世の中のおおまかな仕組みくらいは知っている。そりゃ、世間知らずなことは否定しないが、使用人や屋敷の出入り業者なんかと仲良くなって話を聞けば、彼らの暮らし向きや街の様子なんかはわかるもんだ。俺《おれ》は父の名代として街の有力者に会ったり、冒険者ギルドに出向いたりもしてたからなおさらだ。

俺が冒険者ギルドの扉を開いて中に入ると、

「ゼオン様ではありませんか。本日はご依頼で？」

と、馴染《なじ》みの受付嬢に声をかけられた。二十歳くらいのかわいらしい女性で、愛称はミラ。少し癖《くせ》のあるはちみつ色のショートが愛らしい印象を与えるが、仕事の面では優秀で、人柄としても信用できる。冒険者ギルド・クルゼオン支部の看板受付嬢にして大黒柱。それがミラベルという女性である。

「いや、今日は依頼じゃなくてな」

と、歯切れ悪く答える俺。だって、そりゃそうだろ？　顔見知りのギルドの受付嬢に、「ハズレギフト授《さず》かって家から追い出された」とは言いにくい。

「じゃあ、ひょっとしてデートのお誘いでしょうか？　でも、ダメですよ？　まだ成人の儀もお済みでないのに……」

ミラは言いかけた言葉を途中で呑《の》み込む。俺の顔色に気づいたんだろう。成人の儀の具体的な日付が公表されるわけではないが、俺の誕生日がそろそろだってことは知ってるからな。

「……内密のご用件のようですね。こちらへどうぞ」

ミラは人目を気にして応接室に通そうとしてくれるが、

「いや……そういうわけにも」

今日の俺は、ギルドに依頼を持ってきたわけじゃない。これまでに、領主の名代としてギルドに依頼を持ち込むことはあった。その時の俺は、身分としては領主と同格として扱われるべき状態にあった。だが、今日の俺はそうじゃない。今の俺は、実家から追い出され、何の身分もないただの一人の人間として、冒険者登録をお願いしにきた立場である。以前通りの領主の名代、あるいは領主の嫡男《ちゃくなん》としての個別対応を強《し》いるわけにはいかないのだ。

躊躇《ためら》う俺に、

「いいから。こんなときくらい、お姉さんに甘えておきなさい」

ミラはそっと囁《ささや》くと、俺の背を押して強引《ごういん》に応接室に連れてきてしまった。

「たしか、そろそろでしたよね、成人の儀」

応接室のソファに俺を無理やり座らせ、お茶を出してくれてから、ミラがそう切り出した。

「……お見通しみたいだな」

「そんな暗い顔をしていれば、誰だってわかります」

いつもより少し砕けた口調でミラが言う。

「俺、そんな顔してたのか？」

気持ちを切り替えてきたつもりだったが、彼女にはお見通しだったらしい。

「お父君であらせられるクルゼオン伯爵は、新生教会の熱心な信者だそうですね。ゼオン様は成人の儀で、なんと言いますか、その……」

「ハズレギフトを授かったんだよ」

「ギフトに当たりもハズレもありません。そんな言い方は神に対して不敬です。もちろん、ゼオン様ご自身に対しても不敬です」

「そう……かもな。だが、親父《おやじ》は……」

「伯爵は、期待外れのギフトを授かったゼオン様を見限った、というわけですか」

「……端的に言えばそういうことだな」

他人に言われてみると、改めてショックが蘇《よみがえ》ってくるな。

「酷《ひど》すぎます。ギフトの優劣を人の身で論じることが神への冒瀆《ぼうとく》であるのももちろんですが、何より、自分の期待にかなったギフトを授からなかったというだけでご子息を家から追放するなど……」

「親父にも言い分はあるんだろう。伯爵家の当主として家の名誉を守らなければいけないわけで……」

「家の名誉と自分の子どもと、どちらが大事かなんて決まってるではありませんか」

「貴族にとってはそうでもないのさ」

重い溜息《ためいき》を吐き出しながらも、俺は気持ちが落ち着いてくるのを感じていた。俺の代わりにミラが怒ってくれたからだろう。これまで仕事上の関係しかなかったはずなのに、落ち込んでる俺を見て個人的に励ましてくれたのだ。俺は領主の名代だからといつも大人ぶって対応してたんだが、彼女から見れば俺はまだ十五にもならない子どもだったってことか。ちょっと情けないようでもあり、有り難《がた》いようでもある。さっき肉親に裏切られたばかりだからか、なおさらミラの厚情が身にしみる。でも、それに甘えてばかりもいられないな。

「今日ギルドに来たのは、依頼のためじゃない。冒険者になるためなんだ」

「やはり、そういうことでしたか……。ですが、冒険者は決して楽な商売ではありませんよ？」

「覚悟の上だ」

「それでしたら、私からは何も申しません。早速ゼオン様の冒険者登録を致しますね」

「ああ、よろしく頼む。……って、言っておいてなんだけど、俺相手にもう敬語を使う必要はないぞ？」

むしろ俺のほうが敬語を使うべきだろう。

「いえ、もうこれで慣れてしまっておりますので。それに、私がゼオン様に敬語を使うのは、何も領主の嫡男だったという理由だけではありません」

「えっ、どういう意味だ？」

「ゼオン様はこれまで、当ギルドに領主の名代として数々の依頼を持ち込んでくださいました」

「上客ってことか？　だがそれも、領主の息子としての身分があったからで……」

　と言う俺に、ミラはきっぱりと首を振って、

「それだけではありません。ゼオン様は、依頼の達成状況や報酬の多寡、冒険者の直面する危険などについて詳しく私から話を聞き出し、依頼内容に反映してくださっていました。それは、領主様から言われてやっていたことではないのでしょう？」

「それは……まあ」

　領主の名代といえば聞こえはいいが、要は親父の使いっ走りである。しかも、親父は領民の暮らしに明るいとは言いがたい。結果、俺がギルドに持ち込むよう言いつけられる依頼の中には、内容と報酬が合ってなかったり、期限に無理があったり、依頼の体《てい》を成してないものが多かったのだ。最初は俺もよくわからずやってたんだが、最近は親父から降ってきた依頼を自分なりに咀嚼《そしゃく》し、適宜《てきぎ》組み替えることが増えていた。適切な期限に設定し直したり、複数の依頼間で報酬を按分《あんぶん》して冒険者に適正な報酬が渡るようにしたり……だな。もっと報酬を出すよう親父に要求して渋い顔をされたのも、一度や二度のことじゃない。

「冒険者の安全と生活に気を配ってくださる若き次期領主様に、私どもは心から敬意を払ってきたつもりです。その敬意は、ゼオン様が継承権を失っても消えてなくなることはありません」

「み、ミラ……」

不覚にも目頭が熱くなってきた。

「そのような有望な後継者をそんな短慮で追放してしまうとは……伯爵閣下には失望ですよ」

「……あまりそういうことを言うもんじゃない。どこに耳があるかわからないんだから」

息子である自分の目から見ても、父である伯爵は典型的な貴族で、体面を神経質なほどに気にしてる。不敬と取られかねない発言を聞かれたらどんな嫌がらせをされないとも限らない。

まあ、王室への不敬とは違って、発言だけで刑罰を受けるようなことはないけどな。

「登録はしてもらえるのか？　適正のない志願者は受付嬢の判断で弾《はじ》くとも聞いてるが……」

「もちろん、問題ありません。受付の判断で弾くのは、見るからに素行が悪かったり、明らかに年少者だったりする場合だけですから」

「それはよかった」

「では、少々お待ち下さい。冒険者証を用意してまいりますので」

「こちらがゼオン様の冒険者証になります」

「おお、これが……」

自分の名前と登録番号が刻まれたプレートを手に、俺は思わず感動の声を上げていた。

「ゼオン様も見たことはおありでしょう?」

「それはそうなんだが、自分のものとなると嬉《うれ》しいもんだな」

思えば、物心がつく前からずっと、俺は領主の嫡男という役割でばかり見られてきた。今ミラは、俺のことを一人の人間として、冒険者にふさわしいと認めてくれた。これまでの義理もあるかもしれないが、父親から受け継ぐはずだった地位ではなく、俺自身を見て信頼してくれたことが嬉しいのだ。たとえ、世の中には数えきれないほどいる駆け出し冒険者の一人として、だったとしてもな。

「ふふっ。年齢相応なところもあるのですね」

ミラに生温かく微笑《ほほえ》まれ、ちょっと恥ずかしくなる俺。Cランクの銅板ではしゃいでるのは、ミラからすれば微笑ましい光景だったかもしれないな。

「初回発行にお金はかかりませんが、紛失すると再発行には手数料がかかります。手数料はランクに従ってそれなりの額をいただいており、これが払えないと、冒険者としての活動ができなくなってしまいます」

「紛失と見せかけた冒険者証の転売を防ぐためだったな」

冒険者証は、平民が持つことのできる身分証の中では、最も発行数が多いらしい。その分、管理も甘くなりやすく、転売や偽造などが絶えないのだ。

そのため、以前は冒険者証の発行に結構な額の保証金が必要だった。冒険者になるためにそれなりにお金が必要になるわけで、貧しい志願者の中には借金をするものも多かった。知り合いから借りるならまだいいが、都会に疎《うと》い志願者の中には悪質な金貸しに引っかかってしまうものもいる。そうなると、膨れ上がる借金の返済に冒険者としての稼ぎを根こそぎ吸われ、生活に窮した挙げ句、犯罪に走ることにもなりかねない。冒険者証の偽造を防ぐための措置《そち》が結果として冒険者の盗賊化につながってしまうのでは、本末転倒にも程がある。

現在では、それが初回無料・再発行有料の仕組みに変わってる。俺がこうして先立つものなしに冒険者になれるのも、この制度変更のおかげだな。

「以前は最初に一定額の保証金をギルドに預けさせる制度だったのですが、ゼオン様のご提言もあり、現在のような形に落ち着きました」

「それって俺のせいだったの？」

たしかに、「冒険者になりたいのに保証金が用意できなくてなれない人が多いのは問題だ」という「雑談」をしたことがあったような気がするな。紛失した場合だけ手数料を取るようにし、初回発行にかかる費用は領主が持つようにしたらどうか、と言ったんだっけ。初回発行にかかる実費なんて領主にとっては大した額ではなく、保証金廃止によって冒険者が増えるメリットは計り知れない。モンスター退治、失業対策に加え、冒険者がお金を使うことによる経済効果まで見込めるからな。そうしたことを提案書にまとめて親父にも渡したが、親父はろくに見もせず伯爵領の行政官に提案書を投げ渡してたっけ。かなり前の話だから俺の提案は無視されたものと思っていたが、行政官は遅ればせながらちゃんと仕事をしてくれたらしい。

その話が巡り巡って俺自身を助けることになるとは皮肉なものだ。

「早速ですが、依頼を受けられますか?」

「そうだな」

いくばくかの手持ちはあるが、何もしないでいればすぐになくなる程度の額でしかない。貴族が子どもを廃嫡《はいちゃく》する場合、本人によほどの落ち度でもなければ、食うに困らない程度の資産を分け与えることが多いんだけどな。身を持ち崩されたりしたら、それこそ家の体面に関わってくるし。

「初心者の方にもおすすめできる依頼をいくつか持ってきました」

と言って、ミラはテーブルの上に数枚の依頼書を広げた。その中の一枚に、俺の目が惹《ひ》きつけられる。

「……これって、先週俺が出した依頼だよな?」

厳密にいえば、依頼を出したのはあくまでもこの街の領主であるクルゼオン伯爵だ。父から降ってきた依頼案は現場を顧みない無茶な内容だったので、俺が大幅に書き直してはいるのだが。

「出したのは先週なのに、まだ消化されてなかったのか……」

ぽつりとつぶやくと、ミラが小さく頭を下げる。

「申し訳ありません」

「あ、いや、責めてるんじゃない。ひょっとして報酬が悪かったり、期限が厳しすぎたりしたのかな、と」

俺の言葉にミラがくすりと笑う。

「こんな目に遭わされたというのに、まだ依頼を受ける冒険者のことを考えてくださるとは……」

「ああ、そうだった。俺はもう依頼者じゃないんだったな……」

と、苦笑する。

「でも、理由は気になるな。俺なりに妥当な条件にしたつもりだったんだが……」

ゴブリンの巣窟《そうくつ》の実態調査
■依頼内容
ポドル草原の奥の岩山付近でゴブリンの群れを見たという複数の証言が現地近くを通行する行商人たちから届いている。この依頼を受ける冒険者には、現地に赴き、この証言の真偽を確認してもらいたい。必ずしもゴブリンと戦う必要はないが、もし可能ならば群れからはぐれたゴブリンを狩り、その強さを確認してほしい。もしゴブリンの群れが小規模であり、冒険者の手

に負えると判断したならば、群れを殲滅《せんめつ》してくれても構わない。ただし、くれぐれも無用の危険を冒さないように。言うまでもなく、情報を持って無事にギルドに帰還することまでがこの依頼の達成条件に含まれる。

■報酬
ゴブリンの群れの現地調査（群れの規模の推定）：100レム
群れからはぐれたゴブリンへの威力偵察（ゴブリンのレベルの推定）：200レム
群れのゴブリンの一部討伐：一体につき100レム
ゴブリンの群れの殲滅：上記に加え、群れの規模に応じて適宜ボーナス報酬を確約（最低でも2000レムから）
※依頼内容とは異なる場所でゴブリンを狩って虚偽の報告をするなどの不正が判明した場合には、クルゼオン伯爵の名において厳罰が下されるであろう。

■依頼主
クルゼオン伯爵

「はい、条件としては妥当です。むしろ相場よりも若干《じゃっかん》よいくらいかと思われます」

「じゃあ、なんで受けてもらえなかったんだ？」

「現場がこの街からやや遠いですからね。かといって、高ランク冒険者が足を運ぶには脅威度が低いです」

「ああ、地理的な問題なのか。でも、脅威度が低いってのは引っかかるな」

「……どういうことでしょうか？」

「まず、場所だ。ポドル草原は低レベルのモンスターが中心の比較的安全なエリアで、初心者冒険者の力試しに使われることが多い」

「ええ、その通りです」

「これまでにもゴブリンが出現することはあったが、どれも単独での湧《わ》きだったはずだ。ゴブリンが群れで湧いた事例は、伯爵家の資料では見つからなかった」

「でも、ゴブリンですよね？」

「ああ。ゴブリンだから、群れたところでたかが知れてはいるな。それでも、駆け出しの冒険者には危険だろう。なにより、これまでになかったことが起きてること自体が不安の種だ」

「……そう言われればその通りですね」

ミラの表情に真剣味が増した。

「まさか魔物暴走《スタンピード》の予兆なんてことはないだろうが、近隣のエリア――たとえばヴォルゲイの森なんかでモンスターの縄張りが変わって、ゴブリンが草原に流れてきたのかもしれない。だとすれば、さらに別のモンスターが流れてくる可能性もある。ヴォルゲイの森はBランク冒険者が出入りするエリアだから、森内部の縄張りが変わってるとしたら、彼らが危険な目に遭うおそれもある」

「……申し訳ありません。依頼の緊急度を見誤っていたようです」

「俺ももう少し詳しく書けばよかった」

その頃《ころ》はちょうど成人の儀に向けたあれこれで忙しく、この依頼書も俺が執事のトマスに頼んでギルドに届けてもらったのだ。

……これはちょっと責任を感じるな。

「俺が行ってくるよ」

「……危険ではありませんか？」

「ポドル草原は初心者でも危険の少ないエリアだ。ゴブリンの群れを遠巻きに観察するだけなら俺でもできる」

正確な数を特定するにはベテランの冒険者のほうがいいんだが、ベテランの冒険者は今更ポドル草原の依頼なんかに関わろうとはしないんだろう。俺であっても、ゴブリンが多いか少ないか、多いとすれば十以上か百に近いか、くらいの推測はできる……はずだ。まあ、さすがに百ってことはないと思うけどな。

その調査結果に応じて、ゴブリンの群れの討伐依頼を改めて出せばいい。……って、依頼を出すのは俺じゃなくて、親父か親父の新しい名代になるのか。ゴブリンの数に合わせて冒険者を適正な報酬で必要な数集めればいいだけの依頼なんだから、俺が添削しなくても大丈夫だろう……多分。

「ゼオンさん、せめてこれを持っていってください」

そう言ってミラが渡してきたのは、握り拳《こぶし》くらいの大きさのゴツゴツとした溶岩石だ。

「これは……ひょっとして爆裂石か？　こんな高価なものをもらうわけには……」

「高価といっても、Aランク冒険者なら一つは確保しておくものですから」

「俺、Cランクなんだけど」

「ギルドへの貢献という意味では劣りません。これまでのお礼と思ってもらってください」

「わ、わかったよ」

たしかに、いくらゴブリンとはいえ、群れで襲ってこられては逃げ切れる保証はない。投げつけるだけで爆発するこのアイテムがあれば安心だ。

「ゼオンさん。くれぐれもお気をつけくださいね。数がわかるだけでも十分な成果なのですから。ご自身でお書きになっているように、情報を無事に持ち帰るまでがお仕事です」

「ありがとう。心にとめておく」

というわけで俺は、先週自分で出した依頼を自分で受注することになったのだった。

クルゼオン伯爵領領都クルゼオンからポドル草原までは、徒歩で丸一日かかる微妙な距離だ。

さいわい、街道を歩いてる途中で顔見知りの行商人に声をかけられ、馬車に乗せてもらえるこ

とになった。伯爵家に出入りしてた行商の人なんだが、俺が伯爵家を追い出された経緯を話しても、「それはご災難でしたな」と慰めてくれ、俺への態度は変わらなかった。

馬車に乗せてもらえたおかげで、その日の夕刻前にはポドル草原に着くことができた。これなら日が暮れる前にゴブリンの偵察ができるだろう。

「ポドル草原……実際に来るのは初めてだな」

見晴らしのいい草原だけに、モンスターの姿が遠くからでもよく見える。初心者向けと言われるだけあって、積極的に襲いかかってくるようなモンスターはあまりいない。そこらへんに転がってるスライムは、こちらから近づきさえしなければ安全だ。グリーンワームと呼ばれる大きなイモムシ型のモンスターは動きが遅く、たとえ気づかれても走って逃げれば追いつかれない。

まさに、駆け出し冒険者向けのフィールドだな。惜しむらくは最寄りの都市であるクルゼオンから微妙に日帰りできないことだけか。もしこのフィールドがクルゼオンの近くにあったら、ギルドの初心者育成も随分やりやすかっただろうに。

「フィールド、か。一見、普通の空間と変わりはないんだけどな」

古代語に言うフィールドとは、モンスターの巣窟となっている屋外のひとまとまりの空間のことだ。フィールドは、基本的には冒険者のテリトリーとされている。別に冒険者以外の立ち入りが禁止されてるわけではないが、アイテムの採取をするにしても、フィールドに慣れた冒険者に依頼するほうが確実だ。貴族である（だった）俺も、実際に足を踏み入れるのは初めてだ。

本来そのフィールドに棲息《せいそく》しないはずのモンスターが見つかるのは、異常とはいえないまでも珍しい。どんな異常が起きてるのかと身構えながら来たんだが、いまのところポドル草原は、スライムが気まぐれに飛び跳ね、グリーンワームがのんびり地面を這《は》うだけの、日当たりのいい草原にしか見えなかった。モンスターさえいなければピクニックでもしたくなるのどかさだな。

そんなのどかな草原の奥に、ごつごつとした岩山が突き出していた。その岩山のそばに、西陽《にしび》に黒く浮かび上がる、背中の曲がった小人のようなシルエットが点々と見える。錆《さび》だらけの剣をぶら下げた、子鬼のようなモンスター。あれが、今回の依頼の目的であるゴブリンだ。

「近くに仲間はいない……か？」

岩山のさらに奥、森の木立がまばらに迫ってるあたりに篝火《かがりび》が見える。その周囲にゴブリンが何体かいるようだ。孤立している手前のゴブリンは見張り役か何かなのだろうか。

「どうする？」

もう少し岩山に近づいて、群れの規模を推定したい。だが、見張りのゴブリンは岩山へのちょうど中間点でうろちょろしてる。見張りとしての集中力には疑問があるが、近づけば気づかれる可能性が高いだろう。

「いっそ釣り出すか？」

石でも投げて見張りのゴブリンを釣り出し、声を上げる前に倒してしまう。そんなことができればいいのだが。

「……いや、これ、俺の初陣《ういじん》だからな」

貴族の初陣は人間対人間の戦争のものを指すのだが、そんな細かいことはどうでもいい。ただでさえ緊張してるのに、慣れない策を弄《ろう》して失敗したら最悪だ。

「気づかれないように大きく回り込もう」

草原を横切るあいだに日が落ちてきてしまったが、暗さはこの場合味方でもある。俺はそろそろと、胸ほどの高さのある草をかき分けながら、岩山の側面に回り込んでいく。

「お、薬草だな」

Item
初級ポーション 3
初級マナポーション 1
毒消し草 1
爆裂石 1
薬草 1
(空き)
(空き)
(空き)
(空き)
(空き)
(空き)
(空き)
(空き)
(空き)
(空き)
(空き)

こんなふうに、手に入れたアイテムは、持ち物リストに収納すればかさばることがない。いったいどんな仕組みになってるのか、深く考えると不思議なんだが、現にそういう仕組みがあるんだからしょうがない。

この持ち物リストには、もうひとつ大きな特徴がある。同じアイテムを複数個収納すると、同じアイテム同士で自動的にまとめられ、「アイテム名＋個数」の形でリストの一つの枠に収まるのだ。俺の現在の持ち物でいえば、「初級ポーション3」みたいな感じだな。古代語でスタックと呼ばれる仕組みである。

この仕組みを利用すると、たとえば初級ポーションを九十九個まで持つことができる。これも、考えてみれば奇妙な話だ。別種のアイテムを一個ずつ収納すると、合計で十六個のアイテムしか収納できない。それなのに、同種のアイテムなら、持ち物リスト一枠につき九十九個も持てるのだ。持ち物リストがどこかの異空間にアイテムをしまってるのだとすると、そのスペースはどうなってるんだって話になる。学者の立てた仮説によれば、持ち物リストはアイテムを概念に変えて「収納」してるのであって、実物をそのままどこかの空間に放り込んでるわけではないんだとか。

だがまあ、そんなことはどうでもいい。

「せっかくだからいくつか薬草を採取していくか？」

ポドル草原は薬草の採取地としても有名なんだよな。スタックのおかげで荷物が増えることはないわけだし。

「薬草は初級ポーションの原料になる。これで救われる人もいるからな」

初級といっても、その効果は侮《あなど》れない。簡単な怪我《けが》なら跡形もなく治してしまう魔法の薬だ。買取価格は高くはないが、それでも貧民と呼ばれる人たちには手が出しにくい額にはなっている。親がポーションを買ってやれなかったばかりに傷痕《きずあと》が残ったり亡くなったりする子どももいるんだよな。もちろん、荒事が日常の冒険者たちにとっても、ポーションは文字通りの生命線だ。ミラからは、いくつあっても困らないと聞いている。

だが、この状況で薬草に気を取られたのはまずかった。

がさっ——

いきなり背後から聞こえた足音に、俺は慌《あわ》てて振り返る。

「うおっ⁉」

ほんの数歩の距離にゴブリンがいた。見張りとは別のゴブリンだ。

警戒しながら進んできたのにどうして背後にゴブリンが⁉　そんな疑問を抱く俺だが、ゴブリンが答えを教えてくれるはずもない。ギケエエ！と叫び、錆《さ》びた剣を振り上げながら迫ってくる。これでおそらく見張りのゴブリンにも気づかれた。

「くそっ！」

俺は手にしたロングソードを構えゴブリンを迎え撃つ。跳び上がって斬りかかってきたゴブリンの一撃をロングソードで受け止める。手が痺《しび》れた。予想以上に重い一撃だった。

だが、この手応《てごた》えなら力《STR》はほぼ互角だろう。俺のSTRは11。ゴブリンは人間より膂力《りょりょく》に劣ると言われ、レベル1の個体ならSTRは6～9とされている。このゴブリンのSTRが俺とほぼ同等ということは、このゴブリンはSTRが高い個体のレベル1か、STRが低い個体のレベル2かのいずれかだ。レベル的には俺より上かもしれないが、ゴブリンの能力値の全体的な低さを考えればなんとかなる……はずだ。

「この程度なら！」

ギフトを授かったばかりの俺にスキルはない。ギフトがなくてもスキルや魔法は習得できるが、貴族の子弟の場合は成人の儀が終わるまで待つのが一般的だ。得られたギフトによって戦い方が変わったり、成長に補正がかかったりするからな。

とくに大事なのは、成長への補正のほうだ。誰もが知ってるように、レベルが上がると個々の能力値が上昇する。注意が必要なのは、このときの能力値の上昇幅は、それまでの「経験」の内容に応じて変わってくるということだ。剣を中心に戦っていればHPやSTRが上がりやすく、魔法ばかりで戦っていればMPや知力《INT》が上がりやすい。貴族のみならず、冒険者にもこのことは広く知られてる。

貴族の場合は、そこに成人の儀という特殊な事情が絡《から》んでくる。どんなギフトを授かるかは、実際に儀式に臨んでみないことにはわからない。ギフトによっては、物理あるいは魔法に特化したものもある。俺の「下限突破」はどちらでもないが、「剣聖」や「賢者」みたいなギフトは、露骨に物理特化・魔法特化の特性を持つ。せっかく魔法特化の強力なギフトを授かっても、その時点で剣での「経験」を積んでレベルを上げてしまっていたら、将来ＭＰやＩＮＴの不足に頭を抱えることになってしまう。そんなわけで、貴族はギフトを授かるまでは間違ってもレベルが上がらないようにするのが通例なのだ。生活のために戦わなくていい貴族の特権とも言えるだろう。

でも、スキルがなければ戦えないってわけじゃない。たしかにスキルなしで魔法を使うことは人間には不可能と言われるが、武器を持って戦うだけならやりようはある。スキルのような特殊な効果がなくても、一般的な意味における剣技・剣術にも一定の意義があるからな。

ゴブリンの攻撃は、獰猛《どうもう》だが単純だ。力任せの攻撃を捌《さば》ける程度には、俺も剣の修練を積んできた。

だが、

「くっ、気圧《けお》されるな、俺……！」

初めての実戦に、汗で手がぬかるんだ。距離を取って片手を柄《つか》から離し、服で汗を拭《ぬぐ》い取る。柄をしっかり握り直してから、

「うらああっ！」

気合いとともに、ゴブリンの斬撃を打ち払う。ゴブリンの手から剣がすっぽ抜けて飛んでい

く。隙《すき》だらけとなったゴブリンを、真っ向から斬り下ろす。

手応えあり。

ゴブリンの身体《からだ》はその場で黒い粒子へと分解し、後には赤黒い小さな石が残された。その魔石を拾う俺の耳に、ゴブリンたちの喚《わめ》き声が聞こえてくる。

「くそっ、あの数はまずいぞ……！」

どうするかって？　もちろん、逃げるしかない。ミラにもらった爆裂石はあるが、こんな開けた場所で使えば周囲のモンスターまで呼び込んでしまう。普段は向こうからは攻撃してこないモンスターであっても、脅威を感じるような刺激があればたちどころに牙《きば》を剝《む》くと聞いている。

さいわい、ゴブリンは人間より足が短く敏捷性《DEX》も低い。戦うよりも逃げたほうが安全なはずだ。

俺はゴブリンどもに背を向けて全力で走り出し――

その足が、地面を捉《とら》えそこねて空転した。


「なっ――」

俺の足が接地すべき地面を失い、身体が斜めに傾いた。なんとか体勢を整えようともがくが、手も足も確かな何かを捉えることはできなかった。

何が起きたのかって？　わかってみれば単純なことだ。俺の足元に、草で隠された穴があった。俺はその落とし穴じみた空隙《くうげき》に足を踏み入れてしまったというわけだ。

「う、お、あああああ……っ！」

穴の壁にあちこちをぶつけながら、俺は穴を転げるように落ちていく。穴は完全な縦穴ではなく、急斜面の斜めの穴だった。肩をぶつけ、膝《ひざ》を擦《こす》られ、丸めた背中にも何度となく強い衝撃が走った。だが、強烈な落下感の中では痛みを感じる余裕もない。しばし斜めの穴を転がったかと思うと、バキッという音とともに、俺は何もない空中へと投げ出される。

「マジかよっ⁉」

高さは、二階建ての屋根の上から放り出されたくらいだろうか。薄暗い洞穴の中に投げ出された俺は、必死で受け身もどきの動作をして、墜落の衝撃を和らげる。といっても、見事に着地を決めたわけじゃない。どうにか腕や足を骨折しないよう身を丸めながら派手に横回転しただけだ。単に勢い余って転がっただけともいえるだろう。

「ぐあっ！」

地面を転がった挙げ句、壁にぶつかってようやく止まる。その衝撃で、壁に掲げられた松明《たいまつ》がぼろっ……とこぼれた。

「うおっ⁉」

俺は慌ててその場で転がり、落ちてきた松明をなんとかかわす。

「ふ、ふう……」

これでようやく一段落か？　俺は自分の身体を確かめながら周囲を見渡す。

まず身体の方だが、多数の擦《す》り傷と打撲があるくらいで、奇跡的にも大きな怪我はしていない。後になって痛み出す可能性は捨てきれないが、今のところはまともに動く。

で、そんな俺が転げ込んだこの場所なんだが――

「洞穴……か？　ゴブリンの巣穴に落ち込んだってことか？」

さっき、見張りのゴブリンを遠目に見ながら回り込もうとしてた時、突如として背後にゴブリンが現れた。俺が斬り倒したゴブリンだ。あのゴブリンは、おそらく今の穴から地上に這い出してきたとこだったんだろう。俺だって、周囲を警戒し、背後にゴブリンがいないことを確認した上で回り込んでたんだからな。で、そのゴブリンを倒して逃げ出した俺は、あのゴブリンが出てきた穴に見事に落ちてしまったというわけだ。悪知恵の回るゴブリンは、あの穴を草で隠してたんだろうな。

「落とし穴っていうより、単に出入り口を隠してただけなんだろうが……」

それが結果的には落とし穴のように作用したということか。

「ここは……巣の中なのか？」

洞穴には、数こそ少ないながらも壁に松明が設置されている。松明と言っても、そんなに出来のいいものじゃない。木にボロ布を巻いてよくわからない油のようなものを染《し》み込ませただけの雑なものだ。冒険者のあいだでゴブリン松明と呼ばれるゴブリンお手製の松明だな。嫌な臭いを撒《ま》き散らしながら長時間燃焼するその油の正体は、ゴブリンの分泌物とも言われてる。

煙に毒性はないらしいが、ずっと嗅《か》いでいたいとは思わない。臭いさえなければランプの燃料としては優秀なのかもしれないが。

「それでも明かりがあるだけまだマシか……」

洞穴には、ゴブリン松明の他《ほか》にも人工物があった。壊れた梯子《はしご》だ。さっき俺がここに落ちてきた時にバキって音がしてたよな。あれは、穴に立てかけられてたこの梯子を、俺が落下の勢いでへし折った音だったんだろう。梯子にぶつかったおかげで落下の勢いが緩和された面もあるかもしれない。梯子がヤワな造りだったことに感謝すべきなんだろうか？　兄さんは楽観的だね、とシオンに皮肉を言われそうだ。シオンに皮肉を言われるのは、俺は嫌いじゃなかったんだけどな。

湿っぽい気持ちを追い払うように首を振り、俺は天井《てんじょう》の穴に目を凝らす。

「梯子がないと天井までは上《のぼ》れそうにないな……」

急斜面の穴ではあったが、天井の穴に取り付くことができさえすれば、よじ登ることも可能だろう。実際、俺が倒したゴブリンはそうやってあの穴を上ってきたんだろうからな。ゴブリン向けのあまり大きくない穴なので、手足を突っ張れば上れるはずだ。だが、それも天井の穴に手が届けばの話である。

「しかたない。巣穴を辿《たど》って他の場所から地上に出よう」

この穴がゴブリンたちが掘ったものなのか、それとも自然にあったものを利用したのかはわからない。ゴブリンの群れが棲《す》み着いたのは最近だから、時間的には元からあったものと考えるほうが自然だろう。元からあった天然の地下洞なのだとしたら、出口が用意されてる保証はない。でも、あのゴブリンが通用口として使ってたわけだからな。少なくとも、ゴブリンの群れがいた岩山近くに出るような穴はあるんじゃないか？　もっとも、その場合には出口付近はゴブリンだらけという可能性もある。

「たしか、ゴブリンが松明を作り出すのは、群れの大きさがそれなりになってからなんだったよな」

ゴブリンのような亜人系のモンスターは、群れの規模が大きくなると、ちょっとした工作物を作り出す。ゴブリン松明やさっきの梯子なんかがその例だ。もちろん、人間が作るのに比べて造りが甘いから、ちょっとぶつかっただけで壊れてしまう程度のものなんだが。

群れの数がさらに増えると、簡単なものながら小屋を作るようにもなるという。周囲の環境によっては地下に穴を掘って住居にすることもあるようだ。その数が増えれば、群れはその土地に定住する「集落」の様相を呈してくる。集落が大きくなると、ゴブリンはさらに知恵をつけ、防衛用の柵や櫓《やぐら》、空堀なんかも作り出す。そうなってしまうと、集落の制圧には高ランク冒険者か勇者パーティ、さもなくば騎士団の出動が必要になる。

よく考えてみると、これも不思議なことだよな。一体一体にはとてもそんな知能があるようには見えないのに、数が殖《ふ》えるに従って知恵をつける――このことは、ゴブリンをはじめとする亜人系モンスターの謎《なぞ》の一つとして、学者たちをずっと悩ませてきた問題らしい。

ここに棲み着いたゴブリンどもが松明を作り、地下空間を巣として利用する知恵を持ってるとなると、事態は俺が思ってたよりもずっと悪い。さすがの俺も、「最悪の事態になる前に発見できてよかった」と前向きに考える気にはなれないな。俺自身が依頼書に書いたように、どんな情報も生きて持ち帰れなければ意味がない。

「……もしゴブリンと出くわしたら逃げ場はない」

俺の落ちた空間は行き止まりになっていて、空洞は一方向にしか続いてない。もし前方にゴブリンの群れが現れたら万事休すだ。

「そうだ、ミラがくれた爆裂石があったな」

あれなら、ゴブリンの群れをまとめて吹き飛ばすこともできるだろう。ただ、地下洞の不安定な場所で使えば、ゴブリンごと生き埋めになるおそれもある。この地下洞は広いが、床や壁は剝き出しの土で、鍾乳洞《しょうにゅうどう》のような安定した岩盤ではないようだ。崩れる時は一気に崩れるだろうし、一度崩れれば土を掘り返して外に出ることは不可能だろう。

「アイテムといえば……」

当然の用心として、回復アイテムは持ってきた。だが、今の怪我の状態で使うのはもったいない。かといって、擦りむいた部分が痛くないわけじゃない。

「そうだ」

俺はさっき地上で採取したばかりの薬草を取り出した。初級ポーションの原料となる薬草だが、単にすり潰《つぶ》して傷口に塗るだけでもそれなりの回復効果がある。

俺は薬草を口に含んでよく噛《か》むと、唾液《だえき》の混じったそれを傷口に塗った。汚いと思われるかもしれないが、道具もなしに薬草を磨り潰すにはこれがいちばん手っ取り早い。薬草はほのかな燐光《りんこう》を発しながら傷口に染み込むようにして消えていく。ペースト状の薬草がなくなった後には、元通りになった皮膚がある。

「よし」

こんな地味な怪我であっても、戦闘中に気を取られることもあるからな。思い切って地面に転がる必要がある時に、擦りむいた膝が気になって躊躇《ちゅうちょ》する、なんてのは最悪だ。ズボンの膝には革のパッドが縫い付けてあったんだが、穴を転がり落ちるあいだに取れてしまったみたいだな。

「こんな場所でゴブリンの群れと出会ったら……」

いちかばちかの爆裂石は使いたくない。かといって、スキルも持ってない俺の剣技で複数のゴブリンと同時に戦うのは難しい。

「ギフトが戦闘向きならなんとかなったのかもしれないが……」

頼みのギフトが「下限突破」じゃな。

「案外、シオンの言ってた通りなのかもな。俺の人生が下限を突き破って転げ落ちはじめたっていう……」


暗さのせいもあって、つい自虐的なことを言ってしまい、首を振る。

そんなことを考えても、落ち込むだけで意味はない。ピンチというのは、案外新しいチャンスでもある。実際にはそうそううまくいくことばかりじゃないが、少なくともそう考えてみることはいつでもできる。ダメでもともと、気づきがあれば大儲《おおもう》け、だ。

「そうだな。他に手段もないなら『下限突破』について考えてみるか」

俺はステータスを開いて、「下限突破」の説明文を表示する。

Gift ——————
下限突破
あらゆるパラメーターの下限を突破できる
——————

「あいかわらずそっけない説明だな……」

ちなみに、洞穴の暗さの中でも、ステータスウインドウを見るのに問題はない。ウインドウ自体が発光するからな。この光は使った本人にしか見えないものなので、この光をゴブリンに気づかれるおそれはない。

「使えないギフトでも松明の代わりにくらいはなるわけだ」

おっと。そんなことを言うとミラに怒られてしまうな。

「下限突破」について考察する前に、そもそもギフトとは何かについて、俺の知ってることをおさらいしよう。

架空世界仮説――という言葉を聞いたことがあるだろうか？

この世界は古代人によって造られた架空の世界である、という学説だ。うさんくさい話に聞こえるかもしれないが、一応、一部ではそれなりに信じられてる学説らしい。

架空世界仮説によれば、この世界の成り立ちはこんなふうに説明される。原始の状態から高度な文明を生み出した古代人は、極度に発達した技術によって、もはや食うために労苦する必要がなくなった。水を汲《く》み、薪《まき》を割る必要もなければ、畑を耕す必要もない。いかなる労働も、俺たちには想像もつかない高度な技術によって、人の手を煩《わずら》わせることなく片づけられるようになった。古代人は、日々の労働の重荷から、完全に解放されたのだ。

しかしそうなったらそうなったで、暇を持て余すのが人間というものだ。

古代人は、人生そのものがすべて暇、という状況をなんとかするために、仮想の空間に複雑なルールによって制御される遊戯性のある空間を創り出した。

古代人は、この空間が大層お気に召したらしい。

最終的に古代人は、自らの肉体をかなぐり捨て、その空間内に「移住」した。

世代を重ねるうちに「移住」前の記憶は失われ、仮想だったはずの世界はいつしか当たり前の現実となり、人々はそれ以前《神代》の歴史を忘れてしまった。

成人するとギフトがもらえるだとか、神の託宣によってステータスがわかるだとか……。

ちょっと深く考えると不可思議としかいえないような現象が当たり前のものになってるのはそのためだ——というのだ。

架空世界仮説について、俺の感想を言おうか？　正直言って、うさんくさい。説明として筋が通ってるような気はしなくもないが、その説明が事実であることを確かめるすべがないんだよな。こんなの言ったもの勝ちじゃないか、というのが率直な感想だ。その仮説があることで人々の生活が少しでも豊かになるのかといえば、もちろんそんなこともないわけだから、実用的なメリットも皆無である。太陽が東から昇り西に沈む理由がわかったとしても人々の生活に影響はないだろうっていうのと同じだな。もちろん、どんな知識がどんな役に立つかは事前にはわからないともいえるだろうが、今のところ架空世界仮説が何か人の役に立ったという話はない。

それでもまあ、この世界の成り立ちをそれらしく説明してる唯一の説ではあるんだよな。

ともあれ、俺もまた、成人の儀によってギフトを授けられた。

Gift——

下限突破

あらゆるパラメーターの下限を突破できる

「あらゆるパラメーター……ね」

そもそもパラメーター──ステータスにあるLVやHPやINTといったものは、「経験」に伴い増えるものであって、減ることはない。

「下限を突破しようにもどうやって下げるかって問題があるんだよな」

高難易度ダンジョンに出没するモンスターによる特殊な攻撃や特殊な罠《わな》の中には特定のパラメーターを下げるものもあるという。

しかしそもそも、苦労してパラメーターを下げられたとしても、何もメリットが思いつかない。単に自分が弱くなるだけなんだからな。

「そういえば、『下限』ってのは具体的にいくつのことなんだろうな?」

これが「上限」ならわかりやすい。たとえば俺のレベルなら、ステータス上の表記は「LV1／10」となっており、俺のレベルの上限は10である。

ちなみに、勇者パーティに選ばれるような奴《やつ》は、レベルの上限が最低でも20はあると聞いている。シオンの上限レベルは知らないが、「上限突破」があれば青天井でレベルを上げられる。そりゃ、勇者パーティにスカウトされるわけだよな。

「レベルの下限は……1か? だが、レベルを0にしたところでステータスがさらに下がるだけだよな?」

下げようにも下げられないし、そもそも苦労して下げるメリットがない。というか、デメリットしかないといっていい。

だからこそ、そんなギフトを授かった俺は悪魔の使いであり、俺が転落の人生を歩むのは天罰である――そんななんの根拠もない言いがかりがまかり通ってしまったわけだ。

苦い顔で洞穴をそろそろと進んでいくと、

「ん？」

洞穴が、途中で二股に分かれていた。向かって右側はこれまでと同じような洞穴が続いてるが、やや上り傾斜になってるな。普通に考えて、岩山付近の地上に出られるルートだろう。対して左側の方は、洞穴の壁が崩れて、人工的な真四角の石造りの通路が覗《のぞ》いてる。その奥は濃い闇《やみ》に閉ざされ見通せない。

「まさかこれって……ダンジョンか？」

――ダンジョン。それは、財宝と試練と魔物の眠る迷宮だ。架空世界仮説の立場では、ダンジョンとは冒険者が己《おのれ》の力量を試す試練の場、あるいは、力を磨くための修練の場であったとされている。

実際のダンジョンがどんなものかと言われれば、おおよそ仮説信奉者の主張通りの場所ではある。外と比較してモンスターの湧出《ゆうしゅつ》がかなり早く、内部構造が曲がりくねっていて、外では滅多に見つからないような強力なアイテムが眠っている。そして、その最奥にはダンジョンボスと呼ばれる強力極まりないモンスターがいるらしい。

そんな危険とわかりきってる場所に入り込むのは、基本的には自己責任だ。もしその中で事故に遭っても、冒険者ギルドが助けてくれることはない。ともにダンジョンに潜るパーティメンバーですら、どうしようもなくなれば仲間を見捨てるしかないこともある。冷たいようだが、互いにそういう可能性がある以上お互い様であり、たとえ仲間を見捨てたとしても誰かから責められることはない。

もちろん、そんな必要もないのに故意に見捨てるようなことをすれば悪評は立つ。でも、逆に言えばそれだけだ。もし私怨《しえん》で仲間を見捨てたり、成果を独占するために仲間をわざと見殺しにしたとしても、外に出てしまえばわかりようがないからな。

よって、ダンジョンの攻略は、基本的には冒険者の自発的な意思に任されている。

だが、だからといって、ダンジョンを完全に放置していいわけでもない。ダンジョン内ではモンスターの湧出がかなり早い。限られた空間内に多数のモンスターが溢《あふ》れれば、やがて居場所を失うモンスターが出るのは必然だ。そうしてダンジョンから溢れ出したモンスターは、直接人を襲うこともあれば、他の地上のモンスターを脅《おびや》かしてモンスターの大規模な移動を引き起こすこともある。

ダンジョンフラッド。そう呼ばれる現象だ。

「ポドル草原のゴブリンの群れは、このダンジョンから溢れてきたっていうのか？」

だとすると、思ってたより大事だぞ。

「百歩譲って俺がへまして死ぬのはしかたないにしても、この情報だけは持ち帰らないとな」

冒険者は自己責任が原則だ。駆け出しとはいえ、冒険者となった自分がへまをして死ぬのは、冒険者としての自分の責任の範疇《はんちゅう》だ。

だが、このダンジョンの情報を持ち帰れるかどうかは、また別の話になってくる。俺がこの情報を持ち帰れれば、周辺地域に被害が出る前に対策が打てる。もし持ち帰れなければ、初動が遅れ、領民たちに被害が出るおそれもある。

「まあ、俺はもう、クルゼオンの次期領主ではないんだが……」

選んで生まれた身分ではなくても、経済的に裕福な環境で育ったのは事実だ。その環境を支えていたのは、領民たちから徴収した税である。たとえ嫡男でなくなったとしても一定の責任はあるはずだ。

「いや、違うか」

そんな抽象的な話じゃない。トマスやコレットのような使用人たち。冒険者ギルドのミラや、その他にも依頼者として関わったことのある職員や冒険者たち。草原への道筋で俺を拾ってくれた親切な行商人。他にも、挙げればキリがないほどたくさんの人に支えられて、俺はこれまで生きてきた。

「たとえ廃嫡されたとしても、そういう縁までなくしたわけじゃない……よな」

俺なんて、次期領主の地位を失えば、すぐにそっぽを向かれるんじゃないか――そうも思った。

でも、そうじゃなかった。

もちろん、そういうやつだっているだろう。だが、俺が実家を追放されたことを知られても、これまでと態度を変えない人たちもたくさんいた。親父やシオンには手のひらを返されてしまったが、結果的に俺は、俺のことを大事にしてくれる人が誰なのかを、これ以上ない形で確かめることができた。

シオンの言うように、俺の人生が下限を突破して転がり落ちはじめたのだとしても、その先にもまだ、人生があった。そんな下限突破のしかたなら、案外悪くないかもな。

「弱気になってる場合じゃないぞ、ゼオン。そういう人たちのためにもちゃんと生きて帰らないとな」

決意を新たにする俺だったが、そこで分岐の奥から物音がした。地上に続いてるっぽい洞穴の方だ。多数の足音と耳障りなゴブリンたちの喚き声……。

「くっ、どうすれば……」

後ろに引き返すのは下策だろう。後ろは行き止まりだったからな。あいつらの目的が俺の落ちた穴の確認である可能性もかなり高い。獲物である俺がいなくなったのは穴に落ちたからではないか？　ゴブリンでもそのくらいの知恵は働くだろう。

やってくるゴブリンどもに爆裂石を使う？

ダメだ。数はかなり減らせるだろうが、下手をすれば俺まで生き埋めになる。本当にどうしようもなくなるまで爆裂石には手をかけたくない。

となると、道は一つしかない。

「ダンジョンの中に入ってやりすごす……」

あいつらがダンジョンからあぶれたモンスターだとしたら、ダンジョンの中に戻ることはないはずだ。逆に言えば、ダンジョンの中にはあいつらより強いモンスターがいるってことになるんだが……。

「ダンジョンの壁は壊れないらしいからな」

爆裂石を使うこともできる。もっとも、爆裂石は一個しかない。モンスターが外より圧倒的に湧きやすいダンジョンの中で、たった一個の爆裂石がどれほどの役に立つだろう？

「夜はゴブリンの活動が活発になるんだったたな。朝までダンジョン内に身を潜められれば……？」

それでもなお無謀だが、生き埋め覚悟で爆裂石を使うよりはマシかもな。

「でも、ダンジョンだぞ……？」

ダンジョンがどれほど危険かは、領主の名代としての仕事でも何度となく聞かされた。綿密な準備と十分な戦力の確保が必要な上に、もしそうしたとしても、ダンジョンから誰一人として戻らないことも決して珍しくはないという。そのダンジョンに、準備も戦力も計画もなく乗り込もうとしてる馬鹿《ばか》がここにいるというわけだ。

躊躇う俺の背中を押すように、分岐の奥から聞こえるゴブリンの声が大きくなった。明らかに複数体で、殺気立った声を上げている。これ以上ぐずぐずしている時間はない。

「死中に活を求めるしかない。覚悟を決めろ、冒険者ゼオン」

俺は両手で頬《ほお》を叩《たた》いて気合いを入れると、ダンジョンの闇の中へと飛び込んだ。


ダンジョンの入口には黒い靄《もや》が立ち込めている。これは物理的なものではないらしく、入口を通ったところで視界はすぐにクリアになった。

さっきまでの地下洞とは打って変わって、ダンジョンの内部空間は石造りの天井と壁が真《ま》っ直《す》ぐに伸びている。ダンジョン以外で似た場所を探すなら、王都シュナイゼンの地下下水道が近いかもしれないな。もちろんこのダンジョンに下水は流れていないのだが。

「これがダンジョンか……」

聞いてはいたが、実際に見るのは初めてだ。ぶるりと身体が震えたのは、恐怖のためばかりじゃない。ダンジョンに眠る財宝、古代人の遺した痕跡――ダンジョンは危険なだけの場所ではないのだ。ある種の人間にとってはロマンを刺激される場所でもあるんだよな。

だが、今の俺には感動を味わってる時間はなかったらしい。通路が真っ直ぐに伸びる先、十数メテルのところに、ゴブリンが数体うろちょろしてる。そのうちの一体がこちらに気づき、仲間に警告の声を発した。外のゴブリンより心なしか反応が早い。

「くそっ、いきなりかよ！」

ゴブリンは……見えてる限りでも五体か。影にもう二、三体いるかもしれないな。

となると、剣で一体ずつ倒していくのは不可能だ。俺は「持ち物リストから爆裂石を取り出す」と強く念じる。俺の手に、ごつごつとした溶岩石が現れた。

「くらえ！」

俺は爆裂石をゴブリンに向かって投げつける。

俺が狙《ねら》った先頭のゴブリンは、飛来する爆裂石を剣でとっさに払おうとした。

が、それは最悪の応じ手だ。強い衝撃を受けた爆裂石は即座に爆発。轟音《ごうおん》と爆熱がゴブリンもろとも通路を呑み込む。

「ぐあっ……耳が……」

手をかざしてたおかげで爆光から目を守ることはできたが、耳を塞《ふさ》ぐ余裕はなかったのだ。

鼓膜の痛みとともにキーンという高い音が脳裏に響く。

だが、今は鼓膜の心配をしてる場合じゃない。

俺は油断なくロングソードを構えながら、爆炎の消えたダンジョン奥に目を凝らす。

ゴブリンは散り散りになっていた。散開したって意味じゃない。無数の肉片となって飛び散り焼け焦《こ》げ、壁や天井の赤黒い染みになっている。

どうやら生き残りはいないらしい。数秒もすると肉片や染みは黒い粒子となって消え去り、赤黒い魔石だけをその場に残し、ダンジョンは元の姿を取り戻す。床に転がる魔石は外のゴブリンのものより赤みが強くあきらかに大きい。ちゃんと見る余裕がなかったが、装備してた防具もかなりしっかりしたものだったような……。

「ふう……助かったか」

だが、問題はこれからだ。虎の子だった爆裂石は使ってしまった。さっきのゴブリンたちの数からして、この先に進むのは今の俺には危険すぎる。かといって来た道を引き返そうにも、岩山のゴブリンたちと再び出くわす可能性が高い。

じゃあ、今いるこの場に留《とど》まるのはどうか？

「いや、駄目だな。ダンジョンのモンスターの湧出速度は外よりかなり早いらしいからな」

外のゴブリンは日が昇れば活動が鈍くなるだろう。モンスターといえど睡眠が必要なことに変わりはない。ゴブリンは夜が明けるとともに塒《ねぐら》に身を隠して睡眠を取る。その時刻まで粘れれば脱出できるかもしれないわけだが、日が沈みかけの現在から夜明けまでとなると、そのあいだにモンスターが再湧出《リポップ》する可能性が高いだろう。いつ湧くともしれないモンスターに怯《おび》えながらこんなところで一夜を過ごしたいとは思えない。

俺は床に落ちた魔石を拾い上げながら、何か使えるものはなかったかと必死で考える。

「といっても、持ち物は初級ポーションくらいだからな……」

俺は持ち物リストを表示する。

俺の現在の持ち物は、

Item
初級ポーション 3
初級マナポーション 1
毒消し草 1
爆裂石 0
薬草 0
(空き)
(空き)
(空き)
(空き)
(空き)
(空き)
(空き)
(空き)
(空き)
(空き)
(空き)

……こんな感じだ。

だが、表示されたリストを見て、俺はおかしなことに気がついた。

「残り個数、0?」

武器防具は別として、消耗品には残り個数が表示される。これを古代語で「スタック」という。同種のアイテムをまとめることで持ち物リストの空き枠を節約できる便利な機能だ。もしスタックという機能がなかったら、初級ポーションだけでアイテム枠を三つも埋めてしまうことになる。

しかし、個数が0というのはおかしい。

通常、リストから取り出した時点で、アイテムの残り個数は一つ減る。元が3個なら2個になるわけだ。

……なに当たり前のこと言ってんだと怒られそうだが、大事なことだから勘弁してくれ。

当然のことながら、個数が2個から1個になるときにも、同じように数字が減るだけだ。

だが、1個から0個になる時は話が違う。

というより、アイテムの残り個数は、1から0には決してならない。残り個数が0になれば、そのアイテムは持ち物リストからなくなるからだ。「0個持ってる＝1個も持ってない」ってことなんだから当たり前だよな。1個も持ってないアイテムが「持ち物」としてカウントされるのはおかしいだろう。

1個しか持ってなかった爆裂石を使った後のアイテム欄は、「爆裂石0」ではなく、「(空き)」となるのが正しいはずなのだ。

「え、まさか……一度アイテムをリストに入れたら、そのアイテムを使い切っても枠が空かないっていうのか⁉」

古代人が設計したとされるこの世界は、確固たる規則によって支配されているという。この世界にそうした規則が存在することこそ、この世界が古代人によって造られたことの動かぬ証拠である――というのが、架空世界仮説信奉者の論理だな。

しかしそれだけでは、「この世界にはこの世界の規則を定めた全知全能の神様がいる」と主張する宗教家と、理屈において大差がない。

そこで架空世界仮説信奉者が持ち出すのが、この世界に存在するという虫食い《バグ》である。世界を支配する規則には、創造者の意図しなかった例外があるのではないか。それが、バグと呼ばれる現象だ。

もしこのバグが俺の持ち物リストに起きたのなら最悪だ。何が悲しくて、「下限突破」なんていう意味不明なハズレギフトを引かされた上にバグにまで見舞われなければならないのか

――


そこまで考えて、俺はようやく気がついた。

「下限……突破？」

俺は慌てて、「下限突破」の説明文を表示する。

Gift ――――
下限突破
あらゆるパラメーターの下限を突破できる

――


「あらゆるパラメーター」と聞いて最初に連想したのは、レベルやHPといったいわゆる「能力値」のことだった。

だが、パラメーターという言葉の範囲は、必ずしも能力値に限らない。

アイテムの個数だって立派な変数《パラメーター》だ。

その「下限」を「突破」できるのだとしたら……

「ひょっとして、0個からでも爆裂石が取り出せる……なんてことは？」

俺は「持ち物リストから爆裂石を取り出す」と強く念じた。

俺の手元に、ゴツゴツした溶岩石が現れた。

もちろん、爆裂石だ。

その状態で持ち物リストを開いてみると、

Item

初級ポーション 3
初級マナポーション 1
毒消し草 1
爆裂石 −1
薬草 0
(空き)
(空き)
(空き)
(空き)
(空き)
(空き)
(空き)
(空き)
(空き)
(空き)
(空き)

「マイナス1……だと？」

俺は確かめたくなって、さらにもう一個爆裂石を取り出した。

そして再度持ち物リストを確認すると、

「『爆裂石　-7』……！」

調子に乗ってもう一個。さらに、一個、二個、三個……と取り出してみる。足元にうずたかく爆裂石が積み上がった。

その状態で持ち物リストを開いてみる。

Item

初級ポーション 3
初級マナポーション 1
毒消し草 1
爆裂石 −19
薬草 0
(空き)
(空き)
(空き)
(空き)
(空き)
(空き)
(空き)
(空き)
(空き)
(空き)
(空き)

「こ、これは……！」

おわかりいただけただろうか？

「下限突破」のパラメーターの下限を突破する効果は、アイテムの個数にも有効なのだ。

だから、アイテムの個数が０になっても――マイナスになっても、いくらでもアイテムが取り出せる。

「これ……とんでもないぶっ壊れギフトなんじゃないか？」

俺は足元に爆裂石を無限に転がした状態のまま、半ば放心してつぶやくのだった。

俺が放心から立ち直るのには、しばしの時間が必要だった。

「これが『下限突破』の力なのか……」

爆裂石はひとまず一個を除いて持ち物リストにしまっておく。衝撃を与えると爆発する危険物だからな。持ち物リストは「爆裂石 -1」となり、俺の手元に一つの爆裂石が残された。

「となると……活路が見えてくるぞ！」

ダンジョンから回れ右して外に出て、洞穴のゴブリンに向かって爆裂石——ではない。あんな場所で爆裂石を使いまくれば生き埋め必至だ。

そうではなく、爆裂石の使い所は「前に」ある。

すなわち——ダンジョンの奥に、だ。

「さっきくらいのゴブリンなら爆裂石で簡単に始末できる」

爆裂石はそれなりの貴重品ではあるが、Aランク冒険者なら非常時の備えに持ってるものらしいからな。このダンジョンに出現するモンスターがさっきのゴブリンくらいの強さなら、爆裂石で無双ができる。

そうしてモンスターを倒していけば……話に聞いていたアレが狙える。

「レベルアップ……！」

この世界の人間は、モンスターを倒す「経験」を積むことでレベルが上がる。人間を倒すことでも上がるらしいが、そんなことができるのは凶悪な盗賊か、戦争中の兵士だけだろう。

いずれの場合でも、レベルアップはそう簡単に狙えるものではない。レベルを1から2に上げるだけでも、一ヶ月以上かかることはザラだという。

しかも、レベルアップはレベルが高くなるほど難しくなっていく。レベルを2から3に上げるには、早くて半年、遅ければ数年かかることもあるらしい。

でも、今の俺には無限に生産できる爆裂石があるからな。ゴブリンの群れに爆裂石を投げつけるだけの簡単なお仕事で、普通の冒険者が一ヶ月かけて討伐するくらいの数のモンスターを、一夜にして倒すこともできるだろう。ダンジョンボスまで倒せれば言うことなしだが、さすがにそれは欲張りすぎか。

ともあれ、レベルを上げることができれば、ダンジョンの外にいたゴブリンの群れをどうにか突破できる確率が格段に上がる。

「そうと決まればやってやる！」

俺はダンジョンの薄暗い通路を進んでいく。

ダンジョン外の地下洞はゴブリン松明がなければ真っ暗だったが、ダンジョンはどこでも一定の明るさが保たれている。

架空世界仮説信奉者の理論によれば、古代人たちは本来遊戯であるダンジョン探索に「照明の確保」という面白《おもしろ》みのない要素を望まなかったから……ということになるらしい。

とはいえ、この現実におけるダンジョン探索が果たして「遊戯」などという生易しいものであるかはかなり疑問だ。ダンジョンが発見されるたびに少なくない犠牲者・行方《ゆくえ》不明者が出てるんだからな。もしそれを愉《たの》しい遊戯と認識してたんだとしたら、古代人は性根がねじくれてる。

「いた」

通路の先に複数のゴブリンの影。

気づかれないように近づく――という手間さえ省き、俺はゴブリンに爆裂石を投げつける。

と同時に身を低くして顔を伏せ、両耳を手で塞ぐ。

爆音と閃光《せんこう》。

顔を上げると通路の先にゴブリンだったものが散らばっており、それらはすぐに黒い光の粒子と化して消え去った。

生き残りがいないか注意しながら近づくが、ゴブリンはきちんと（？）全滅していた。

ダンジョンの床に転がる赤黒い魔石を回収する。拾った魔石は、外のゴブリンからドロップしたものよりも大きく、赤みが強い。ダンジョン内部のモンスターのほうが外のモンスターより強い個体が多いとされている。もし外でのように一対一で戦っていたら俺が簡単に勝てたとは思えない。

魔石に特別な用途はないが、冒険者ギルドに持っていけばモンスターを討伐したという証拠になる。俺が自分で出して自分で受けた依頼には一体につき100レムの報酬が設定されてるからな。もし報酬がなかったとしても、ダンジョンの脅威度を図る上で、ドロップする魔石の質は大きな参考材料になるらしい。

「よし、行ける！」

俺は持ち物リストから爆裂石を取り出した。リストの表示は「爆裂石　-2」、手のひらの上には爆裂石だ。

「そうだ、マッピングもしないとな」

ダンジョンは多くの場合入り組んだ造りになってるらしい。特別なスキルの持ち主でない限り、ダンジョンのマッピングは中で迷わないために必須である。マッピングには専用の丈夫な用紙がギルドの窓口で販売されてるが、さすがに今回は持ってきてない。ダンジョンに潜る予定なんてなかったからな。しかたないので鞄《かばん》から日記帳を取り出して、最後のページに書き込んでいくことにした。

その「声」が俺の耳に響いたのは、俺が七つめのゴブリンの群れを消し飛ばし、持ち物リストの表示が「爆裂石　-7」になった時のことだった。

《レベルが2に上がりました。》

「きたあああああっ！　『ステータスオープン』！」

古代語を唱えると、俺の眼前に光るウインドウが現れる。

Status

ゼオン・フィン・クルゼオン
Age : 15

LV 2/10 (1up!)
HP 15/15 (3up!)
MP 14/14 (5up!)
STR 12+6 (1up!)
PHY 11+9 (1up!)
INT 15 (3up!)
MND 12 (1up!)
DEX 13+3 (3up!)
LCK 10 (2up!)

Gift

下限突破

Equipment

ロングソード
黒革の鎧
防刃の外套
黒革のブーツ

「やったぜ！」

人生初のレベルアップは、貴族も冒険者も盛大に祝う。だが残念なことに、今の俺には祝ってくれる人のアテがない。ミラは喜んでくれるだろうが、ギルドの職員が特定の冒険者のレベルアップを祝うのは業務上問題があるらしいからな。

それはさておき、レベルアップについて細かいところを見ておこう。

レベルが上がると、各能力値がそれぞれ上がる。ＨＰとＭＰは3から5、他の能力値は1から3の範囲で上がるらしい。能力値の上昇幅は、本人の適性に加え、レベルが上がるまでのあいだの活動内容が大きく反映されると言われてるな。ちなみに、能力値の後に「+5」などと表記されてるのは、装備品による効果である。

「大きく上がったのは……MPとINT、DEXか」

器用さや俊敏性を司《つかさど》るDEXが上がったのはわかりやすい。ずっと逃げ隠れしてたし、その後は爆裂石を投げまくったからな。

不思議なのはMPとINTだが、

「……ひょっとして、爆裂石の爆発は魔法扱いになってるのか？」

そうでなければ俺に魔術師としての優れた素質があったことになるが、元のMPが9だったことを思うと考えにくい。レベル1の時の能力値は本人の潜在能力を反映してると言われてるからな。

逆に、伸び悩んだのは、HP、STR、PHY、MNDあたりか。

「爆裂石の攻撃力にSTRは関係してないってことかもな」

敵の攻撃を受ける機会がなかったので、HP（生命力）、PHY（体力＝防御力）、MND（精神力＝魔法防御）が伸び悩んだのは納得だ。地上でゴブリンを斬り倒してはいるが、今回の経験の大半は爆裂石による爆殺だったからな。

「剣を中心に鍛えてきた身としては微妙だが……これはこれでよかったか？」

「剣聖」のようなわかりやすいギフトを授かった奴に比べたら、俺の剣技なんて児戯に等しい。将来の伸びしろという面でも大いに疑問だ。

もちろん、魔法は魔法で、「賢者」のような魔法特化のギフト持ちに対抗できるのかって問題はあるんだが。それでも、才能のない剣で近距離戦をやるよりは、才能のない魔法で遠距離戦をやるほうが安全には戦える。実際、今回も「遠くから爆発する石を投げる」というコスい戦法を取ってるわけだしな。

アイテムの所持数に下限がないことを思えば、今いちばん喜ぶべきなのはDEXが最大幅で上がってくれたことだろう。DEXの高いモンスターには投げたアイテムを避けられるおそれがあるからな。近くの壁にぶつけて起爆するという手はあるが、位置関係によっては入射角が浅くなり、爆発させるには衝撃が足りなくなるかもしれないし。

「でも、レベル2で表《おもて》のゴブリンを確実に突破できるとまでは言えないか……」

レベルが上がったと言っても、能力値が急に倍になったりするわけじゃない。少しはゴブリンの群れを切り抜けやすくなったと思うが、まだ向こうの数の暴力のほうが上だろう。

「レベルを3まで上げる……あるいは、何か強力なアイテムでも拾うとか？」

1から2まではすぐに上がったが、2から3へはすぐに上がるとは思えない。要求される「経験」の量が増えるだけじゃなく、倒すモンスターとのレベル差も関係するらしいからな。

「今の稼ぎ効率なら行けるかもしれないが……」

その場合は、手持ちの食料が尽きるのとレベル上がるののどっちが早いかって問題もある。

「あるいは……いっそダンジョンを踏破する？」

ダンジョンの奥にボスと呼ばれる強力なモンスターがいることは、前にもちょっと話したよな。そのボスを倒すと、「天の声」によってダンジョンを踏破したと認められる。ダンジョンの奥には外へと転移できる踏破者専用のポータルがあり、来た道を延々引き返す必要はない。

そして、これこそが大事なんだが――ポータルの転移先は、周囲にモンスターのいない安全な空間が選ばれるらしい。

「ポータルの転移先は、ダンジョンの地下入口の前じゃなくて、ポドル草原の地上になる可能性が高いよな」

進むも地獄、戻るも地獄ではあるが、前には一応活路があるということだ。

「まあ、ボスと戦うのと洞穴でゴブリンと戦うののどっちがマシかって話だが……」

俺はしばし考えて、

「……そうだな。ゴブリンを爆殺しながらボスを目指そう。それでもしボスがヤバそうなら、来た道を引き返してゴブリンと対決だ」

ボスを発見するまでのあいだにレベルが3になるかもしれないし、何か有用なアイテムを発見できるかもしれない。こんな戦い方だから、スキルの自然習得はあまり期待できないだろうけどな。


「くらえっ！」

脳を揺さぶる爆音とともにゴブリンどもが弾け飛ぶ。

俺は光を直視しないよう左手を顔の前にかざして目をそらす。

途中からは、耳には持ち物リストから取り出した薬草を噛んでペースト状にしたものを詰めるようにした。薬草は傷口があればそれを塞ぐように浸透してなくなるが、傷がなければそのままだ。爆裂石と同じく0個になって残ってた薬草をマイナス1個にしてひとつ取り出し、即席の耳栓を作ったのだ。

ダンジョン内で耳栓なんて不用心と思うかもしれないな。でも、爆裂石を投げるたびにしゃがみこんで耳を塞ぐというのも、それはそれで危険なんだよな。万一爆裂石を耐えたモンスターがいたときに無防備な体勢で攻撃を受けるかもしれないからだ。

「道に迷う心配はなさそうだな」

さいわいなことに、このダンジョンの構造は単純だった。たまに曲がり角があるくらいで基本的には一本道。これまでの傾向からして、ボスがいるのは真っ直ぐ進んだ奥だろう。階層が複数あるダンジョンも多いと聞くが、このダンジョンの難易度を考えると一層だけと思っていいんじゃないか？

やはり、最近できたばかりなんだろう。ポドル草原にはそれなりに冒険者の出入りがあるし、近くを通る街道は商人や一般市民も通るからな。ゴブリンの群れが棲み着いたという情報が入ったのが先週なんだから、ダンジョンができたのは長く見積もっても一ヶ月前といったところか。

「今のところゴブリンばかりだな」

レベル2になったことで「経験」が渋くなったのか、その後レベルアップはしていない。俺はぼやきながら通路の奥のゴブリンの群れに爆裂石を投げつける。結果はいつもの通りだったが、

《スキル「爆裂の素養」「初級魔術」を習得しました。》

「おおっ？　『ステータスオープン』！」

Status

ゼオン・フィン・クルゼオン
Age：15

LV 2/10
HP 15/15
MP 14/14
STR 12+6
PHY 11+9
INT 15
MND 12
DEX 13+3
LCK 10

Gift
下限突破

Skill
爆裂の素養 初級魔術

Equipment
ロングソード
黒革の鎧
防刃の外套
黒革のブーツ

Skill――

爆裂の素養

爆裂魔法の素養。あと少しのきっかけで「爆裂魔法」が使えそうな気がする……

（スキル「爆裂魔法」を習得すると消滅します。）

Skill――――――

初級魔術

ごく初歩的な魔法を扱うことができる。このスキルを使い込めば使用可能な魔法が増えそうだ……

現在使用可能な魔法：マジックアロー　クリエイトウォーター

――――――

「魔法を覚えたのか！」

これも広く知られてることだが、「経験」を積み重ねることで、その内容に応じたスキルを習得できることがある。「自然習得」と呼ばれる現象だな。

この自然習得は、スキルによって習得難易度に大きな開きがあるらしい。本人の資質にも左右されるから、誰でも努力次第で狙ったスキルを覚えられるわけではないという。

剣で戦ってれば大体覚える「初級剣術」などとは違って、魔法系のスキルは習得難易度がかなり高いと言われてる。

そりゃ、生まれつき魔法が使える人間なんていないからな。剣の修行はできても、魔法の修行は難しい。適切な修行ができないのであれば、いつまで経《た》っても魔法を覚えないのも当然だ。

魔法系スキルの習得については、宮廷魔術師に代表される魔法戦力を抱える国や、「奇跡」

を演出するために魔法を必要とする「新生教会」、そして魔術師系の冒険者のみが属する「魔女の血統」、勇者育成のための超国家組織である「教導学院」、数々の勇者パーティの属する「勇者連盟」なんかは、詳しいノウハウを秘匿《ひとく》してると言われてるな。

もちろん、そうした組織に所属していない人間にも、魔法系スキルの持ち主はいる。たとえば、何かのきっかけで魔法系スキルに目覚めた冒険者とかだな。

だが、その目覚めるきっかけについては本人にもよくわからないことが多いらしい。

一応、経験則として知られてる修行方法もなくはないが、有益な情報とデマやオカルト、単なる勘違いや思い込みを峻別《しゅんべつ》するのは難しい。「天の声」は習得条件を満たしたことは教えてくれても、その条件がどんなものだったかまでは教えてくれないからな。

おそらく、条件にはいくつものパターンがあって、各自が手探りでそのうちのひとつを見つけ出すしかないんだろう。同じ条件を満たしても人によって習得できたりできなかったりすることもあるというし。

「でも、俺の場合は明らかだ。爆裂石が魔法攻撃扱いになってたおかげで、魔法について一定の研鑽《けんさん》を積んだという判定がなされたってことだよな」

そのおかげで魔法系スキルの登竜門とされる「初級魔術」が習得できたばかりか、素養系スキルまで手に入った。

この素養系スキルについても説明が必要だろう。スキルの説明文を見て察した奴もいるかもしれないが、今習得した「爆裂の素養」のような素養系スキルは、そのスキル単体では何の効果も持っていない。もうちょっとで「爆裂魔法」が習得できますよ、という予告のためのスキルだな。

「初級魔術」にも「魔術の素養」という素養系スキルがあったはずだが、俺はどういうわけかそれをすっ飛ばして「初級魔術」を習得できてしまった。「爆裂魔法」という魔法系スキルは初めて聞いたくらいなので、世間的にはほとんど知られてない魔法のはずだ。そういうレアな魔法の素養を手に入れるような経験を積んでるんだから、「初級魔術」くらい飛び級でくれてやってもいいだろう、みたいな感じだろうか。

覚えると、使ってみたくなるのが人情ってもんだよな。

「そういえば喉《のど》が乾いてたな」

水筒は持ってきてるが、長期戦を覚悟してたので給水は最小限に控えていた。俺は両手をひしゃくのように前にかざし、脳裏に浮かんだ短い呪文《じゅもん》を詠唱する。

「『クリエイトウォーター』！　うおっ！」

両手からこぼれるほどに現れた水を、俺は慌てて口に運ぶ。

「ふー、一息つけたか」

水の心配がなくなったのは大きいな。せっかくだからもう一つの魔法も試してみたい。

俺はダンジョンを進んで標的となるゴブリンを探す。

「いた」

俺は数秒の呪文詠唱をしてから、

「『マジックアロー』！」

ぼんやり光る魔法の矢をゴブリンに放つ。

魔法の矢は頼りなく飛んでゴブリンの頭に命中するが、

「グギャア⁉」

ゴブリンが頭を振って怒りの形相で俺を見る。仲間のゴブリンどもも一斉に俺の方へ振り向いた。

「やべ！」

俺は慌てて持ち物リストから爆裂石を取り出し、ゴブリンへと投げつける。爆発、爆散、いつもの通り。これでは魔法がどのくらい効いたかもわからない。

「うーん……威力はショボそうだったな」

まったく効いてないわけでもないようだが、ゴブリンを一撃で倒すような威力はなかったようだ。

「っていうか、爆裂石が強すぎるんだよな……」

冒険初日で首尾よく「初級魔術」を手に入れるというのは御《おん》の字のはずなんだが、Ａランク冒険者が切り札にするような爆裂石の威力の前には霞《かす》んでしまう。

「逆に言えば、威力が限られてるから洞穴内でも崩落を気にせず使える、か？　でも、威力があれじゃあな……」

結局、「初級魔術」も救いの一手にはなりえないということだ。

「『初級魔術』を使い込んで新しい魔法を覚えるか？　いや……」

さすがに十回や二十回で覚えるはずはないよな。

「爆裂石を使ってればそのうち『爆裂魔法』が覚えられるってことか？　でも、爆裂石と同じような効果だったら、生き埋めになるのは同じだな……」

せめてマジックアローの威力がもう少し上がるといいんだけどな。スキルは使い込むことで効果が上がるとも聞く。

「でも、MPの制約があるからな……」

ステータスを開いてみると、現在のMPは「11／14」となっていた。クリエイトウォーターで1、マジックアローで2消費したみたいだな。残りのMPをすべてマジックアローに変えたとしても、たった五発しか撃てない計算だ。

「一応、持ち物リストに『初級マナポーション』はあるんだが……」

今の俺のMPなら、MPを使い果たしても初級マナポーション1個で最大値まで回復できるはずだ。

だが、初級マナポーションの在庫は1しかない。回復後のMP14で撃てる「マジックアロー」

は七発。回復前と合わせても十三発だ。初級とはいえ、たった十三発で新しい魔法を覚えられるほど甘くはないだろう。

「……って、待てよ？　俺には『下限突破』があるじゃないか！」

「下限突破」があれば、残り個数が0を切っても際限なく初級マナポーションを取り出せる！

そのことの示す可能性に驚く俺だったが、直後、「下限突破」のさらなる可能性に気づいた。

「そうじゃない！　『下限突破』はあらゆるパラメーターの下限を無視するギフトだ！　ってことは、まさか……ＭＰも⁉」

そのとんでもない可能性に、俺の全身の毛がぞわりと逆立った。


それからしばらくの後。俺はぶつぶつと呪文をつぶやきながらダンジョンを奥へと進んでいた。

「……『クリエイトウォーター』！　……『クリエイトウォーター』！　……『マジックアロー』！」

水を床にばら撒きながらダンジョンを進み、ゴブリンを発見次第魔法の矢で攻撃する。

もちろんマジックアロー一発では倒れないので、直後に爆裂石を投げつける。それまではゴブリンの全滅を目と耳で確認してたんだが、途中からは初手の段階で爆裂石を二つ投げ込むことにした。持ち物リストから事前に二つの爆裂石を取り出して左右の手に持っておき、右手で強投、続けて左手で二個目を緩めに放り込む。そうすれば、一個目の爆発によって二個目が空中で誘爆する。

　考えてみれば、爆裂石を節約することにまったく意味がないんだよな。マイナス個数の表示が増えていく（減っていく）ことに若干の気味悪さを感じなくもないが、どうせ使うしかないわけだからな。いちいち目と耳で全滅を確かめるのは面倒だし、もし全滅していなければ、どうせまた爆裂石を投げるだけ。リスクを減らすという意味でも、初撃で飽和攻撃をするほうが理にかなってるんだよな。今のところ一個目を耐えたモンスターもいないから、あくまでも念のための処置なんだが。

　二個の爆裂石を誘爆させると、ゴブリンはもはや血肉すら残らず消えている。クリエイトウォーターを唱えながら魔石を拾い、クリエイトウォーターを唱えながら先に進む。

　俺の現在のステータスを見てみよう。

Status

ゼオン・フィン・クルゼオン
Age：15

LV 2/10
HP 15/15
MP -27/14
STR 12+6
PHY 11+9
INT 15
MND 12
DEX 13+3
LCK 10

Gift

下限突破

Skill

爆裂の素養 初級魔術

Equipment

ロングソード
黒革の鎧
防刃の外套
黒革のブーツ

注目すべきはＭＰだ。

『ＭＰ石　－27／14』。

見事下限を突破して、現在のＭＰは大きなマイナスになっている。ＭＰがマイナスになっても、魔法は問題なく使えるようだ。可能性としては、ＭＰがマイナスの時には魔法が一切《いっさい》使えないということもありえたと思う。ＭＰというものを俺の保有する魔力の残量と考えるなら、その方が自然かもしれないよな。もしそうだったとしても、初級マナポーションをマイナス個数で取り出してＭＰを回復するという方法はあったんだが、回復の手間が省けるのはありがたい。

「やっぱり気持ち悪くはあるけどな……」

自分の現在のＭＰがマイナスという異常値になってることに、どうしても気味の悪さは感じるよな。何か俺の想像もつかない制約や反作用があるんじゃないか？――なんて不安もある。とはいえ、今のこの状況の中で、できることをやらないで後で後悔をしたくない。

理屈はともあれ、現に俺はＭＰがマイナスでも魔法が撃てている。

これは、実質的にＭＰが尽きないってことだよな。

それならということで、俺は道中ではクリエイトウォーターを、ゴブリンへの一撃目にはマジックアローを使うことにした。

最初は道中でもマジックアローを使ってたんだが……どうも感触が違うんだよな。壁や床にマジックアローを空撃ちしても、経験としての手応えがないというか……。おそらくだが、攻撃魔法は敵を狙って撃つという一連のプロセス全体に経験としての意味があるんだろう。

クリエイトウォーターの方は、その辺に水を撒き散らすだけでも魔法としての経験に差はない感触だ。もともと敵に向かって使う魔法じゃないからな。もちろん、おざなりに流れ作業としてやるのでは駄目で、魔法の発動プロセスにきちんと意識を向けるのが大事ではあるようだ。

「MPは減らないが……集中力がもつかな」

もうダンジョンを二、三時間は彷徨《さまよ》ってるはずだ。ダンジョンの外は既に夜になってるだろう。外のモンスターは夜になると活性化したり、より強力なモンスターが活動しだしたりするが、ダンジョン内のモンスターにそういう傾向はないらしい。

「『マジックアロー』！」

通路先のゴブリンに魔法の矢を放ち、爆裂石を二投する。いつものように倒したかと思いきや、ゴブリンのうちの一体が、肉片にならずに残っていた。焼け焦げた全身をよろよろと起こすゴブリンに、

「生きてる⁉」

「くらえ！」

三つ目となる爆裂石を投げつける。爆炎が消え去った後には……うん、大丈夫。もう肉片しか残ってない。その肉片もすぐに消え、黒い煤《すす》の残った床に魔石が落ちて、鈍い音を立てた。

「レベルの高い個体だったのか……？　それとも、ゴブリンの亜種か？」

慌てて倒してしまったので詳しく観察できなかったが、他のゴブリンより背が高く、体格がよかったような気がするな。床に落ちてる魔石も、他のゴブリンのものより一回り大きい。握りこぶしくらいの大きさだな。床に落ちる音が硬かったのはこのせいか。色も鮮やかな赤である。

「ゴブリンキングやゴブリンジェネラル……のわけはないか。ゴブリンリーダーくらいか？」

ゴブリンリーダーはゴブリンの亜種で、通常のゴブリンを統率して戦うのが特徴だ。人間の場合、指揮官が兵士より肉体的に強いとは限らないが、ゴブリンに関してはそうではない。統率個体としての格が上がるごとに肉体的な強さや知能も向上する。ゴブリンジェネラルになると、群れにそれなりに複雑な号令をかけるようになるし、力のあるゴブリンキングの中には人語を解するものもいるという。さすがにゴブリンジェネラルやゴブリンキングが爆裂石三発で沈むわけがないので、統率個体としては最下級に当たるゴブリンリーダーくらいだろうと思ったのだ。

今日冒険者になったばかりの俺がこういうことに詳しいのは、依頼を通して知り合った冒険者に酒やメシを奢《おご》って、彼らの冒険譚《たん》を聞き漁《あさ》っていたからだ。領主の名代としての職責を果たすため――と当時の俺は思ってたが、心の奥底では俺は彼らに憧《あこが》れてたのかもしれないな。自分の秘められた気持ちに気づけたのだとしたら、俺の「転落」――人生の下限突破にもちゃんと意味があったということか。

「群れにゴブリンリーダーが混じるようになったのか……。ってことは、ここのボスはゴブリンキャプテンか？」

ゴブリンキャプテンは、ゴブリンリーダーの一つ格上の統率個体だ。その個体のレベルにも左右されるが、おおむね同レベルの冒険者がパーティで当たるべき相手とされている。

「さすがにボスと戦うのは無謀か……」

ボスが爆裂石を三発以上耐えるとしたら、そのあいだにこちらが攻撃を受けるおそれもある。両手に爆裂石を持って続けざまに投げれば二発だが、三発目を投げるには新たに取り出す必要があるからな。取り出すのにさして時間はかからないものの、そのわずかの隙が命取りということもある。いまだレベル2の俺では一撃でやられる可能性も高いだろう。

「爆裂石が効きづらいモンスターがいなくてよかったよな……」

このダンジョンでは、今のところゴブリンとしか出くわしていない。

外のゴブリンは粗末な腰布をつけてるだけだったのに対し、ダンジョン内のゴブリンは錆びた金属製の装備になってるが、肌が露出してることに変わりはない。身体のつくりも人間に近いことから、爆発の衝撃や爆炎に弱いのは納得だ。

もし爆発に強いモンスターが混ざってたら、こんなにすんなりとはいかなかったはずだ。頑丈なロックゴーレムや炎に強いフレイムリザードなんかが混ざってたらもっと苦労してたかもしれないよな。

「でも、このままボスまで……とはいかないか」

物事を前向きに考えようとする俺であっても、今のやり方だけでボスまで倒せるとは思えない。ボスがゴブリンリーダーくらいだったら可能性はあったが、ゴブリンキャプテンとなると引き返したほうがいいだろう。

だが、ゴブリンに上位個体が混じるようになったのは、考えようによっては朗報かもしれない。レベルアップに必要な経験の質が上がるからな。

「もう少し粘って、レベル３。あるいは、『初級魔術』の新しい魔法か、『爆裂魔法』の習得を狙ってみるか」

ダンジョンのボス部屋前には、聖域と呼ばれる安全地帯がある。

この聖域には、モンスターが入ってくることはない。もちろん、ボス部屋にいるダンジョンボスがぶらりと出てくることもない。

ボス部屋には扉があるが、中に入らずに隙間《すきま》や鍵穴《かぎあな》から中を覗くことができると聞いている。

ギルドへの報告という意味でも、ボスを確認しておけば追加報酬がもらえるだろう。

そして、もしボスが手に負えなそうなら引き返す。これまで来た道を引き返すのかと思うと疲れがどっと押し寄せてくるが、聖域でなら休憩や仮眠を取ることもできるだろう。

さらに何度か

「『クリエイトウォーター』！」

を使ったところで、

《スキル「初級魔術」で新しい魔法が使えるようになりました。》

「おっ、やっと来たか！」

俺は通路の先にゴブリンがいないことを確認してからスキル「初級魔術」のウインドウを開く。


Skill――――

初級魔術
ごく初歩的な魔法を扱うことができる。このスキルを使い込めば使用可能な魔法が増えそうだ……

現在使用可能な魔法：マジックアロー　クリエイトウォーター　アクアスクトゥム（new!）

――――


Skill――――

アクアスクトゥム（new!）

大きな水塊《すいかい》を生み出す水属性の防御魔法。大半の物理攻撃と一部の魔法攻撃を減殺する。防御対象の移動にある程度まで追従させることができる。使い込むことでさらなる魔法を閃《ひらめ》きそうだ……

――――


「水属性の防御魔法か……」

「減殺」とあるから、攻撃を完全に防御できるわけではないみたいだな。パーティを組んで戦ってるなら前衛を防御するような使い方がありそうだが、俺の場合はどうなんだろうな？

「って、使ってみればいいだけか。……『アクアスクトゥム』！」

舌がもつれそうな詠唱を挟んで、俺はさっそく魔法を発動する。

宙にいきなり現れたのは、大きな水の塊《かたまり》だ。俺がすっぽり中に入れそうな大きさの水球が、発動地点にふよふよと浮いている。

「へえ、おもしろいな……」

水が撒き散らされるクリエイトウォーターとは対照的だな。生み出される水の量も段違いだ。

前後左右に移動してみると、少し遅れて水塊も俺の動きについてくる。

「これで攻撃を受け止めるのか？」

俺はロングソードで水塊に斬りつけてみる。すると、

「うぉっ⁉」

水のように突き抜けるかと思いきや、ぶよんと攻撃を弾かれた。もう一度全力で斬りつけてみるが、やはりぶよんと弾かれる。

「俺の今のＳＴＲくらいの攻撃なら防げるってことか」

それなら表のゴブリンの攻撃は防げるだろうな。ゴブリンリーダーだと怪しいかもしれない。

いや、防げないとしても一撃分の時間稼ぎにはなりそうか。

「そうだ」

　俺は後ろ向きに下がり、水塊から大きく距離を取る。

　水塊は最初、俺に追従しようとしていたが、少し離れたところで動きが止まった。これが「ある程度まで」追従するってことか。

　俺はさらに十数メテルほど距離を取ってから、持ち物リストからとあるアイテムを取り出した。「とあるアイテム」などともったいぶってみたが、もちろん取り出すアイテムなんて爆裂石しかない。

　取り出した後にやることも、もう見当がついてるだろう。俺が投げた爆裂石が水塊にぶつかり、爆発した。腹に響く爆発音にもいい加減慣れてきてしまった。

　いつもの爆炎が収まった後には、水塊は跡形もなく消えていた。いつもの爆発後とは違って蒸気が残ってるのが唯一の痕跡か。

「……まあ、さすがにそうなるか」

　新しい魔法とはいえ「初級魔術」の範疇だからな。それなりに強いモンスターにも通用する爆裂石を防ぐのは無理なんだろう。いくらか威力を減殺してる可能性はあるけどな。

　もうひとつ、試してみたいことがある。

「『アクアスクトゥム』！」

　水塊を生み出して距離を取り、

「『マジックアロー』！」

今度は魔法の矢をぶつけてみる。半透明の魔法の矢は、人間大の水塊に喰《く》い込みながらしばしあがく。が、ほどなくして勢いを失って霧散した。水塊の方はまだ健在だ。

「マジックアローよりは強いんだな」

これなら、すぐには壊れない動く盾《たて》として使えなくもないかもな。もっとも、この魔法を唱えるより、マジックアローを唱えて攻撃したほうがいいような気もする。ある程度追従するとはいえ、ゴブリンにも水塊を回り込むくらいの知恵はあるだろうからな。

「パーティを組んでるんだったら使いどころがあったかもしれないが……」

俺一人で戦う以上、アクアスクトゥムを唱える間に攻撃の手が止まるリスクのほうが高そうだ。さっきはマジックアローと比較したが、現状いちばん効率がいいのは爆裂石を取り出して投げることだからな。

他にも、このアクアスクトゥムには、運用上の欠点がある。

「……これを使ってるあいだどうやって攻撃するんだ？」

水塊で敵の攻撃をある程度防げるのはわかったが、水塊はこちらの攻撃も防いでしまう。水塊の陰から身を乗り出せば、当然敵からの攻撃も通るだろう。追従に若干のタイムラグがあることを利用して、一瞬だけ射線を通して攻撃するってことならできそうだ。

でも、この魔法で現在の苦境が打破できるかというと、な。

「なんだ、このもどかしさは……」

問題が解決しそうでしないもどかしさに頭を抱える。

だがそこで、俺は今試したことに、別の意味があることに気がついた。

「今の『マジックアロー』、ちゃんと『感触』があったよな？」

ダンジョンを進む俺を先導するかのように、俺の数歩先あたりを、水塊がふよふよと浮かびながら進んでいく。

アクアスクトゥムで生み出した水塊は、俺の動きにある程度だが追従する。その性質を利用して、俺の前に生み出した水塊を盾にするようにして前に進む。

そして、その水塊に後ろから、

「『マジックアロー』！」

を撃ち込んでいく。二、三発で水塊が消えるので再設置。以下、同じことを次のゴブリンを発見するまで繰り返す。

ゴブリンが見えたときに水塊がちょうど消えれば爆裂石を連投するが、まだ水塊が残ってることもある。その場合には、左右に反復横跳びをかましながら水塊が追従するラグのあいだに爆裂石を奥に投げ込む。……ＭＰは問題ないんだが、俺の脚の筋力が下限突破しそうな辛《つら》さはあるな。

反復横跳び一往復で投げられる爆裂石は二個だけだ。結果、群れにゴブリンリーダーが混じっていれば生き残る。その時は後ろに下がりながらマジックアローで水塊を壊し、爆裂石を投擲《とうてき》する。

そこでふと、

「『アクアスクトゥム』を直接解除することはできないのか？」

できた。俺の苦労はなんだったのか。

そんな試行錯誤をしつつダンジョンを進む。最初は追い詰められて悲壮な覚悟とともに乗り出したダンジョン攻略だったが、だんだん面白くなってきた。

こんな窮地にでも陥《おちい》らなければ、駆け出し冒険者の身でダンジョンに乗り込むことはなかったろう。冒険者になった以上はゆくゆくはダンジョン探索をしてみたいと思ってたが、その夢が初日にして叶《かな》ったと思えば、こんな窮地も悪くはない。

窮地に陥ったときこそ、楽観的であるべきだ。楽観的というと何か悪いことのように思われがちだが、時と場合にもよるんじゃないか？　今この状況で役に立ってくれるのは、落ち込むだけの悲観ではなく、現状打破のパワーを与えてくれる楽観だ。

そんなふうに考えると、いろんなことが見えてくる。

たとえば、食料の問題。俺はポドル草原までの街道で顔見知りの商人の馬車に乗せてもらい、本来の予定より半日早く現地に着いた。要するに、予定が半日前倒しになったわけだ。そのおかげで今の俺は、領都クルゼオンとポドル草原を往復する三日分の食料を持っている。最初に思ったよりは食料に余裕があるということだ。

ダンジョン内で休息が取れるのかという問題も、今の調子ならなんとかなりそうだ。ボス部屋前の聖域までたどり着けば、壁に背を預けて眠るくらいはできるだろう。そうして休憩を取りながら、ボスには挑まず周辺にいる強めの雑魚《ざこ》を狩ることで、レベルアップなりスキル習得なりを狙えばいい。

「『下限突破』、か……」

もしこのギフトがなかったらどうなっていたか？　初心者向けの草原でゴブリンの掘った穴に落ちるという不幸な事故に遭った時点で完全に詰んでた可能性が高いよな。そう考えると、あの不幸はまだ俺の運命の下限なんかじゃなかったってことだ。

アクアスクトゥムの水塊にマジックアローをぶつけながら進んでいくと、

《スキル「詠唱加速」を習得しました。》

いきなり「天の声」が降ってきた。

「おっ？」

Skill――――

詠唱加速

同じ魔法を連続して使用することで詠唱に必要な時間が徐々に短くなる。ただし、本来の詠唱

時間の半分以下にはならない。

聞いたこともないスキルだな。

「同じ魔法を連発してたからか？」

たしかに、普通なら同じ魔法を連続で使用するのには限度がある。最大ＭＰが許す範囲でしか唱えられないからな。誰も持ってないとまでは言えないと思うが、少なくともあまり知られてないスキルではありそうだ。

「どのくらいのペースで加速するんだ？」

俺は少し足を止め、水塊を生み直す。一個じゃ足りないだろうか。とりあえず五個もあれば十分だろう。水塊の出現位置を調整して通路に沿って直線上に並ぶように配置した。さて、さっそくの試射だ。

「……『マジックアロー』！　……『マジックアロー』！　……『マジックアロー』！」

若干だが詠唱が早くなってる感じはある。詠唱する内容自体は同じなんだが、口が自然に早く回るというか。ちょっと奇妙な感覚だ。

五連射ほどしたところで、

「『マジックアロー』！　『マジックアロー』！　『マジックアロー』！」

一回当たりの詠唱時間が半分を切り出した。ここまでは説明文の通りだな。だが、

「『マジックアロー』『マジックアロー』『マジックアロー』」

詠唱時間がさらに短くなっていく。

「『マジックアロー『マジックアロ『マジックア――』」

発動の鍵語にすら喰い込む勢いで詠唱時間が短くなる。まだ続けたかったのだが、用意した水塊がすべて壊れてしまった。

「……どういうことだ？」

途中で終わってしまったが、その時点でも詠唱時間は本来の半分以下にまで短くなっていた。

スキルの説明文では、詠唱時間は半分までしか短縮できないとなってるんだが……。

「って、待てよ。もしかして、これも『下限』に当たるのか!?」

「詠唱加速」による詠唱時間の短縮の「下限」は本来の詠唱時間の半分――とも読めるよな。

その「下限」に対しても俺のギフト「下限突破」が働いたのだ。

「詠唱時間が半分になってもさらに加速が続くってことだよな。どこまで加速できるんだ？」

だが、マジックアローでは標的となる水塊を準備するのも大変だ。いや――そうか。

「べつに攻撃魔法じゃなくてもいいはずだな。……『クリエイトウォーター』！」

俺は水生成魔法で試してみることにした。

「……『クリエイトウォーター』！　……『クリエイトウォーター』！　……『クリエイトウォーター』！」

からの、

「『クリエイトウォーター』！　『クリエイトウォーター』！　『クリエイトウォーター』！」

さらに、

「『クリエイトウォーター』『クリエイトウォーター『クリエイトウォータ『クリエイトウォー『クリエイトウォ『クリエイト『クリエイ『クリ『クリ『ク『ク――って、どわぁぁっ！」

最初はばしゃばしゃと撒き散らされてるだけだった水が宙に「溜まる」ようになり、しかもその溜まるペースが加速する。アクアスクトゥムより大きな水塊になったところで、俺は慌てて後ろに飛び退《の》いた。

ばしゃぁっ！と水音を立てて水塊が弾けた。生み出すペースが早すぎたのか、撒き散らされるというより爆発するような感じだな。とっさに飛び退いたおかげでずぶ濡《ぬ》れにはならずに済んだが、ズボンが少し濡れてしまった。

「最後は限りなく0秒に近づいてた感じだな」

限りなく0秒に近い速度で同じ空間に水を生み出し続けたら、そりゃ爆発もするよな。

0秒こそが本当の下限なのか、それともそれすら「下限突破」できる下限なのか？

詠唱時間がマイナスになるというのは想像しにくい。詠唱時間がマイナスになるということは、俺が詠唱を開始する前に詠唱が完了してるってことだからな。未来の俺が唱えようとした魔法が、突如として、まだ詠唱に取りかかってすらいない現在の俺の前で発動する――なんていう不可思議な現象が起きかねない。

だが、詠唱時間の下限突破には、別の可能性もあるだろう。

0．1秒が0．01秒になり、0．01秒が0．001秒になる——そんな形であっても、下限を常に突破してることにはなる、のか？

「下限というか無限の話だよな。頭が痛くなりそうだ……」

通路の奥にゴブリンを確認すると、俺はアクアスクトゥムで前方に水塊を二つ生み出した。

ゴブリンと俺を遮《さえぎ》る直線上に二つだ。その水塊に、

「『マジックアロー』！『マジックアロー』！……」

マジックアローを連続で使用、「詠唱加速」を発動させる。二つの水塊が壊れる頃には、マジックアローの詠唱時間は既に半分を切っていた。障害物がなくなったことで、俺の放ったマジックアロー八号がゴブリンの頭に直撃する。ゴブリンはよろけたが、頭を振ってから俺へと向き直り、憤怒の叫びを上げてくる。あいかわらず、棍棒《こんぼう》で殴ったほうがマシくらいの威力にしか見えないな。

だが、

「『マジックアロー『マジックアロ『マジックア『マジック『——」

そんな威力の魔法でも、五、六発も当てればゴブリンを倒せる。

俺の詠唱はさらに加速し、未知の領域へと突入していく。

「『マジック『マジッ『マジ『マ『マ……』」

二体目のゴブリンは数秒で、三体目は一秒ほどで、四体目はほぼ一瞬で溶けてしまった。

《スキル「初級魔術」で新しい魔法が使えるようになりました。》

Skill――
初級魔術
ごく初歩的な魔法を扱うことができる。このスキルを使い込めば使用可能な魔法が増えそうだ……
現在使用可能な魔法：マジックアロー　クリエイトウォーター　アクアスクトゥム　マジックミサイル（new!）

Skill――

マジックミサイル（new!）

標的を追尾する魔法の弾丸を射出する。使い込むことで新たな魔法を閃きそうだ……


「これだぁっ！」

俺は思わず拳を握る。この魔法があれば地下洞のゴブリンを倒せるんじゃないか？　遠巻きに誘導性のある魔法を放ちながら、後ろに下がりつつゴブリンを一体ずつ始末していく。「詠唱加速」も重なるから、初動でよほどの数にたかられなければ魔法の連射速度で押し切れる！

マジックアローは基本的にまっすぐにしか飛ばないからな。「詠唱加速」をするとどうしても一発一発の狙いが甘くなり、正直外れてる「矢」がそれなりにある。ダンジョン内ならともかく、あの崩れやすそうな地下洞で連射を敢行するのは危険だろう。

今習得したマジックミサイルなら、その問題を回避できるはずだ。スキルの説明文通りなら、「詠唱加速」で連射しても的を外す心配はないということだ。

今なら表のゴブリンも倒せるはずだ――そんな確信が湧いてくる。

「どうする？　引き返すか？」

だが、これまでにも結構進んできた。来た道を引き返すより、ボス部屋前の聖域に辿り着くほうが早いって可能性もある。今から引き返す場合には、途中で安心して休憩できるポイントがないって問題もあるな。

「いや、まずは性能の確認か」

引き返すにしても、マジックミサイルが期待通りの性能かを確かめるのが先だ。

俺は次のゴブリンを見つけると、

「『マジックミサイル』！」

詠唱時間はマジックアローの倍くらいか。生み出された半透明の弾丸が、緩く弧を描いてゴブリンに命中する。頭を撃たれたゴブリンが仰《の》け反《ぞ》って倒れるが、すぐに怒りの形相で起き上がる。

だが、その足元はふらついていた。一撃必殺とはいかなかったが、マジックアローよりは効いてるみたいだな。

「よし！」

俺はガッツポーズをすると、持ち物リストから爆裂石を取り出した。今回は「詠唱加速」はなしで、爆裂石を二連続で投げつける。初見の魔法にいきなり命は懸けられないからな。

轟音が収まってみると、ゴブリンの群れは爆煙の臭気だけを残して消えていた。

「たしかに軌道が曲がったな。威力もマジックアローよりは強いみたいだが……」

これだけだとまだはっきりしないな。俺は次のゴブリンを見つけると、アクアスクトゥムで水塊を前方にいくつか生み出してからの「詠唱加速」で、マジックミサイルを連射する。

マジックミサイルは、一撃でひとつの水塊を破壊した。これでマジックアローより威力が高いことは確定だが、水塊がすぐに消費されることには問題もある。「詠唱加速」が乗り切らないのだ。「詠唱加速」がその詠唱時間短縮の下限である「本来の詠唱時間の半分」を突破するまでには、それなりの数を撃つ必要があるからな。

結局、詠唱が加速しきる前の十数発のマジックミサイルで、ゴブリンの群れが全滅した。

「詠唱加速」は乗り切らなかったが、ゴブリンが接近する前に倒すことはできた。

「一体当たり三、四発ってとこか」

爆裂石には劣るが、まずまずの威力だ。ただ、なまじ威力が高い分「詠唱加速」が乗り切らないっていうのは盲点だったな。

「待てよ？　『詠唱加速』の『下限突破』をするなら、一発当たりの威力は低くてもいいってことにならないか？」

「詠唱加速」が乗り切った時の連射速度を考えると、一発当たりの威力はあまり関係ないとも言えるよな。さっきの感じだと、マジックミサイルの詠唱時間がまだ一秒を切らない時点で、マジックアローなら既に十分の一秒を突破してる。その瞬間だけを切り取れば、マジックミサイルを一発撃つあいだにマジックアローを十発撃てるということだ。となると、その瞬間に出せる単位時間当たりの火力では、マジックアローがマジックミサイルを凌《しの》ぐってことになる。

百分の一秒に一発、千分の一秒に一発……とさらに刻んでいけるのなら、一秒当たりに発射されるマジックアローの数は、おそらく無限に増えていくはず。たとえ一発当たりのダメージが小さかったとしても、無限回撃てるならダメージも無限。1×∞《無限》は∞であり、2×∞も∞である。マジックミサイルにマジックアローの2倍の威力があったとしても、先に無限連射状態に到達できるマジックミサイルよりマジックアローのほうが総合的なダメージが上だってことだよな。

詠唱時間の下限を突破することで魔法の一発当たりの威力が意味をなさない次元に到達しうるというわけだ。……少なくとも理屈の上ではな。

だがもちろん、マジックミサイルが無用の長物ってわけでもない。マジックミサイルには対象を追尾するという便利な特性があるからな。さっきのゴブリンくらいの相手なら適当に撃っても回避されることはなさそうだ。

とはいえ、道中でゴブリンを倒す上でいちばん安定するのは、やっぱり爆裂石なんだよな。事前に水塊を設置する手間がいらず、「詠唱加速」のための時間もいらない。マジックアローやマジックミサイルが単体を標的とする魔法なのに対し、爆裂石は敵全体を攻撃できる。「爆裂の素養」も気になってるから、魔法だけじゃなく爆裂石も使っておきたい。

それに、いくらＭＰに下限がないとはいえ、俺の集中力には限界がある。高速で魔法を連射するより、何も考えずに石を投げるだけの方がずっと楽ではあるんだよな。

「集中力の低下を『下限突破』……はできないよな」

たとえできたとしても、限界以上に注意散漫になるとしか思えない。集中力をゼロ以下にすることに何かプラスの意味を見出すのは難しそうだ。こういう場合に必要なのは、大胆な発想の転換ではなく、ごく当たり前の休息だろう。

「なんでも『下限突破』すればいいってわけじゃないんだよな……」

そんなことを考えつつ、爆裂石を投げたり魔法を連射したりしながらダンジョンを進むことしばし。

「おっ、ようやくか」

俺の前方に、開けた空間が現れた。大きな鉄の扉の前の空間に、古ぼけた女神像が立っている。実際に見るのは初めてだが、これが聖域なんだろう。なんとはなしの感覚で、ここが安全なんだということが実感できる。

「……ん？」

ようやく休めると思い気が抜けかけた俺だったが、奥にある扉がうっすら開いてることに気づいて警戒する。

ボス部屋と聖域を区切る扉は、錆の浮いた観音開きの巨大な鉄扉だ。オーガでも余裕でくぐれそうなほどの高さがある。

その「奥」から、いきなり声が飛んできた。

『ここから出しやがれって言ってるんですよぉー！　聞こえてるんですかぁー！』

「うぉっ⁉」

いきなり響いたキンキン声に、思わず耳を塞ぐ俺。だが、考えてみると俺は耳栓（薬草）をしたままだ。即席の耳栓だから音を完全に遮断《しゃだん》できるようなものじゃないが、耳がキーンとするほどの音は聴こえないはずだ。なにせ、爆裂石の爆音すらそれなりに軽減してたんだからな。

「な、なんだ……⁉」

爆裂石をも凌駕《りょうが》するとんでもない大声――というわけではない。なんというか、鼓膜を振動させて伝わる声ではなく、「声」そのものが直接俺の脳裏に響いたような感じだな。脳裏に響くって意味では「天の声」と似てるかもしれないが、無愛想《ぶあいそう》で事務的なあれと違い、実に生き生きとした少女の声だ。小さな子どもが急にキンキンした声を上げることがあるが、あれによく似た感じだな。

「声」はさらに叫び続ける。

『出さないって言うんならこっちにも考えがありますよぉー！　あたしがず～～～～っと叫び続けてもいいんですか、こらぁー!?』

「……勘弁してくれ」

と俺はつぶやく。「声」そのものはかわいらしいんだが、脳に直接響くからガードもできない。「声」の余韻で頭がずきりと痛むほどだ。

俺は耳栓（薬草）を外してズボンのポケットに入れると、足音を殺して聖域に近づく。注意深く様子を窺《うかが》ってみるが、聖域の中には誰もいない。やはり、あの「声」はボス部屋の中からみたいだな。

「……ようやく休めると思ったんだけどな」

ボヤきたくなるが、聞こえてくる「声」は、助けを求めてるものとも取れるよな。その「声」の主が、モンスターであるはずはない。

となれば、

「……冒険者同士のトラブルか？」

俺はてっきり、このダンジョンに足を踏み入れるのは俺が初めてだと思っていた。だが、偶然ここを発見して、ギルドにも内緒で先行してる冒険者が、絶対にいないとは言い切れない。正式な調査が入る前においしいところをいただいてしまおう——そんな考えを起こしたのかもな。で、欲をかいた結果、内輪もめに至ったと？

「どうしたものかな……」

ダンジョンという閉鎖空間でのトラブルは、しばしば非常に危険な結果に繋《つな》がると聞く。他人の目のないダンジョンの中で冒険者同士が揉《も》め事になれば、いきおい力で解決するほうに流れがちだ。ただでさえ気性の荒い奴が多いからな。

ダンジョン内では時間が経つと死体が自然消滅するということもあり、人を殺してもただの失踪として処理されてしまうことも多いという。どう考えてもあいつが殺したとわかるような状況であっても、確実な証拠がなければどうしようもない。

領主である父（もう俺の父ではないらしいが）もそうした裁判にかかわることがあるが、率直に言って酷いものだ。被害者の遺族や仲間に向かって、「その者が犯人だという確実な証拠を提出するか、信頼できる身元の確かな証言者を連れてこい」などと、平気で無茶なことを要求するからな。

とはいえ、俺が父の立場だったとして、父がやっていた以上のことができるのかと問われれば、難しいとしか言いようがない。そもそもが証拠のない話なんだからな。他の領主と比べて、父が領主として特別に無責任とは言えないだろう。

「どうする？　トラブルだとしたら新米冒険者には荷が重いぞ」

揉めているのが冒険者同士なのだとしたら、ほぼ間違いなく、どちらの側も俺より強い。まともに戦って勝つのは難しいし、どちらかに加勢しても役に立てるかどうか怪しいところだ。

もちろん、爆裂石をボス部屋に投げ込めば、その場にいる冒険者をまとめてなぎ倒すことはできるだろう。だが、それでは助けを求めてる側まで一緒に吹き飛ばすことになってしまう。

「まあ、自衛のことだけ考えるなら、それがいちばん安全なのかもしれないが……」

当然のことながら、「なんか怖そうだからとりあえず爆裂石を投げ込んで、何も見なかったことにしてしまおう」なんて真似《まね》をするつもりはない。

「しかたない。まずは様子を窺うか」

俺は聖域の部屋の壁際《かべぎわ》に沿って扉に近づき、中の会話に耳を澄ませる。今まで聞こえたのは頭に響く「声」だけだが、その「声」の主だって、相手がいないのにこんなふうに騒いだりはしないだろう。……もしそうだったとしたら、それはそれで怖いよな。

そんな俺の不安に答えるように、

「……五月蝿《うるさ》い羽虫《はむし》だ」

第二の声が聞こえてきた。さっきまでの「声」とは違い、物理的な音を伴う普通の声だ。

嗄《しやが》れた低い男の声だった。青年とも中年ともつかない声には、何か不穏な圧のようなものが宿ってる。「声」には子どものような無邪気さがあるのに対し、男の声はいかにも物騒だ。

「……冒険者同士のトラブルじゃない、のか？」

この二つの声の主が、一緒にパーティを組んで冒険してるとは想像しづらい。

「内輪もめじゃないとしたら……犯罪か？」

俺は、薄く開いた扉の隙間から、慎重に中を覗き込む。

そこに見えた光景は、解釈に困るものだった。

まず、ボス部屋の中央にモンスターが一体。身長二メテル半ほどの体格のいいゴブリンだ。道中のゴブリンとは異なる立派な鎧《よろい》を着込んでる。オーガのようなモンスターと比べれば細身だが、それでも胸板の厚さや全身の筋肉量は俺を圧倒するには十分だ。片手には、人間の両手剣のようなサイズの鉈《なた》を下げ、もう片方の手には、人骨を組み合わせて作ったような不気味な大盾を持っていた。

あれが、このダンジョンのボスなんだろう。ゴブリンリーダーの上位互換なら、ゴブリンキャプテンあたりだろうか。

もちろん、ボス部屋にボスがいるというだけなら、俺も戸惑うことはなかっただろう。冒険者の内輪もめならボスは倒した後なんだろうと思ってたが、まだこれからという可能性もなくはない。

問題は、そのボスの前にたたずむ黒いローブに身を包んだ謎の男だ。フードの中が見えないから絶対に男だという確証はないが、体格的には男のはずだ。さっきの声の主はこいつだろう。他に候補がいないからな。

　ローブは一見地味に見えるが、黒い布地の上にわずかに色味の違う別の黒で複雑な紋が描かれている。なんらかの効果があるのか、それとも単なる虚仮威《こけおど》しなのかはわからない。ただ、男の発する静かな威圧感から考えて、何かあると思っておいたほうがよさそうだ。こいつが犯罪者なんだと言われれば、十人中十人が納得してしまいそうな格好だよな。

　さらに、ボス部屋にはもうひとつ、この場に似つかわしいとは言えないものが存在した。黒い金属でできた不気味な鳥籠《とりかご》――のようなものが、黒ローブの男とボスゴブリンのあいだの地面に、横倒しになって転がっている。位置関係から考えて、黒ローブの男がそれを、ボスの前に向かって無造作に放り投げたんだろう。

　その、地面に転がった鳥籠の中に――いた。

『ちょぉぉぉっとぉっ！　少しはあたしの話を聞きなさいよ、この陰険ムッツリ眼鏡《めがね》ヤローぉっ！』

　と、三度《みたび》頭に響く謎の「声」。もちろん、地面に転がった鳥籠の中から、だ。

　その中に囚われてるものを見て、俺は思わず目を剝いた。

　一見すると、小さな女の子がほしがるような、着せ替え人形のように見えなくもない。だが、その「人形」は、実に生き生きと動いていた。背中から生えた羽根を羽ばたかせ、鳥籠の柵を両手で摑《つか》んで、全身の力を込めて揺さぶろうとしている。その言動にあまりに屈託《くったく》がないために、絶体絶命の窮地にあるはずなのに、どこか賑《にぎ》やかで、コミカルにすら感じてしまう。まるで、生まれた時から負の感情を一切持ち合わせていないかのような——

そんな存在《もの》は、伝説の中にしか存在しない。

俺の口から、自然にその言葉が零《こぼ》れ出た。

「……妖《よう》、精《せい》？」

ボス部屋の埃《ほこり》っぽい床に投げ出された、黒く禍々《まがまが》しい鳥籠。その中に囚われていたのは、

「妖精……本物なのか？」

——妖精。その言葉を聞いて思い浮かべるものは、人によって様々だろう。中にはエルフや獣人のことを妖精の一種と誤解してる人もいる。

だが、ある程度の共通了解らしきものはある。着せ替え人形くらいの大きさの小人で、蝶や蜻蛉《かげろう》のような羽根があり、全身から燐光を振り撒く伝説の種族——といったイメージだな。

ボス部屋に転がった鳥籠の中に囚われているのは、まさにそのイメージ通りの妖精だった。見た目の年齢は、十代前半くらいだろう。もしこれが人間の少女なら、の話だけどな。チューリップの花を逆さにしてそのままかぶったようなワンピースの服に、薄桃色のツインテール。人間に合わせて縮尺を調整したとしても、小柄な部類に入りそうだ。

『出ぁ〜しぃ〜なぁ〜さぁ〜いいいいいいいっ！！！』

キンキン声を上げ続ける妖精を無視して、黒ローブの男がボスゴブリンに語りかける。さっき妖精は黒ローブのことを「陰険ムッツリ眼鏡野郎」とか言ってたか。注意して見ると、目深《まぶか》にかぶったフードの奥に、鈍く光るレンズがある。「陰険ムッツリ」かどうかは知らないが、眼鏡をかけてることは事実だな。

「虚《むな》しいとは思わんか？」

黒ローブが言った。その言葉はなんと、妖精ではなくボスモンスターに向けられている。言うまでもないことだが、ほとんどすべてのモンスターは人語を解さない。ボスに語りかけてるようでありながら、その実、相手が自分の話を聞いてるかどうかなんて気にしてないような感じだな。

「それだけの力を持ちながら、ボス部屋から出ることも叶わず、欲望に駆られた卑《いや》しき人間の冒険者どもが現れるのをただ待つだけ……おまえが生まれてきたことに、いったい何の意味がある？」

「ググウ……」

とボスゴブリンが唸《うな》るが、それはべつにぐうの音を出したわけではないだろう。そもそものゴブリンに言葉が通じてるようには見えないな。

「人間どもの果てしなき欲望の餌食《えじき》となる前に、おまえの方が先に、人間を己が欲望の餌食とするのだ。殻を喰い破れ。そのための道具はそこにある」

と言って、男はちらりと鳥籠の中の妖精を一瞥《いちべつ》した。

意味ありげな視線に釣られ、ボスも妖精へと目を落とす。

男の話を聞いてるかどうかはわからないが、このボスは今のところ黒ローブに襲いかかることはしていない。奇妙なことだ。ダンジョンボスは、ボス部屋への侵入者があれば、即座に攻撃を開始すると聞いている。一方通行の語りを聞いてくれるなんて話は聞いたことがない。

「この世界には二つの知的生命がいる。人間とモンスター――ではない。遊戯者《プレイヤー》たる資格を与えられたものと、そうでないものだ」

ボスゴブリンの顔には「?」と書いてあるな。たぶん俺の顔もボスと似たような感じだろう。

「古代人の末裔《まつえい》にはプレイヤーとしての識別符号が与えられ、それ以外の者は等しくノンプレイヤーキャラクターとされる。NPC――プレイヤーであらざる者という意味の侮蔑《ぶべつ》語だ」

『ちょっと！　訳わかんないこと言ってないでここから出しなさいよっ！　この独りよがり厄介《やっかい》根暗自分語りヤロー！』

……伝説の存在はだいぶ口が悪いみたいだな。

「この世界は古代人の夢だそうだ。だが、我々にとっては、古代人の旧世界こそ夢に等しい。古代人だと？　フン、神の如《ごと》き力を手に入れながら、生に倦《う》み果て滅んでいった負け犬どもではないか。そんな連中の定めた規則に何故《なぜ》縛られねばならぬのだ？」

「グ、グゴ……」

ボスゴブリンが黒ローブの放つ威圧感にたじろいだ。聖域の中にいるのでなければ、俺もたぶん凍りついていただろう。

いまだに黒ローブに俺の存在を察知されてないのは、おそらく俺が聖域内にとどまってるからだ。話によれば、もしボス部屋の扉が開いていたとしても、ボス部屋の中から聖域を見ることはできないのだという。もしそれができるとすれば、ダンジョンボスは冒険者が聖域からボス部屋に侵入するのを待ち構えて攻撃できることになってしまう。聖域の安全性とボスとの戦いの公正さを担保するための仕組みだというのが、架空世界仮説信奉者たちの見解だ。

その説明の当否はともかくとして。聖域からボス部屋の中を覗くことはできるがその逆はできない、というのは事実らしい。これは単なる学者の意見ではなく、冒険者たちによって確かめられてきた動かしがたい事実である。

さらに言えば、この一方通行は視線に限った話じゃない。聖域とボス部屋のあいだのあらゆる情報の伝達は、ボス部屋↓聖域だけの一方通行になってるらしい。光や音をはじめ、黒ローブの放つ威圧感なんかも、聖域には筒抜けだ。妖精の「声」もそうなんだろう。

架空世界仮説的には、ボスの脅威度を外から測れるように、という仕組みらしいが、そのおかげで俺はボス部屋の黒ローブたちに気づくことができた。

逆に、聖域側の情報は、ボス部屋の中には伝わらない。俺がこうして息を潜めてるのも、本当は必要のない警戒なんだろう。

でも、この黒ローブならあるいは……という怖さもあるよな。まあ、単に俺がこの「情報の一方通行」のことを今まで忘れてただけなんだが。

「何も知らぬ哀れなゴブリンよ、その妖精を取り込むがいい。古代人の同伴者《コンパニオン》として生み出された妖精には、遊戯者に準じた識別符号が付与されている。その妖精を喰らうことで、貴様は識別符号を手に入れることができる。ただの人形ではなくなるということだ」

「グ、グゴ……？」

「悔しくはないのか？　知性なき存在として生み出された貴様は、遊戯の無様なやられ役でしかないのだぞ？　野蛮なゴブリンとはいえ、貴様は上位の統率個体だ。将たる者がこのような侮蔑を受けて黙っているつもりか？　さあ、早くその羽虫を喰らって、俺たち魔族の仲間となるがいい――――！」

「グガァァ！」

意味はわからないなりに、ボスは煽《あお》られたことがわかったらしい。憤怒の表情で地面に転がったケージに近づく。

『ち、ちょっとぉ⁉　なんでそんな奴の言うことを真に受けちゃってるんですかぁ⁉　やめなさい、あたしを食べたって美味《おい》しくなんてないんだからぁ！！！』

くそ。これ以上の猶予はなさそうだ。取るべき行動を決めなくてはいけない。

黒ローブの男は、見るからにヤバい。駆け出し冒険者の手に負えるような相手じゃないだろう。いや、黒ローブの男を抜きにしても、あのボスゴブリンだって十分すぎる強敵のはずだ。

自分の安全だけを考えるなら、何も見なかったことにして来た道を引き返すべきだ。

だが、気づけば俺は、マジックアローの詠唱を始めていた。

聖域とボス部屋のあいだには「情報の一方通行」がある。では、情報以外のもの――たとえば、矢や魔法や投擲されたアイテムはどうなるのか？

その答えははっきりしてる。聖域からボス部屋内への攻撃はすべて無効化されるらしい。もしそれができてしまったら、安全な聖域からボスを一方的に攻撃することができてしまうからな。もしそれができるんなら、聖域からボス部屋に爆裂石をひたすら投げ込み続ければ、ノーリスクでほとんどのボスを封殺できることになってしまう。

じゃあ、なぜ聖域で詠唱を始めたのかって？

呪文の詠唱に関してだけは、ちょっとした抜け道があるんだよな。

詠唱を聖域内で済ませておき、ボス部屋に足を踏み入れた瞬間に――

「『マジックアロー』！」

俺の放った魔法の矢が、黒ローブの男に直撃した。

俺の放ったマジックアローは、たしかに黒ローブに命中した。

だが、

「ほう。もうここを嗅ぎつけてくるとはな。しかし、その嗅覚《きゅうかく》のよさが仇《あだ》となったな、人間の冒険者よ。こんな低ＩＮＴの『初級魔術』がこの俺に効くと思ったのか？」

黒ローブの頭が、突然の闖入者《ちんにゅうしゃ》――つまり俺の方を向く。それに伴い、俺からも目深にかぶったフードの奥が見えるようになった。フードの奥には、大きく分厚い丸眼鏡。眼鏡の奥では、紅《あか》い瞳《ひとみ》が鈍く輝く。本来白いはずの白目は漆黒《しっこく》で、紅い瞳の真ん中に、縦に裂けたように細い金の瞳孔《どうこう》があった。顔立ちの個別の特徴を挙げるなら、瘦《や》せ気味で頬骨が張っていて鼻が高いといった感じだが、それらの特徴をすべて吹っ飛ばすのが、人間にはありえない青紫の地肌である。

その容姿は、伝説に謳《うた》われる「魔族」のそれに酷似していた。妖精も伝説の存在なら、魔族も伝説の存在だ。今日は伝説のバーゲンセールの日なんだろうか。初級冒険者にうってつけのポドル草原の地下に、とんでもない奴がいたもんだ。

そんな相手と今の俺が戦えるのか？

俺は焦《あせ》りと怯えを顔いっぱいに浮かべつつ、

「『マジックアロー』！」

二度目の魔法の矢を発射する。

「ふん……」

黒ローブは避けもしなかった。その気になれば避けることもできるんだろうが、避ける必要すらないということか。実際、俺の放ったマジックアローは黒いローブの表面で砕け散る。黒いローブの表面にあるわずかに色味の違う黒の紋様が一瞬ほのかに光った気がするな。効かなかったのではなく、無効化された――そんなふうに見えるよな。

黒ローブは金の瞳孔に嘲《あざけ》りを浮かべながら、

「ふははは！　やけくそだなぁ、冒険者！　どうれ、貴様のステータスを見てやろうか！『看破』――ほう、レベルは2か！　レベル2でこの俺に挑んだその蛮勇だけは褒《ほ》めてやろう！」

「『マジックアロー』！」

破れかぶれの表情で放った矢も、黒いローブの表面で弾かれた。俺の魔法に、男は防御の構えすら取らず、ただ突っ立ったままである。達人だけができる自然体の構え――なんかではない。本当にただ、突っ立っているだけだ。俺の魔法が自分に害を為《な》せるはずがない――そう確信してるんだろう。

「だが、その蛮勇が命取りだ、哀れなゼオンよ！　愚にも程があるな……今の一幕を聖域から覗いていたのであろう？　何故逃げなかった？　何故立ち向かおうと思った？　その羽虫を哀れにでも思ったか？　本当に哀れなのは貴様のそのおめでたい頭だというのにな、ふははは！」

随分口の回る奴だな。このあいだにはほんの数秒しかないんだが。しかし、俺にとってはとてつもなく貴重な数秒だ。まだ気づかないでいてくれよ……。

「『マジックアロー』！」

「おいおい、まるで馬鹿のひとつ覚えではないか！　いや、実際に『初級魔術』しか知らんのか！　せめてその『爆裂の素養』を『爆裂魔法』に変えてくるべきだったなぁ！　ああ、哀れ！　ああ、愚か！　これが古代人の末裔よ！」

「『マジックアロー』！」

「……頭が哀れなら術も哀れだ。何の創意工夫もない。『初級魔術』といえど工夫次第でいくらでも使い方を変えられるというのに……そんな基本的なことすら知らんのか」

「『マジックアロー』！」

「いい加減にしろ、目障《めざわ》りだ。そんなものは俺には効かん。興が醒《さ》める——」

「『マジックアロー』！」

「だから効かぬと……」

「『マジックアロー』！」

「いや、だから……魔族である俺にはだな……」

「『マジックアロー』！」

「お、おい、俺の話を……」

……そろそろ破れかぶれのフリもいいだろうか。俺は表情を引き締めると、

「『マジックアロー』！　『マジックアロー』！」

　やや抑え気味だった詠唱速度を現在の最大速度へと引き上げる。「詠唱加速」で詠唱時間が短縮されるといっても、必ずしも常に最高速度で詠唱しなければならないわけじゃない。普通に魔法を唱える場合でも、詠唱完了から発動まで少しのあいだ術を留めておくことはできるからな。抑え気味の速度で詠唱しても、魔法の連続使用回数が増えさえすれば、「詠唱加速」の効果は蓄積する。道中での俺の研究成果だ。

　黒ローブの男の顔に、初めて動揺の色が浮かぶ。

「なっ、まさか、『詠唱加速』か⁉　だが――」

「『マジックアロー』！　『マジックアロー』！　『マジックアロー』！」

「ふははははっ！　笑止！　伝説級のスキルがあればこの俺に勝てるとでも思ったか⁉」

　一度は動揺を見せた黒ローブだが、すぐに余裕を取り戻す。

　……さっきからずっと語りかけてくるが……悪いな。「詠唱加速」をやってるあいだは他の言葉を挟めないんだ。

「『マジックアロー』『マジックアロー』『マジックアロー』――」

「くはははっ！　残念だったな、人間！　博識な俺はそのスキルの弱点も知っている！　詠唱時間の短縮は最大で元の詠唱時間の半分まで――恐るるに足らん！」

　おお、よく知ってるな。だが、

「『マジックアロー『マジックアロ『マジックア『マジック――」

「ばっ、馬鹿な、早すぎる！　だが、無駄なあがきだ！　愚かなおまえにもわかるように説明してやろう！　俺が作ったこのローブには、低威力の魔法を自動で無効化する術式が施されて――」

「『マジック『マジッ『マジ『マジ――」

「ローブが赤熱しているだと⁉　くそっ、俺の設計した無効術式が過熱《オーバーヒート》しているのか⁉」

ご丁寧に解説してくれた通り、男のローブは紋の部分が炉に入れた金属のように赤熱している。あれは相当熱そうだが、ひょっとして熱には強いのか？

しかし、自称魔族の男が焦り出したのは間違いない。

よし、いける！

密《ひそ》かに胸を撫《な》で下ろしつつ、俺はボス部屋にたたずむボスゴブリンの様子をちらりと窺う。

最初から様子はおかしかったが、いまだに動き出す気配がない。俺の乱入に困惑しているのか、先にボス部屋に入った黒ローブの方を優先しているのか、それとも黒ローブがなんらかの小細工をしてるのか。理由はわからないが、ボスゴブリンが動き出す前にかたをつける必要がある。

「『マジ『マ『マ『マ……」

男もなかなか舌の回る奴だが、今の俺の舌の動きのほうが上だろう。舌がからまりそうだ。

魔法の詠唱時間自体は「下限突破」で短くなっても、舌の動きの加速には限界があるみたいだな。

「や、やめろ！　これ以上は術式の回路が暴走して――⁉」

なるほど、それが弱点か。じゃあ遠慮なく、

「『マ『マ『マ『m『m『m『……」

舌がちぎれそうな限界速度でマジックアローを連射する。

「ぐおあああああっっっ⁉」

黒ローブが叫ぶと同時に、赤熱した紋様から目に見えるほどに濃い魔力が噴き出した。爆発って感じじゃないな。回路とやらのせいか、紋に沿って扇のような形で圧縮された魔力が解き放たれた。

それはもはや、魔力の刃《やいば》と言っていい。暴発した無数の魔力の刃が、男の全身を容赦《ようしゃ》なく切り刻む。

「ぐぎゃあああああっ‼⁇」

右腕が肩から切断された――のはまだマシな方だ。詳しい描写をしたくないんだが、サイコロステーキという料理があるな。この説明だけで「あっ……」と察してもらいたい。首が斜めに切断され、飛んだ頭部が空中で縦に切り分けられる。左耳の上から顎《あご》の下までを失った残りの頭部が宙を飛び、俺のすぐ近くの地面に転がった。かろうじて無事だった右目が、俺をぎょろりと睨《にら》んでくる。

「ば、馬鹿な……レベル2にこんな魔力があるはずが……」

こんな状態でもまだしゃべれるのかよ。死の間際《まぎわ》の一言くらいは聞いてやりたい気持ちもあるが、最後で気を抜いていいような相手じゃない。「詠唱加速」を一からやり直すことになったら今度こそ勝ち目はないからな。

「『m『m『.『.『.『.『——」

「馬鹿な、こんなことがあってたまるか、俺は、俺は、魔王軍四天王、魔紋のロドゥイエなんだぞぉぉぉぉっ——!」

半分しか残ってない口で絶叫する男に、

「『マジックアロー!』」

俺の最後のマジックアローが突き刺さった。

魔族を名乗る男はなにやら重要なことを語っていたようだったが、残念ながら詳しく話を聞いてやる余裕がなかった。途中で言葉を挟むと「詠唱加速」が切れるからな。

間違いなく強敵だった。普通に戦ったら絶対に勝てない相手だったと思う。

《レベルが3に上がりました。》

《レベルが4に上がりました。》

《スキル「初級魔術」で新しい魔法が使えるようになりました。》

《スキル「逸失魔術」「魔紋刻印」を習得しました。》

「天の声」が立て続けに聞こえてくるが、すぐに確認する余裕はない。なぜなら、ボスゴブリンがいきなり鉈で斬りかかってきたからだ。

「グガアアアッ！」

「うおっと！」

俺は慌ててロングソードで鉈を受けるが、

「ぐおっ⁉」

ボスゴブリンの力は強く、俺は数メテルも吹っ飛ばされた。斬撃そのものはガードできたものの、パワーの違いで衝撃を殺しきれなかったのだ。

不幸中の幸いは、俺の飛ばされた方向だろう。ボスゴブリンが俺の死角に回り込んで攻撃したおかげで、俺は地面に転がる黒い鳥籠の近くに吹き飛ばされた。俺はなんとか着地しながら地面に転がる鳥籠を回収し、ボスゴブリンから離れるほうへ飛び退《すさ》る。

そう。あのおしゃべりなローブの男に気を取られていたが、ここには本来のダンジョンボスがいる。鳥籠に囚われた妖精もな。

『た、助けてくれたんですかぁ⁉』

鳥籠の中の妖精が、目をうるうるさせて俺を見る。

「そのつもりだったんだが、この先どうなるかはわからないな」

右手にロングソード、左手に鳥籠では戦いにくい。妖精だけでも安全なところに置きたいが、ダンジョンのボス部屋からはボスを倒すまで出られないと聞いている。この見晴らしのいい空間の中に、妖精の安全を確保できるような場所は見当たらない。

「その鳥籠からは出られないのか？」

『できたらやってますよぉ！』

そりゃそうか。

「俺が鳥籠を破壊することはできるか？」

さっきから開けようとしてるんだが、そもそも扉らしきものが見つからない。黒く禍々しい金属のようなものが継ぎ目なく鳥籠を形成してる。まるで中に妖精を入れてから鳥籠を作ったみたいな感じだな。

『無理ですよぉ！　このケージは魔紋のロドゥイエが魔黒鋼を魔紋で加工して作ったものなんですからぁ！』

「ロドゥ……ってのは誰のことだ？」

『さっきあなたが秒殺してたあの魔族ですよぉ！　知らないで戦ってたんですかぁ⁉』

「本当に魔族だったのか……」

魔族。伝説では魔王の眷属《けんぞく》とされる種族のことだな。人間とは桁《けた》の違う魔力と、獣人をもはるかに凌駕する身体能力を併せ持ち、個体によっては空を自在に飛ぶことすらできるという。

そんなものが本当に存在するという証拠はなく、魔族を自称する者がいたとしても、たいていはインチキと言っていい。思春期に入った男の子が突然「俺は魔族の生まれ変わりなんじゃないか……」などと言い出す定番の黒歴史があるが、もちろん本当にそうであった例はひとつもない。

だが、それを言ったら妖精だって伝説の存在だ。その妖精があれが魔族だったというのなら、本当に魔族だったと見ていいだろう。妖精は基本的に嘘《うそ》が吐《つ》けないという話もあるし。

ともあれ、妖精が囚われてるケージを作ったのはさっきの魔族――ロドゥイエらしい。そういえば、ロドゥイエは低威力の魔法を防ぐあのローブを自分で作ったと言ってたな。妖精によれば、ロドゥイエは「魔紋」を使ってケージを加工したという。あんな性格のくせになかなか小器用な奴だ。

さっき取得したばかりのスキル「魔紋刻印」を使えばケージを壊せるかもしれないが、ボスゴブリンの攻撃を捌きながらでは無理だろう。

再び斬りかかってきたボスゴブリンの攻撃をなんとか凌ぎ、距離を取る。マジックアローを唱えようとするが、その前にボスゴブリンが迫ってくる。ボスゴブリンの巨大な鉈を防ぎながら呪文を唱える余裕はない。

『ちょっとぉ！　さっき魔族を秒殺してましたよねぇ⁉　どうしてそんな人が今更ゴブリンジェネラルに苦戦してるんですかぁー⁉』

ケージの中で妖精が騒ぐ。

たしかに、常識的に考えるならこのボスゴブリンよりさっきの魔族の方が強敵だったんだろうな。

っていうか、

「ゴブリンジェネラル⁉　こいつ、ゴブリンジェネラルなのか⁉」

ダンジョンの道中で出くわしたのは、ゴブリンとその統率個体であるゴブリンリーダーだった。ゴブリンリーダーの一個上の統率個体はゴブリンキャプテンのはずだ。

ゴブリンキャプテンとゴブリンジェネラル。名前だけだと紛らわしいが、この二つはそれぞれ系統を別にするゴブリンの上位種だ。ゴブリンには様々な亜種が確認されていて、そのひとつにゴブリンソルジャーというゴブリンの強化種がいる。ゴブリンを人間の盗賊に喩《たと》えるなら、ゴブリンソルジャーは兵卒だ。通常のゴブリンより偵察能力と繁殖力が低い代わりに、ゴブリンソルジャーは通常のゴブリンよりはるかに強い。その上、統率個体が群れにいると、人間の兵士のような集団的な戦闘行動まで取ってくる。訓練の甘い人間の兵隊が統率個体のいるゴブリンソルジャーの群れと戦うと、一方的に蹴散《けち》らされると言われてるな。

そのゴブリンソルジャーの統率個体がゴブリンコマンダーであり、そのゴブリンコマンダーを統率するさらに上位の個体がゴブリンジェネラルだ。

「やべーじゃねーか！　どうすんだよ、そんなの⁉」

『高位魔族相手に喧嘩《けんか》売ってたくせに、どうしてゴブリンの区別すらついてないんです⁉』

「今日冒険者になったばかりの新米だからだよ！」

俺がかろうじてボスゴブリンの攻撃を捌けてるのは、さっきのレベルアップのおかげだろう。魔族ロドゥイエを倒したことでレベルが一気に二つも上がったからな。ステータスを見る余裕はないが、能力値も1～3×2ずつ上がってるはずだ。レベルが1から2に上がった時のDEXの上昇幅は、最大値の3だった。おそらくは今回もそうで、DEXは合計6上がってるはず。それでもなおゴブリンジェネラルのDEXのほうが高そうだが、かろうじて逃げ回れる程度の差にはなってるみたいだな。

「おっ、助かる！」

《スキル「初級剣技」を習得しました。》

「天の声」のナイスサポート！　……ではなく、単にゴブリンジェネラルとの斬り合いが「経験」になっただけだろう。元々剣術の修練は積んでたしな。「経験」の質は戦う相手の強さに左右されるから、これほどの格上と戦っていればスキルの習得が早いのも納得だ。逆に言えば、それだけヤバい相手と戦ってるってことなんだが。

「初級剣技」のおかげで、最初に比べれば危険な局面は減ってきた。攻撃のためのスキルと思われがちな「初級剣技」だが、実は剣を使った攻防全体に効果がある。ゴブリンジェネラルは技巧派とは言い難《がた》いようで、「初級剣技」があるだけでも攻撃がだいぶ読みやすい。

だが、それでもやはりあっちの方が格上だ。ゴブリンジェネラルなんてAランク冒険者のパーティや騎士団の精鋭部隊が駆り出されるような相手だからな。ソロでこいつを倒そうと思ったら、Sランク冒険者か近衛騎士……あるいはそれこそ勇者でも連れてくる必要がある。

それに、ロングソードの耐久度も心配だ。もしこの状況で剣が折れるようなことになったら、その時点で一巻の終わりである。

「くそっ、魔法を詠唱する隙さえあれば……！」

最初の数発を詠唱する隙さえあれば、「詠唱加速」で向こうを詰み状態に持っていけるはずだ。でも、このゴブリンジェネラルはさっき俺がロドゥイエを倒すのを見てたからな。こいつは俺に呪文を唱える隙を与えまいとしてるんだろう。ケチのつけようのない正しい判断だ。

「妖精！　おまえは何かできないのか⁉」

伝説の存在である妖精なら何かすごい魔法でも使えるんじゃないか？　そんな他力本願な発想から訊《き》いてみるが、

『このケージの中からじゃ無理ですよぉっ！　簡単な魔法でも魔力がほとんど吸われちゃうんです～！　それから、あたしの名前はレミィですぅっ！』

「こんな時に自己紹介ありがとうな、レミィ！　俺はゼオンだ！　短い付き合いになりそうだがよろしくな！」

『不吉なこと言ってないでなんとかしてくださいよぉー！　ゼオンだけが頼りなんですか

らぁー！』

「……待て。簡単な魔法なら使えなくはないんだな？」

『ま、マジックアローくらいでしたら……。でも、魔力がほとんどケージに吸われちゃうから、ゴブリンジェネラルには全然ダメージが通りませんよぉ～⁉』

「狙ってほしいのはあいつじゃない」

俺は持ち物リストから爆裂石を取り出した。だが、俺は今、右手に剣を持ち、左手にケージを抱えてる。宙に現れた爆裂石は、当然のことながらキャッチできず、ボス部屋の床に転がった。

距離を詰めてくるゴブリンジェネラルの一撃をあえて受け、その反動を利用して俺は後ろに大きく跳ぶ。逆に、俺に勢いをぶつけたゴブリンジェネラルは、その場で足が止まってる。

「レミィ！　あれを撃ってくれ！」

『なるほどですっ！「マジックアロー」！』

驚いたことに、妖精はほぼ詠唱なしでマジックアローを発動した。

たしかに、生み出された魔法の矢は弱々しい。ケージが淡く光って魔力を魔紋？とやらが吸ってるのがわかる。ロドゥイエのまとっていたローブと似たような仕組みがあるんだろう。

レミィの放った魔法の矢は、俺の指さした通りの軌道を描いて、ゴブリンジェネラルの股下を抜く。ゴブリンジェネラルは、さっき俺が落としたばかりの爆裂石を跨《また》いだ直後である。

その爆裂石に、レミィのマジックアローが突き刺さる。

衝撃を受け、爆裂石が爆発した。

背後で起きた爆発に押され、ゴブリンジェネラルが前のめりにつんのめる。俺はすかさず距離を詰めて得物のロングソードで首を飛ばす——

なんてことができればよかったんだが、俺にゴブリンジェネラルの首を刎《は》ね飛ばすほどの技倆《ぎりよう》はない。

俺はその爆風すらも利用してさらに後ろに下がりつつ、

「すまん、レミィ！」

レミィの入ったケージを、思いっきり真上に放り投げる。

『うきゃああああっ⁉』

レミィの悲鳴を聞きながら、俺は空いた左手に持ち物リストから爆裂石を取り出した。

「悪く思うなよ！　これが今の最大火力なもんでな！」

爆裂石を全力で投げつける。爆風によろめいていたゴブリンジェネラルは、素晴らしい反射神経を発揮《はつき》して、爆裂石を鉈で斬る。あんな重そうな鉈で飛んでくる石を斬るとはな。そんなことが咄嗟《とつさ》にできる技倆とパワーは素晴らしい。俺なんかには本来勝てない相手だとよくわかる。

だが、その対応は悪手である。衝撃を与えられた爆裂石は、当然その場で爆発するわけで——

グギャアアアアッ！！！

もろに爆発に呑まれたジェネラルに、

「無限にあるからな――好きなだけ喰らっとけ！」

俺が次々に投げる爆裂石がゴブリンジェネラルに命中する。ボス部屋が爆発の連鎖でびりびりと揺れる。戦闘前に耳栓を外した俺の鼓膜も破れそうだ。

そして――

《ダンジョンボス「ゴブリンジェネラル」を倒しました。》

最後に投げた爆裂石は、爆煙を貫いたものの爆発せず、ボス部屋の床に転がった。爆煙が晴れた後のボス部屋には、もうゴブリンジェネラルの姿はない。

「……爆裂石への対応が、ただのゴブリンと一緒なんだよ」

俺のそんなつぶやきが、主《あるじ》を失ったボス部屋の中にこだました。

《スキル「投擲」を習得しました。》
《スキル「爆裂の素養」が「爆裂魔法」に進化しました。》
《「ポドル草原ダンジョン」を踏破しました。》
《ダンジョンボス部屋奥の脱出用ポータルが使用可能になりました。》
《「ポドル草原ダンジョン」の初回踏破を達成しました。》
《「ポドル草原ダンジョン」初回踏破によるボーナス報酬は以下の2つです。》
《1　ボーナススキル：次に列挙するスキルのうち、一つを選んで習得できます。

スキル「心眼」、スキル「気配察知」、スキル「看破」》
《2　ダンジョンの改名権：「ポドル草原ダンジョン」の名称を一度だけ変更することができます。》

脳裏に鳴り響く「天の声」に、俺は思わずニヤけてつぶやいた。

「おいおい、いっぺんに来すぎだろ」

ロドゥイエを倒した時に手に入れたスキルや新魔法もまだ全然把握できてないいんだが。

『ちょっと、ゼオン！　あたしのことを忘れないでくれませんかぁー？』

と、手元のケージの中でレミィが言う。レミィはちょっと機嫌が悪そうだ。さっき思いっきり空中に放り投げてしまったからな。もちろん、あのあとでちゃんとキャッチしたんだが、怖い思いをさせたのはまちがいない。命の恩人であることがわかってるから、この程度の怒り方で済んでるんだろう。早くこの鬱陶《うっとう》しいケージから出してやらないとな。

「悪い悪い。うまくいくかどうかわからないけど試してみるよ」

ロドゥイエを倒した時に得たスキルに、こんなのがあった。

Skill――――
魔紋刻印
魔力に親和性のある素材に魔紋を刻むことで特別な効果を持たせることができる特殊な系統の付与魔法。武器や防具、アクセサリに魔紋を施すと耐久度が減少する。使い込むことでさらな

るスキルを覚えそうだが、その道のりは遠そうだ……
現在付与可能な特性：「強靭《きょうじん》」「切断」「水属性軽減」「水属性増幅」「爆発軽減」

ロドゥイエがあの魔法を無効化するローブやレミィを閉じ込めてるケージはこのスキルで作ったみたいだな。俺はさっそく黒い鳥籠のようなケージを地面に置くと、

「ええと……？」

ケージの魔紋を指でなぞってみると、その効果が理解できた。このケージにかけられた魔紋は、「空間隔離」「破壊不能」「魔力吸収」の三つだな。どれも驚くほどに複雑で、「魔紋刻印」を覚えたての俺にはとても扱えそうにない高度な魔紋だ。

『解除できそうですかぁ？』

レミィがちょっと不安そうに訊いてくる。

「解除するだけならなんとかなりそうだ」

同じ魔紋を施せと言われたら絶対に無理だが、既にできてる魔紋を壊すのは簡単だ。ロドゥイエが着てた黒ローブなんかは力技でぶっ壊してしまったしな。あれと同じ方法で暴発させるのは危険だが、「魔紋刻印」で回路の一部を書き換えればもっと穏便な形で解除できる。

……よくよく考えてみると、あの黒ローブを壊したのはちょっともったいなかったよな。鹵獲《ろかく》してれば超有用な防具として使えたはずだ。まあ、あのローブを壊せなかったらロドゥイ

エを倒せなかったんだからしょうがない。ロドゥイエがもしあのローブを装備してなかったと思うとぞっとするな……。

「ここをこうして……と」

「空間隔離」「破壊不能」「魔力吸収」の三つのうち、壊すのは「破壊不能」だけでよさそうだ。ロドゥイエが夜なべして組んだ（？）緻密な回路の一部を切断すると、「破壊不能」の魔紋が効果を失う。一見継ぎ目がなさそうに見えたケージだが、底の部分を半分ひねると側面から上がきれいに外れた。

「で、出られましたぁ！」

ケージから解放されたレミィが、空中で8の字を描いて飛び回る。その嬉しそうな様子に俺までほっこりしてしまう。はしゃぎ回るレミィの声は、これまでの念話のようなものではなく、本人の口から出た肉声だ。「空間隔離」の魔紋のせいで物理的な声だと外に届かなかったんだろうな。

「よかったな、レミィ」

俺がそう声をかけると、

「ありがとうございます、マスター！　これからよろしくお願いしますね！」

「……えっ？」

レミィの何かをすっ飛ばしたような発言に、思わず首をひねる俺。

「妖精の命を救ったのですから、ゼオンは今日からあたしのマスターになるですよー！」

「待て待て。言ってる意味がわからない」

「光栄に思ってくださいね、マスター！　妖精に憑《つ》かれることは魔術師として最高のステータスシンボルなんですから！」

「いや、俺は魔術師じゃないんだが……」

さらに言えば、妖精憑きが魔術師のステータスシンボルだったのははるか昔――この世界の黎明期《れいめい》の話のはずだ。妖精の存在自体が疑われてる現代において、妖精が人に憑くなんて現象は、法螺《ほら》に法螺を重ねたような話でしかない。

「ええ!?　あれだけ魔法を連発しておきながら魔術師じゃないんですか!?」

「魔術師どころかまだ駆け出しの冒険者だよ」

「……そういえば、使っていたのはマジックアローだけでしたね。それもあまり洗練されてない印象の」

「悪かったな、下手くそで」

「そ、そこまでは言ってないじゃないですかぁ」

たしかに、レミィのマジックアローは発動も早く、魔力の流れも洗練されていた。ケージに魔力を吸収されてる状態であれだからな。

「……まあ、ついてくるっていうなら別にいいけどな」

この身体で食費や宿代がかかるわけでもないだろうし。問題があるとすれば、

「いまや妖精なんて伝説の存在だからな。レミィを連れて歩いたりしたら目立ってしょうがない」

目立つだけならともかく、妖精を奪ってやろうと襲いかかってくる輩《やから》もいるかもしれないよな。貴族に目をつけられてお召し上げ、なんて事態になるのも困る。今の俺は実家の力を当てにすることができないからな。なんならシオンあたりが率先して俺から妖精を取り上げようとしかねない。……あいつは昔から俺の持ってるものを欲しがるんだよな。

「そこは大丈夫ですっ！　妖精は姿を隠すこともできますからっ！」

と言って、レミィはその場でくるりと回る。透き通った羽根と花びらのようなスカートが舞ったかと思うと、レミィの姿が見えなくなった。

『どうですー？　見えませんよね？』

「ああ、見えないな」

俺が返事をすると、空中に回転を終えかけたレミィが出現する。さっきとは逆の方向に回転したみたいだな。動きの最初の方は消えてるから見えなくて、最後の方だけ見えたわけだ。

「ざっとこんなもんですよぉー」

えへんと自慢気に胸を張って、レミィが言った。

さて、魔族ロドゥイエとダンジョンボスを倒し、妖精を助けたわけだが、

「レミィ。悪いけどちょっと待ってくれるか？　ステータスの整理がしたいんだ」

「了解ですぅ。あたしのことは気にせずどうぞどうぞですー」

解放されたのがやはり嬉しいらしく、レミィはひらひらと楽しそうにボス部屋を飛び回っている。さっきまでの死闘が嘘のような、心和む光景だ。

今回の成果だが……情報が多くてどこから見たものか迷ってしまうな。

まずは基本中の基本、ステータスを確認しておこう。

「ステータスオープン」

Status

ゼオン・フィン・クルゼオン
Age：15

LV 4/10 (2up!)
HP 25/25 (10up!)
MP -697/24 (10up!)
STR 14+6 (2up!)
PHY 13+9 (2up!)
INT 21 (6up!)
MND 14 (2up!)
DEX 19+3 (6up!)
LCK 14 (4up!)

Gift
下限突破

Skill
初級魔術　逸失魔術　魔紋刻印
初級剣技　投擲　爆裂魔法

Equipment
ロングソード
黒革の鎧
防刃の外套
黒革のブーツ

「能力値の上昇幅は前回と同じみたいだな」

レベルが2上がったのはロドゥイエを倒した直後だった。魔法主体の戦い方だったからか、

ＭＰやＩＮＴが中心に上がってる。ＨＰの上昇幅が最大値なのは、相手が強敵だった影響だろうか。

「初級魔術」では、またも新しい魔法を習得してる。

Skill ――――――
ストリームアロー
魔力で生み出した水の矢を放つ水属性の攻撃魔法。使い込むことでさらなる魔法を閃きそうだ……
――――――

「属性つきの攻撃魔法は嬉しいな」

モンスターによっては弱点属性を突くことで簡単に倒せるものもいる。耐性を持つモンスターには逆に効きづらくなるから、事前に出現するモンスターの情報を得ておくことが重要だ。

とはいえ、現状「詠唱加速」マジックアローが強すぎるからな。しかも、無属性の魔法に耐性のあるモンスターはほとんどいないと聞いている。となると、戦闘であえてストリームアローを使う理由があまりない。

だが、使い込むことで新しい魔法を覚えるとも書いてある。戦闘上の必要がなくても修行の機会は設けたいところだな。とくに俺は、「下限突破」でＭＰの制約もないわけだし。

それより気になるのは、ロドゥイエを倒した時に手に入れた「逸失魔術」「魔紋刻印」という二つの魔法系スキルだ。どちらも世間的にはほとんど知られてないスキルだろう。少なくともギルドとのやりとりで聞いたことはないし、伯爵家の資料でも見た覚えがない。

「魔紋刻印」はもう見たから、「逸失魔術」を見てみよう。


Skill――――

逸失魔術
古《いにしえ》の超魔導文明が有していたとされる高度な魔術の一部を再現した魔法。あまりに難解なため、完全な形で使用するにはアイテムによる補正を除いたＩＮＴの値が75を超える必要がある。

現在使用可能な魔法：「魔刃」

――――――

Skill――――
魔刃
魔力を極薄の刃として射出する魔法技術。
――――――

Help――――
魔法技術について：
魔法技術とは、詠唱のような通常の魔法実行プロセスを介さずに魔力を直接操作する技術です。その使用には魔法一般に関する深い理理解と高度なイメージ力、極度の集中が必要となります。

「ＩＮＴ75はキツすぎだろ……」

俺のレベルの上限は10だからな。これからレベル上限までＩＮＴを３ずつ上げられたとしても、ＩＮＴは39までしか上がらない計算だ。

ＩＮＴ75を達成できるのは、それこそ上位の勇者パーティに所属するような魔術師や賢者、大国の上席宮廷魔術師、あるいは魔術師系のＳランク冒険者の一部くらいだろう。

って、このスキルをロドゥイエが使えたんだとしたら、あいつのＩＮＴは75を超えてたってことになるのか。よくそんな化け物に勝てたな、俺……。一度にレベルが２つ上がったのも納得だ。

その反動か、ゴブリンジェネラルを倒した後にはレベルアップはなかったんだよな。

逆に言えば、レベルというのはそのくらい上がりづらいものなのである。俺のレベル上限の10だって、並の冒険者が一生かけて届くかどうかってレベルなんだからな。

「『魔刃』ってのを試してみるか」

スキルを習得したせいか、なんとなくだがやり方がわかる。これは……あれだな。ロドゥイエのローブの魔紋が暴走し、ロドゥイエの身体をばらばらにした時の現象によく似てる。ちなみにロドゥイエの死体は、ゴブリンジェネラルと戦ってるあいだにダンジョンに吸収されてなくなってる。

「ふっ……！」

感覚に従って空を手で切ってみる。だが、起きたのはわずかな魔力の波紋だけ。これではとても刃《やいば》とはいえないな。この魔法が弱いのではなく、俺の使い方が悪いんだろう。

魔法系スキルでは、「爆裂の素養」がついに「爆裂魔法」に進化した。

Skill——————

爆裂魔法

指定地点に圧縮された魔力を送り込み、爆煙と砂礫《されき》を伴う爆発を起こさせる攻撃魔法。土属性と火属性の複合属性。使い込むことでさらなる魔法を閃きそうだ……

現在使用可能な魔法：「ミニプロージョン」

Skill——————

ミニプロージョン

指定地点に圧縮された魔力を送り込み、爆煙と砂礫を伴う小規模な爆発を引き起こす攻撃魔法。土属性と火属性の複合属性。

「爆裂石の小規模版みたいな感じか？」

威力で爆裂石に劣る上に、魔法なので詠唱する必要もある。これでは爆裂石の劣化版にしかならないだろう。まあ、普通は爆裂石なんてそう何個も手に入るものじゃないから、比較対象がおかしいのだが。

だがそれも考えようで、爆裂石を使えないような崩れやすい場所ではミニプロージョンのほうがいいかもしれない。使い込むことでより上位の「爆裂魔法」を覚えれば、爆裂石以上の爆発を起こせるようになるという可能性もある。

魔法以外では、

Skill————
初級剣技
初歩的な剣技。使い込むことでより上位のスキルに成長しそうだ……

Skill————
投擲
物を効果的に投げつける技術。

————

この二つも戦闘中に覚えてる。

よく知られたスキルなので、効果についてはあまり語ることはないだろう。どちらのスキルも一朝一夕に得られるものではないはずなんだが、それだけゴブリンジェネラルとの戦いの

「経験」が濃かったということか。

残るは、このダンジョンの初回踏破ボーナスだな。俺はウインドウを開いて「天の声」のログを表示する。

《「ポドル草原ダンジョン」初回踏破によるボーナス報酬は以下の2つです。》
《1　ボーナススキル：次に列挙するスキルのうち、一つを選んで習得できます。スキル「心眼」、スキル「気配察知」、スキル「看破」》
《2　ダンジョンの改名権：「ポドル草原ダンジョン」の名称を一度だけ変更することができます。》

「『心眼』と『気配察知』と『看破』か……」

めちゃくちゃ悩ましい。一応説明しておくと、「心眼」は敵の攻撃を見切りやすくなるスキル、「気配察知」は敵の気配を遠くから察したり、隠れてる敵を発見したりするスキル、「看破」は対象となる者のステータスを見破るスキルだ。「看破」と似たようなスキルに「鑑定」があるが、そっちは「物」専用。「者」専用の「看破」とは別物だと聞いている。

言うまでもなく、どのスキルも優秀だ。できることなら全部欲しい。

「……でも、さすがに『看破』だろうな」

「看破」を使えば対象のステータスを見ることができる。ステータスがわかれば、相手の弱点もわかるだろう。相手が強すぎると感じたら逃げる選択肢も考えやすい。

「心眼」は戦闘に突入してからの安全性を高めてはくれる。でも、そもそもステータス的に不利な敵との戦いは極力回避するのが理想だよな。

「気配察知」と「看破」の比較は、ちょっと悩んだ。だが、気配で敵の居場所がわかったとしても、敵の強さがわからなければ、戦うべきか否《いな》かの判断はできない。「気配察知」は偵察系のスキルとして有名だが、スキルでない常識的な気配の読み方を身につけることでもある程度補いがつくんだよな。対して、「看破」をスキル以外の方法で代用することは不可能だ。

さっきの戦いでの反省もある。俺は、ここのダンジョンボスをゴブリンキャプテンだと思いこんでいた。もし最初からゴブリンジェネラルだとわかっていたら、こんな危険は冒《おか》さなかったかもしれない。じゃあレミィを見捨てられたのかと言われると、口をもにょらせるしかないけどな。

ついでに恥をさらしておくと、俺は道中でもおそろしい勘違いをしてた可能性が高い。ボスがゴブリンジェネラルだったのなら、俺がゴブリンだと思い込んでたモンスターはゴブリンソルジャーで、ゴブリンリーダーだと思ってたモンスターはゴブリンコマンダーだったことになる。ポドル草原の地上にいたモンスターはただのゴブリンで合ってるはずだが、ダンジョン内の「ゴブリン」は、ゴブリンの亜種であるゴブリンソルジャーだったというわけだ。敵モンスターの強さを完全に見誤ってたことになる。

たしかに、言われてみれば、ゴブリンリーダーが爆裂石二発を耐えるのはちょっとＨＰが高すぎる気はしたんだよな。それに、ダンジョン内の「ゴブリン」が落とした魔石は、地上でゴブリンが落とした魔石よりかなり大きく赤みが強かった。その時点で疑問に思うべきだったんだろう。いくら冒険者たちからいろんな話を聞いていたとはいえ、自分の目で確かめたわけではないからな……。

そんな反省を踏まえるなら、

「よし、『看破』にしてくれ」

《スキル「看破」を習得しました。》

もうひとつ、「天の声」がボーナスとして提示してきたのは、ダンジョンの名前の変更権だ。

――ダンジョンの初回踏破者は、そのダンジョンを改名する権利を得る。

これ自体は、一般にもよく知られてることではある。難しいダンジョンを初めて攻略した者が、その事実を証しだて、己の名前を知らしめるために、ダンジョンに自分の名前を付けることがあるんだよな。遥《はる》か昔にそうして付けられたダンジョンの名前が、元の人物が忘れ去られたあとになっても地名として残ってる……なんて例も結構あるらしい。具体的なメリットがあるわけじゃないが、冒険者としては大変に名誉なことだとされている。

「……でも、ゼオンダンジョンとか名付けるのもどうなんだ？」

もし俺が伯爵家の嫡男のままだったら、クルゼオンダンジョンと名付けたかもしれないな。

自己顕示欲という意味では同じだが、貴族的に考えるなら、家名が売れることにはとても大きな意味がある。有力な貴族と見なされ、尊敬（と嫉妬《しっと》）を集めるのはもちろんのこと。ダンジョンを初回踏破するような冒険者をお抱えにしているとなれば、軍事的な意味でも一目置かれる。

意外なところでは、他の貴族とのあいだに土地を巡る係争が起きたりした時に、ダンジョン周辺の土地がその貴族の正当な領土であると示すのに役立ったりもする。土地の所有権を主張できるということは、そこに住む人たちから税金を取れるということでもある。

とまあ、貴族であれば、自分の家名をダンジョンに冠する機会があったなら、絶対に逃しはしないだろう。だが、俺は実家からは勘当された身だ。何が悲しくて、自分を追い出した家の名前を、命がけで踏破したダンジョンにつけなければならないのか。廃嫡されてる以上、俺の一存で勝手に家名を使う権利がないっていうのもあるけどな。

「名前は変えないでおくか？　いや……」

冒険者ギルドにこのダンジョンの踏破を報告すれば、ランク昇級の大きな査定材料になるはずだ。自分の名前をダンジョンに冠するのは小っ恥ずかしいが、俺が名付けたとわかる名前にしておく必要はある。

「そうだ！」

俺は閃いた案を「天の声」に告げる。

「このダンジョンの名前を、『下限突破ダンジョン』に変更する！」

この方法なら、ギフトの名前だけを明かせば、俺がダンジョンの命名権を行使した証拠になる。俺以外の奴がわざわざ俺のギフトの名前を付ける理由がないからな。

《「ポドル草原ダンジョン」の名前が「下限突破ダンジョン」に変更されました。》

……冷静に考えてみると、かなり変な名前のダンジョンだよな。実家の関係者にバレるというデメリットもある。だがまあ、ダンジョン踏破の報告をギルドにすれば、いずれにせよ領主の耳にも届くからな。

俺のギフトの名前を半ば公開することになるが大丈夫か？　という点については、心配してもしょうがない。父である伯爵はシオンの授かったギフト「上限突破」のことを貴族仲間に触れ回っていることだろう。成人の儀を執り行った新生教会の神官はシオンを勇者パーティに勧誘したというから、そちら経由でも話が広まってるはずだ。その話とセットで廃嫡された俺のギフトのことが世に知られるのも、時間の問題でしかないだろう。

まあ、仮に知られたところで、弱点がバレるようなギフトじゃないからな。なんなら、弱点を見つけるより、このギフトの長所を発見するほうが難しいくらいだ。

「あ、マスター！　ここに何か落ちてますよぉー！」

ボス部屋を曲芸飛行してたレミィが、部屋の隅の方で俺を呼んだ。近づいてみると、

「ドロップアイテムか！　なんだってこんな端っこに……」

「マスターが爆裂石で盛大に吹っ飛ばしまくったからじゃないですかぁ？」

……まったくその通りだな。

部屋の隅に落ちてたのは、透明な板の嵌《はま》った不思議な形状のベルトのようなものだった。海に潜って貝や魚を獲る海女《あま》と呼ばれる人たちがいるが、彼女らが潜水する時に使う道具に近い。なんて言ったか……そう、

「ゴーグル、か？」

俺はそれを拾い上げる。アイテムの詳細な鑑定には「鑑定」スキルが必要だが、自分の所持物に関しては「鑑定」がなくてもそれなりにわかる。

Item――――――

耐爆ゴーグル

爆発に伴う爆炎、爆煙、爆光、爆音、振動から目と耳を保護するためのゴーグル。土属性と火属性の攻撃に一定の耐性がある。

――――――

「おっ、これは助かるな」

爆発のたびに毎度目を逸《そ》らしたり耳を塞いだりするのは隙が大きい。さっきのゴブリンジェネラル戦では気合いで耐えてたんだが、装備で対処できるならそのほうがいいに決まってる。

俺がさっそくゴーグルを装備してみると、

「かっこいいです！　ばっちりお似合いですよぉ～、さすがあたしのマスターですっ！」

レミィが俺の頭の周りを飛びながら褒めてくれる。実家でも（成人の儀の前は）使用人たちから褒められることはあったが、レミィは表現が率直だから照れるよな。

「さあ、じゃあ地上に戻るとするか」


ボス部屋の奥にあった脱出用ポータルに飛び込む俺とレミィ。

一瞬の目眩《めまい》のような感覚の後、俺は夜の草原にいた。月と星明かりだけが照らす夜の草原だ。離れた草むらにモンスターの蠢《うごめ》く気配はあるが、近くにゴブリンの姿はない。情報通り、ポータルの出口は安全な場所が選ばれるみたいだな。

「はあああ……ようやくか」

と、思わずその場にへたり込む俺。

「マスターはお疲れなのですかぁ？」

「ああ。あのダンジョンに入ったのも事故みたいなものだったしな。踏破するつもりはなかったんだ。ましてや魔族やらゴブリンジェネラルやらと戦う予定なんてこれっぽっちもなかった」

冒険者生活初日の経験としてはいくらなんでも濃密すぎる。

「って、ここでこうしててもしかたがないな」

夜の草原には、昼にはいないモンスターも出没する。地上にいる残りのゴブリンを掃討しておきたい気持ちもあるが、まずは俺の休息が優先だろう。

「今後についてレミィと話す必要もあるか。いったん草原を出て、街道の小屋で仮眠を取ろう」

「わかりましたぁ！」

とレミィ。魔族に囚われてたことなんて忘れたかのような元気さだな。

その晩は街道の小屋で仮眠をとり、目覚めてから非常食を食べて、レミィと互いの身の上を語り合った。

「そのシオンって弟は酷いやつですねー！」

成人の儀からの俺の話を聞いて、レミィが代わりに怒ってくれる。

「マスターのお父様も酷すぎません？　どんなギフトにも必ず意味があるんです！　それを人間の狭い了見で当たりとかハズレとか決めつけられるわけないじゃないですかぁ！」

「へえ。妖精もやっぱりそういう考えなのか」

「ですです。もちろん、使いやすかったり使いにくかったり、使いどころが限られたり、みたいな違いは当然あるですが」

「俺のみたいに、説明を読んだだけじゃ効果がわかりにくいとかもありそうだよな」

「そこを検証するのがおもしろいんじゃないですかぁ～。あからさまに強いだけのギフトだと、使い方を工夫する余地がないじゃないですかぁ」

「たしかにな。そういう意味じゃ『下限突破』は俺向きのギフトだったみたいだな」

じゃあ、シオンの「上限突破」はどうなんだろうな？　そんな疑問を抱いたが、答えなんてわかるはずもない。

腹ごしらえを済ませた俺は、夜の明けたポドル草原に引き返し、岩山の近くにたむろするゴブリンの群れを強襲した。

正直、弱すぎて語るべきことがない。爆裂石を投げまくるだけの簡単なお仕事だ。

ダンジョン内で戦ったゴブリンは、やはりゴブリンソルジャーだったんだろう。ダンジョンに居場所を失い地上に溢れたほうのゴブリンは、ただのゴブリンだったみたいだな。

レベルが4になった今の俺なら、爆裂石や「詠唱加速」抜きでも一対複数で戦えそうだ。

レベルアップで上昇する能力値の幅は1~3だが、そのわずかな差が大きいんだよな。相手よりちょっと力が強かったり、相手より少し動きが速かったりするだけで、一対一での勝率はがらりと変わる。

たとえば、STRが10から13になったとしたら、力は三割も上がる計算だ。この三割に「初級剣技」などのスキルによる補正がかかれば、最終的なダメージは1・5倍以上になってもおかしくない。

DEXなんかも影響が大きいよな。戦う場合ももちろんだが、逃げる場合にはなおさらだ。たった1のDEX差が生死を分けることもある。初めてのフィールドに立ち入る時には出現モンスターとのDEX差を確認しろ、とギルドではよく言われるらしい。

ともあれ、地面に転がった魔石を回収して、元々の依頼もこれ以上ない形でコンプリートだ。

今となっては、元の依頼の達成よりダンジョンの発見&踏破のほうがよっぽど重要な報告事項になってしまったけどな。

「掃除も終わったし、帰るか」

俺とレミィは草原を離れ、街道を歩いて領都クルゼオンを目指す。

「人間の街に行くのは初めてですぅ～」

と言ってはしゃぐレミィに人間の街のあれやこれやを教えつつ、半日ほどでクルゼオンに戻ることができた。

もしレミィがいなかったらひたすら黙々と一人で歩き続ける羽目になってたな。旅は道連れという古諺《こげん》があるが、それを実感した半日だった。

夕闇が迫る中、クルゼオンの冒険者ギルドの中に入ると、

「ゼオンさん！」

受付カウンターの中でミラが短く叫んで立ち上がる。

「お帰りが遅いので心配していました。ご無事でよかったです」

「ありがとう。すまない、心配をかけたみたいだな」

「いえ、ポドル草原までの往復だけにしてはお帰りが遅いな、という程度ではあるのですが……。初めてのお仕事ということもあり、つい心配になってしまいました」

少し恥ずかしそうにミラが言う。

「いや、ミラの心配は正しかったよ。結構大変な目に遭ったからな」

「……何があったのですか？」

「ええと……」

俺はちらりとギルドの中を見る。もう日没に近い時間帯だが、冒険者の姿も多少はある。

「では、あちらでお伺いしますね」

ミラは俺の懸念を察して、前と同じ応接室に通してくれる。

「いったい、ポドル草原で何があったのですか？」

問うミラに、俺は今回の冒険のあらましを説明する。

レミィのことは隠そうかと思ったんだが、魔族の動向をギルドに報告しないわけにもいかないからな。ギルドには一応守秘義務があるし、個人的にミラは信用できると思ってる。

「ち、ちょっと待っていただけませんか……」

俺の話が進むに従い、顔がどんどん難しくなっていたミラが、頭痛でもするかのようにこめかみを押さえた。

「いえ、信じますよ？　ゼオンさんがそんな意味のない大法螺を吹くとは思えませんから……」

「まあ、疑うのも無理ない話だよな。ダンジョンに行ってダンジョンの名前を調べてもらえば、すぐに裏は取れると思うが」

ダンジョンの名前は、「天の声」が何かをアナウンスしたときに聞こえる他、「鑑定」のスキルで調べることもできると聞いている。現在地を調べる魔法でもわかるらしいし、ギフトの中にもそうした情報を得られるものがあるらしい。

「そんな嘘を吐く人じゃないことはわかってます！　ただ、こんな話をどう上に報告しろって言うんです？」

「それは……まあ。正直に言うしかないんじゃないかな」

そりゃ、冒険者になったばかりの元貴族のボンボンが、最初の仕事で新しいダンジョンを発見したばかりか、一日でそれを踏破して改名権を行使した……なんて耳を疑うような話だからな。

「ギリアムさんならわかってくれるだろ」

ギリアムさん＝この支部のギルドマスターな。

「それはそうだと思いますが。ちなみに、ゼオンさんが助けた妖精というのは今も……？」

「ああ、いるぜ。レミィ、出てきてもらえるか？」

『マスターがいいのならいいですけど……えいっ！』

くるりんと回ってレミィが宙に現れる。

「うわあああっ、めちゃくちゃかわいいじゃないですか！」

ミラは聞いたこともないような黄色い声で叫ぶと、空中のレミィに手を伸ばす。

レミィはその手をひらりとかわしながら、

「きゃあっ、ちょっとぉ！　いきなり触ろうとしないでくださいよぉー！」

「ご、ごめんなさい、ついテンションが上がってしまい……」

しゅんとなってミラがレミィに謝罪する。それでもちらちらと、目に好奇心を隠しながらレミィの様子を窺ってる。

「ミラって、妖精に憧れがあったりするのか？」

「もちろんですよ！　小さい頃からずっと妖精は本当にいると信じてたんですから！」

「そ、そうなのか」

ぐっと拳を握って語るミラに少し引く俺。

「うわあ……本当におとぎ話の通りなんですね。かわいい……飼いたい」

「飼いたい⁉」

レミィがぶるるっと震えて両腕を抱く。

「あ、いえ、捕まえたいとか監禁したいとかそういう意味じゃなくてですね！　ただ純粋に妖精のいる生活に憧れると言いますか……！」

「ミラにもそんな夢見がちなところがあったんだな」

「わ、悪いですか⁉　私だって夢くらい見ますよ！」

「い、いや、べつに悪いとは言ってないだろ。それより、ギリアムさんに報告しなくていいのか？」

「はっ、そうでした！　初心者向けの草原にゴブリンソルジャーが出るようなダンジョンができたというのは問題ですね。これは本当に貴重な報告ですよ、ゼオンさん！」

「役に立てたならよかったよ」

「証言をもとに依頼を出したのもゼオンさんなら、その依頼を解決したのもゼオンさんですけどね。さすがという言葉を通り越してこの人は何をやってるんだと呆《あき》れちゃうくらいですよ」

「まあ、自分で出した依頼を自分で達成する奴なんてそうはいないかもしれないな……」

正式には父である（縁を切られたが）クルゼオン伯爵の名前で出した依頼なんだけどな。当然依頼の報酬も元を辿ればクルゼオン伯爵が出したわけで、それを俺が受け取ってるのはちょっと微妙な話ではある。

「自分で出した依頼を自分で達成することで報酬を着服した……とか言われないよな？」

「大丈夫ですよ。ギルドが正式に依頼として認めている以上、そのような言いがかりはつけさせません。まして、ゼオンさんは『下限突破ダンジョン』の発見者かつ初の踏破者になるわけですから。その功績は他ならぬダンジョンが証明しています」

「それならよかった」

「ギルドマスターに報告する前に、報酬の話をさせていただきますね。元の依頼であるゴブリンの群れの偵察に関しては、依頼主であるゼオンさんが指定した通りに精算します。これはすぐにできるのですが、ダンジョンの発見報告と踏破報告、魔族ロドゥイエの企《たくら》みについての報告は別精算とさせてください。というか、内容がすごすぎてすぐには査定できないと思います」

「もちろん、それで構わない。レミィの存在についてはミラとギリアムさんだけの秘密にしてほしい」

「わかりました。私にも守秘義務がありますので、他言することはありません。ただ、魔族の企んでいたことについては改めてお話を伺う必要があるかもしれません」

　結局、あのロドゥイエとかいう魔族は何を企んでいたんだろうな？　盗み聞いた話から想像できることはあるが、あまりにも突拍子もなく、現実感に乏しい。ノンプレイヤーキャラクターだの識別符号だのという聞き慣れない言葉についても、その正確な意味はわからない。レミィもそのあたりのことは知らないと言っていた。

「そうだな。その話の過程で妖精のことに触れざるをえなくなる可能性もあるか……。まあ、不特定多数に知られなければそれでいい。本来隠すようなことでもないんだけどな」

「わかります。伯爵やシオンさんに目をつけられては困りますものね」

「そういうことだ。よろしく頼む」

第二章　広がる波紋

「は？　新たなダンジョンが発見され、その日のうちに踏破された、だと？」

クルゼオン伯爵は、行政官の報告に眉《まゆ》を跳ね上げた。

左右の壁に歴代伯爵の肖像が飾られた伯爵邸の執務室には、現在三人の男がいる。

執務机に座る伯爵当人と、重要事項の報告に現れた行政官、その行政官をここへと案内した執事のトマスの三人だ。精悍《せいかん》とは言えないが威厳のある伯爵に、気の弱そうな若い行政官がびくびくしながら対面している。老執事のトマスは、壁際《かべぎわ》に控え、置物のように気配を忍ばせながら、急な用命に備えて立っていた。

「ふん、運のいい冒険者もいたものだな。あるいは単に無謀なだけか？」

「は……それが、その……」

「なんだ。報告は簡潔にしろと言っているだろう」

「いえ、そのダンジョンを踏破した人物なのですが……閣下のご子息です」

「私の息子だと？　ふははっ、そうか、シオンの所属する勇者パーティ『天翔《あまか》ける翼』がダンジョン踏破を成し遂げたということか！　これはめでたい！　祝賀パーティの準備をせよ！

近隣の貴族へも招待状を書かねばな！」

「い、いえ……その。ダンジョンを踏破したのは、シオン様ではない方のご子息でして……」

「シオンでない方の息子だと？　ま、まさか……」

「は、はあ。ポドル草原に出現したダンジョンを踏破されたのは、ゼオン様で間違いないようです」

「馬鹿《ばか》な！　そのようなことがあるものか！　奴《やつ》は『下限突破』のハズレなのだぞ⁉」

「し、しかし、証拠もあるようでして……」

「証拠だと？」

「だ、ダンジョンの名前が『下限突破ダンジョン』に改名されていることを、冒険者ギルドの職員が確認しており……ひぃっ！」

言葉の途中でドン！と机を叩《たた》いた伯爵に、行政官が身をすくめる。

「下限突破……下限突破ダンジョンだと⁉　ふざけた名前をつけおって……！　伯爵家の一員としての自覚が少しでもあれば、家名を冠して『クルゼオンダンジョン』と名付けるべきであろうが！」

「畏《おそ》れながら旦那様。ゼオン様は既にクルゼオン伯爵家から追放された身。もしゼオン様がダンジョンにクルゼオンの家名をお付けになっていたら、そちらの方が問題だったのでは？」

壁際から老執事トマスが冷静に指摘する。

「ダンジョンに我が家名を冠せるならなんでもよいわ！」

……さすがにそれは無理がありましょう。と、トマスは内心で思ったが、もちろんそれを顔に出すようなことはない。若い行政官の方は顔に出ていたが、怒り心頭の伯爵には気づかれなかった。

「ふん、あいつが踏破できる程度のダンジョンなのだ。どうせ大したダンジョンではあるまい」

と、酸っぱい葡萄《ぶどう》理論に飛びつく伯爵に、行政官は手元の書類に目を落としながら、

「い、いえ、それが……ギルドによりますと、ダンジョンは広さこそさほどではないものの、ゴブリンソルジャー及びその統率個体が出現するかなり危険なダンジョンだということでして……」

「ゴブリンソルジャーだと⁉　馬鹿馬鹿しい！　あの出来損ないが話を盛っておるのであろう！　以前からあやつはギルドの下賤《げせん》な職員どもと親しかったようだからな！」

そういうところは見ていたのですな、とトマスは思う。と同時に、昨日まで嫡男《ちゃくなん》として褒《ほ》めそやしてきた自分の子どもを人前で悪《あ》し様《ざま》に罵《ののし》るばかりか、名前すら呼ぼうとしないことに嫌悪を覚えた。伯爵はここまで身勝手な人間だったろうか？

「し、しかし、ギルドマスター自ら確認に赴いた、と……」

「ありえぬ。何かの間違いであろう。あやつはほんの数日前まで冒険者ではなく、ギフトすら授《さず》かっておらなかったのだぞ？　それがどうして、生半《なまなか》な人間の兵士では太刀《たち》打《う》ちできぬと言

われるゴブリンソルジャーを倒せるというのだ？　高ランク冒険者の協力でもあったというのか？」

「そ、そこまでは……ギルドには守秘義務がございますので」

「そのようなことはわかっておる！　どうにかして探り出せ！」

「で、ですが、ギルドとのあいだには相互不可侵協定が……」

「あんなものは気にしなくてよい！　領民の保護のためとでも言っておけば向こうもそれ以上は言って来ぬ！」

「か、かしこまりました！」

行政官は敬礼すると、部屋から転がり出るようにして去っていく。

「ふう……まったく。どいつもこいつも気の利《き》かぬ無能ばかりだな！」

奮然と吐き捨て、伯爵は元々やっていた作業に注意を戻す。王都の貴族へのご機嫌伺いの手紙である。伯爵は新たに嫡男となったシオンを有力貴族に売り込み、あわよくばその令嬢をシオンの婚約者にしたいのだ。なにせ、シオンのギフトは「上限突破」。しかも、有力な勇者パーティから勧誘を受けた。貴族のご令嬢にとってこれ以上の優良物件はそうはあるまい。

「……ゼオン様の追放を取り消されるべきではありませんかな？」

トマスの言葉に、ペンを持つ伯爵の手が止まる。

「今ならまだなんとでも言い繕えましょう。ダンジョンを踏破したのです。『下限突破』には、何か予想もつかない使い道があったのかもしれません」

「……くどいぞ、トマス」

「しかし……」

「くどいと言った。この先一度でもあやつの名前を口にしてみろ。おまえとおまえの家族は露頭に迷うことになる」

「……失礼致しました。ご容赦《ようしゃ》を」

トマスは、職業上の倫理観から、伯爵に頭を下げて引き下がる。

実際には、今の仕事を解雇されたところで、トマスのような有能な執事が次の雇い先を見つけるのは難しくない。

トマスは今の伯爵の前の代から務める最古参の使用人だ。先代への義理もあり、資質に問題のある今の伯爵にも腐ることなく仕えてきた。

伯爵は、無能であるがゆえに己《おのれ》の無能さ加減を自覚することすらできず、有能すぎる自分の足を、他《ほか》の無能な人間が引っ張っているのだと思いこんでいる。そして、王都の高位貴族に媚《こ》びを売ることで中央政界に進出したいと、身の丈に合わぬ野望を抱いているのだ。

……潮時、かもしれませんね。

トマスは内心でつぶやいた。

今代の伯爵は、正直言って微妙だ。腐敗しているわけでもなければ放蕩《ほうとう》放題というわけでもない。職務を完全に疎《おろそ》かにしているわけでもない。

ただ、先代があまりにできすぎる人だったために己の力量を見つめる機会がなかったのだろう。トマスとしても使用人として許される範囲で助言をしてきたつもりだったが、伯爵が歳《とし》を重ねるにつれて聞き入れられることが少なくなった。今の伯爵にとって、トマスは先代への義理で雇い続けている小煩《こうるさ》い年寄りにすぎないのだろう。

そんな当主を持つクルゼオン伯爵家の希望は、他でもないゼオンであった。少なくとも、トマスはそう思っていた。だが、その希望は跡継ぎの資格を失ったばかりか、伯爵家から追放された。

「ああ、くそ！　なぜこの私がくだらぬ追従の手紙ばかり書かねばならんのだ！　無能揃《ぞろ》いのくせにどいつもこいつも威張り腐りおって……！」

己の執事から醒《さ》めた目を向けられていることにも気づかずに。伯爵は、癖《くせ》の強い読みづらい文字を、高価な便箋に書き殴り続けるのだった。

†

新生教会からの推薦を受けた僕——シオン・フィン・クルゼオンは、僕が将来領主となるこの領都クルゼオンの場末にある一軒の宿を訪れていた。

「ずいぶん汚らしい宿だな」

思わず漏《も》れた本音に、案内役の宿の主人が顔をひきつらせる。

この宿には勇者パーティ「天翔ける翼」が滞在中だと聞いてるんだが……。

「天翔ける翼」は勇者連盟所属の勇者パーティの中でもAランクに近いBランク、遠からぬうちに必ずAランクに上《あが》ると噂《うわさ》される実力派のパーティだ。この宿は、そんなパーティの逗留《とうりゅう》先としてふさわしいとは思えない。僕がこれから所属することになると思えばなおさらだ。

「改善要望を出す必要がありそうだ」

このような宿に泊まっていてはろくに英気も養えまい。質の悪い食事をとれば食中毒にならないとも限らないし、衛生状態の悪い部屋で寝れば病気になることもあるだろう。資金が足りないというのなら、僕が融通してやればいい。

「こちらの部屋です」

宿の主人が一室の扉の前で立ち止まって言う。廊下に並んだ普通の部屋の一つにしか見えなかった。とくに高級な部屋というわけでもなさそうだ。

「ベルナルド様。お客様をお連れしました」

「ご苦労。入るように言ってくれ」

中から聞こえた低い声を受けて、主人が僕を一瞥《いちべつ》する。僕はフンと鼻を鳴らして扉をノックする。

「シオン・フィン・クルゼオン次期伯爵だ。新生教会に推薦されてここに来た」

少しの緊張とともにそう名乗りを上げた僕に、

「あ？　誰が来たって？」

「……シオン・フィン・クルゼオンだ」

「フィンなんとかなんて奴を呼んだ覚えはねえな」

「そんなはずは……」

何かの手違いだろうか？　いや、もし姓を覚えてなかったとしても（この街と同じ名前なのだから考えにくいが）、シオンという名前くらいは把握しているはずだろう。実際、宿の主人には「シオン様ですね」と名前を確認されている。

戸惑う僕に、扉すら開けず、扉の奥から野太い声が聞こえてくる。

「てめえは、自分が何になるつもりでここに来た？」

「それは……勇者ではないのか？　勇者パーティに入るのだから」

「はっ、勇者パーティに入れば勇者だぁ？　てめえなんかお呼びじゃねえや。おまえを甘やかしてくれる優しいパパのもとに帰ることだな、次期伯爵」

あまりの言い分に、僕は口をぱくぱくさせる。

だが、僕はすぐに気がついた。

「……見え透いているな」

「ほう?」

「僕を試すつもりならやめておけ。僕はべつに、頭を下げてあなたがたのパーティに入れてもらいに来たわけじゃない。教会からの推薦を受け、あなたがたが受け入れに手を挙げたと聞いてやってきたんだ」

「じゃあ、てめえの気持ちはどうなんだよ? 教会が推薦したから? 俺《おれ》たちが望んだから? てめえは誰かに望まれたらなんでも安請け合いしてんのか?」

「……こんな侮辱《ぶじょく》を受けてまであなたがたのパーティに入ってやる義理はない。勇者パーティなど他にいくらでもある」

勇者連盟には数多くの勇者パーティが登録されている。

もちろん、冒険者ほど数が多いわけじゃない。せいぜい百名やそこらのはずだ。

だが、「天翔ける翼」以外にも僕を受け入れたいパーティはあるだろう。新生教会はそう滅多なことでは勇者パーティへの推薦などしないのだ。

そう思い、引き返しかけた僕に、

「おいおい、本気で言ってんのか?」

扉の奥から、呆《あき》れ交じりの声がした。

「……なんだと?」

「てめえのギフトの話は聞いてるよ。『上限突破』。そのギフトがありゃあ、レベルを上限以上にまで上げられるはずだ。Aランク勇者パーティに認定されるには、パーティの平均レベルが25はねえと話にならねえ」

「要するに、パーティの平均レベルを上げるためにも僕が必要なんだろう？　だが、それなら他のパーティだって……」

「馬鹿を言うな。つい最近ギフトを授かったばかりのお貴族様を、誰がレベル上限まで育成《キャリー》したいと思うってんだ？　てめえのギフトが『上限突破』なら、それ以外に戦いに役立つような力は持ってねえってことだろうが」

「そ、それは……」

……たしかに、盲点だった。

「上限突破」があれば、レベルの上限を超えられる。それはもちろん、凄《すさ》まじい恩恵だ。

だが、逆に言えばそれだけだ。レベルが上限に達するまでの長い期間、僕は「上限突破」の恩恵にあずかれない。その期間中は、ギフトなんて関係なしの、生身の僕の力が問われるということだ。

もちろん、僕だって努力してきた。双子の兄に負けないよう、剣も勉強もがんばった。身体《からだ》を動かすことでは兄が、勉強では僕が有利だっただろうか。

しかし、それはあくまでも貴族の子弟としての習い事の範疇《はんちゅう》に収まる程度のものでしかない。戦闘力という意味では、ギフトすら持たない平民の冒険者や一般兵士の方が上だろう。少なくとも、今はまだ。

「勇者ってのはなぁ、誰かに望まれてなるもんじゃねえんだよ。自分の意思でなるもんなんだ。はっきり言って、つらいことばかりだぜ。てめえは、とても耐えられないようなつらい目に遭った時に、どうやって自分の心を保つんだ？　その最後の拠《よ》り所が『クルゼオン次期伯爵』だってんなら……悪いことは言わん、やめておけ」

「っ！」

扉の奥から放たれた「圧」に、僕は半歩後退《あとずさ》る。

この僕が。姿も見せない臆病者に怯《ひる》んだだと？

許せない。そんなことは絶対に。

「……あなたの望んでいることはわかった」

僕は静かに言った。

「こういうことだろう？　この扉の中に入りたいのなら、身分を捨て、『僕はただのシオンだ』と名乗って入室しろと」

「さあて、な」

「だが、お生憎《あいにく》様だな。僕はシオン・フィン・クルゼオンだ。このクルゼオンの次期伯爵でもある。たかが勇者になるためにせっかくの身分を捨てるつもりはない」

「捨てる覚悟ができねえってわけか？」

「違う。僕にあるのは、捨てない覚悟だ。僕は次期伯爵にもなるし、勇者にもなる。僕にはそれだけの力がある。あらゆる限界を突破し、すべてを成し遂げる力がな。だから神は僕にこんなギフトを授けてくださったんだ」

「はっ、大きく出たもんだな、小僧。だが、どうするよ？　聞いたぜ、おまえんちを追い出された兄貴、ポドル草原でダンジョンを見つけてその日のうちに踏破したんだってな。手に入れた改名権で付けた名が……『下限突破ダンジョン』。なかなか気が利いてやがるぜ。俺たちはおまえの兄貴の方を勧誘すべきだったのか？」

その言葉に、僕は奥歯を嚙《か》みしめる。

「僕はたしかに勇者になりたい。いや、勇者にもなりたい」

「そんなことが……」

「認めないと言うならそれでいい。僕は自力で勇者にふさわしいだけの力をつけてやる。あなたの口車に乗せられ、せっかくの身分を抛《なげう》って、この部屋に入る以外の方法でな」

僕はそう言って扉に背を向ける。その僕に、

「くっはは！」

室内から笑い声が飛んできた。

「いいぜ、シオン・フィン・クルゼオン。俺らは貴族様が大っ嫌いだが、てめえの根性は気に入った。いいさ、てめえのやり方でやってみろ。てめえが勇者にふさわしい力を手に入れたら、

俺らの方から頭を下げて、『どうか俺らのパーティに入ってください』と言ってやる！」

「言ったな？　後で吠《ほ》え面《づら》をかくんじゃないぞ」

「そっちこそな。雛鳥《ひなどり》がてめえの殻を自力で破るのを楽しみに待っててやる。いいか、簡単に諦《あきら》めんじゃねえぞ？　まあ、俺は諦める方に賭《か》けるがな、がっははは！」

「……気に入らん」

僕は本気で気分を害し、その扉の前から立ち去った。

「くそっ、馬鹿にしやがって……」

だが、あの男――「古豪」のベルナルドの言うことにも一理はある。

とくに耳が痛かったのは「上限突破」の問題点のことだ。僕は「当たり」を引いたことに舞い上がり、「上限突破」の弱点にまでは考えが及んでいなかったのだ。

宿を出た僕は、適当な路地に入ると、

「ステータスオープン」

Status
シオン・フィン・クルゼオン
Age：15

LV 1/13
HP 10/10
MP 12/12
STR 9
PHY 9
INT 14
MND 11
DEX 9
LCK 8

Gift
上限突破

Gift——
上限突破
あらゆるパラメーターの上限を突破できる
——

「たしかに、これだけではな……」

能力値的には魔術師系の素養に恵まれ、「上限突破」という当たりギフトを引いたことから、長い目で見れば強くなることは確実だ。

しかし、あくまでもそれは「長い目で見れば」の話である。今この瞬間に自分がどれだけ戦えるか？　そう問われれば、一般的な成人男性と大差がないとしかいえないだろう。

「くっ、ここからどうやって強くなればいいんだ……」

どうもこうも、普通の冒険者や勇者、騎士や兵士などがやるように、地道に「経験」を積み重ねるしか方法はない。

「だが、『天翔ける翼』には頼れなくなった。兄貴の真似《まね》をして冒険者に？　死んでも嫌だ！」

では、実家の権勢を利用して冒険者を雇い、彼らに自分を育成させ《キャリー》──

そこまで考えたところで僕は顔をしかめた。脳裏にベルナルドの野太い声が蘇《よみがえ》ったからだ。

『つい最近ギフトを授かったばかりのお貴族様を、誰がレベル上限まで育成《キャリー》したいと思うってんだ？』

「くそっ、先回りして釘《くぎ》を刺してたのか。あんな言動のくせに抜け目のない奴め……！」

僕はベルナルドに「自力で勇者にふさわしいだけの力をつける」と宣言してしまった。貴族の言葉は取り消せない。たとえ相手が平民出の勇者であっても、だ。

「何かないのか……僕が今すぐ強くなれる方法は……！」

僕は改めて自分のステータスとギフトの説明文を読み返す。何度もだ。

「レベルが13になれば『上限突破』が効果を発揮《はっき》するのは確実だ。だがそんな先のことをアテにできるか！　僕は今すぐにでも上限を突破して──」

そこまでつぶやいて、僕は閃《ひらめ》く。

そうか、「上限突破」とは何も──

「ふっ……あはははっ！　やっぱり僕は天才だ！　この方法なら、理論上どんなモンスターだろうと倒せるし、どんなダンジョンだろうと踏破できる！　残念だったなぁ、兄さん！　あなたは僕の完全下位互換、僕に一生敵《かな》わない引き立て役の道化になる宿命らしい！　ふはははっ！」

†

「おめでとうございます、ゼオン様。こちらがBランク冒険者のプレートになります」

「おおっ、これがシルバーか！」

冒険者ギルドの受付で、俺は受付嬢のミラから更新された冒険者プレートを受け取っていた。

ダンジョンの発見とその踏破は、俺が思ってた以上に大きく評価されたらしい。その後、十件ほどCランクの依頼を片付けただけで、俺は早くもBランクへと昇格した。

シルバーのプレートの冒険者証には、「『下限突破』のゼオン　Bランク」の文字が刻まれている。

『よかったですねぇー、マスター！』

と、姿を隠してるレミィも祝福してくれる。ミラはレミィのことを知ってるが、他の冒険者たちの目もあるからな。さっきのセリフも念話によるものだ。

「これ、二つ名か？」

「はい。昨日までCランクだった冒険者としては極めて異例なことですが、既にその二つ名が定着しているようでしたので」

二つ名については説明が必要だろう。冒険者は平民出身者が大勢を占め、家名を持ってない者がほとんどだ。元々はその識別のために「『（その冒険者の代表的な業績）』の○○」というように二つ名をつける習慣ができたらしい。

ただし、どんな冒険者にも二つ名がつくわけじゃない。そもそも、同名の冒険者の識別が必要になるのは、基本的には高ランクの冒険者に限られる。CランクやBランクの冒険者なら活動範囲も知れてるからな。たとえ名前がかぶったとしても登録番号があれば十分だ。

だが、二つ名がつくのが有名な冒険者に限られていたことが、いつしか二つ名に象徴的な意味を持たせることになった。「高ランク冒険者には二つ名が付く」から始まったものが、「二つ名が付くのが高ランク冒険者の証である」と見なされるようになったのだ。

冒険者なら誰しも、自分が二つ名で呼ばれることを夢見るものだ。

それがまさか、こんなに早く達成できてしまうとはな。

「でも、俺の名前を識別する必要はないんじゃないか？」

自分で言うのもなんだが、俺はこの街の領主の嫡男だった。貴族の領内で領主やその跡取りと同じ名前を付けるのはタブーとされており、この街に俺より若い「ゼオン」はいないだろう。

俺より年上の「ゼオン」もいないはずだ。「ゼオン」はクルゼオン伯爵家が代々受け継いできた名前のひとつだからな。伯爵家にまだその名前の子どもがいなかったとしても避けておくのが通例なのだ。

「今では、識別の必要性というよりも、知名度の問題ですから。やはり、ダンジョンの改名権を行使されたのが大きかったかと」

「ああ、それでか」

そりゃ、新しいダンジョンが見つかりました、その名前は最初に踏破した奴が改名して「下限突破ダンジョン」です、なんて話を聞いたら、誰だそいつは？って話になるよな。俺としても、「あのゼオンか？」と訊《き》かれるたびに、そうだと説明するのも面倒だ。

ギルドとしては、二つ名を付けても金がかかるわけでもないからな。いらぬトラブル防止のために付けてしまえというのはわからなくもない。

と、考えて、遅まきながら俺は気づく。

……ひょっとしたら、俺を守るためかもしれないよな。確執のあるこの街の領主からの干渉をはねのけやすいように、俺に肩書きを用意してくれた面もあるんじゃないか？　もちろん、何の実績もなかったらそういうこともできなかったとは思うけどな。

「ゼオンさんは、ここのところ品不足になっている薬草採取の依頼を積極的にこなしてくださっていますし……。下限突破ダンジョンの偵察もされていますから、ギルドとしてはとても助かっているんです」

「ゴブリンソルジャーは数が減って、ボス部屋はゴブリンジェネラルが出なくなったんだよな」

全体的に下限突破ダンジョンの脅威度は下がったといえる。俺の時のゴブリンジェネラルが特例だったのか、それともせっかく生み出したボスを早々に撃破されたことで、ダンジョンの保有する力が足りなくなったのか。ロドゥイエとかいう魔族が何らかの悪さをしてた反動が出てきたって可能性もあるな。

「下限突破ダンジョンで魔草を採取してきてくださるのも大変な貢献なんですよ。なにせ、ポーションもマナポーションも今は驚くほどに品薄ですから。錬金術師に注文しようとしても、材料がないことにはどうしようもない、と」

「役に立ててるようならよかったよ。まあ、誰のせいで品薄なのかを知っちまったら、さすがに放っておけなかったというか……」

「ご実家を追放されたゼオンさんが気になさることではないと思いますが」

「それはそうなんだけどな」

そう。今、領都クルゼオンでは大変なポーション不足が起こっている。

どっかの馬鹿がポーションやマナポーションを金に糸目をつけずに買い漁《あさ》ってるからだ。

そのどっかの馬鹿っていうのは誰かって？　もう想像がついてるんじゃないかと思うが……

シオンの奴だ。

「貴族の子息がポーションを買い占めて強引《ごういん》なレベリングを行うことはまれにあることなのですが……今回は規模が大きすぎます」

「まったく、何を考えてやがるんだ。領民から取った税金で冒険者の命綱であるポーションを買い占めるなんて」

シオンによる買い占めのせいで、ポーションはもちろん、その素材となる薬草の買取価格まで高騰してる。ギルドの買取価格には上限があるからな。ギルドで薬草採取の依頼を請けて納品するよりも、目端の利く商人に直接売り捌《さば》いたほうが断然儲《もう》かるという状況だ。

商人たちは、その薬草をお抱えの錬金術師に渡してポーションを作らせ、シオンに高値で売ってるらしい。……シオンに売る商人はまだ素直な方で、本当に利にさとい商人は、シオンにすらポーションを売り渋って退蔵し、さらなる値上がりを待ってるようだ。

そんな事情のせいで、街中からポーションが消えたのみならず、冒険者ギルドの緊急時用備蓄も底をつきかねない状況なんだという。

「ギルドの薬草採取依頼はもともと採算度外視なんだろ？」

「ええ。新人冒険者の育成と、いざという時のためのポーション備蓄を兼ねて、他の依頼より利幅を抑えて出しています。ポーションが高騰してるからといって納品時の報酬をその分増やすというわけにはいかないんです……。そのことを知っていて他で売らずにギルドに納品してくださる冒険者の方も、ゼオンさん含め、少数ながらいるのですが……」

俺以外にも良心的な冒険者はいたようだ。まあ、高ランクの冒険者なら、今さら薬草を高値で売り捌いて稼ぐなんてセコい真似はしないだろうしな。

「だが、一部の冒険者の善意に期待するだけじゃ限界があるだろうな」

「おっしゃる通りです。もちろんギルドには備蓄分があるにはあるのですが、ポーション類は倉庫に置いておくと品質が徐々に劣化するんですよね。そうなる前に随時放出しますので、新たな納品がないと備蓄が減る一方なんです……」

ポーションに限らず、あらゆるアイテムは持ち物リストに入れておけば劣化を防げる。だが、持ち物リストの所持数上限は九十九。ギルドの全職員に九十九個ずつポーションを持たせたとしても、クルゼオンの全冒険者の必要量を賄うだけの量にはならないのだ。今の状況で職員にポーションを九十九個も持たせたりしたら、不心得者が持ち逃げや転売を図るかもしれないしな。

「冒険者だって余裕のある数のポーションを準備してるはずだし、他の街から流入してくる分もある。問題は、なんらかの不測の事態が起きた場合だよな」

持ち物リストに入れてしまえばかさばらないという現象があるおかげで、高ランク冒険者の中には初級のポーション類を大量にストックしてる奴も多いという。高ランク冒険者の一部は、ポーション不足に悩むパーティに以前通りの価格でポーションを融通したりもしてるらしい。

これだっていつまでも続けられることではないんだが、しばらくはもつ。

また、この街だけでポーションの価格が高騰すれば、他の街でポーションを仕入れ、この街で売るという商人や冒険者も現れる。もっとも、他の街だってポーションが有り余ってるわけじゃない。その流入分すらもシオンが買い占めてしまうせいで、価格が下がらないのが現状だ。

「ギルドでも、ゼオンさんがおっしゃった通りの懸念をしています。本来ならば、非常時の備えはギルドと領主が共同で責任を負うべきことなのですが……」

「その領主の息子が原因だってんだからなぁ……」

ポーション不足は、今すぐにどうこうという問題ではない。非常事態なんて何も起こらないかもしれないし、起こってもポーションが大量に必要になることはないかもしれない。だが、万一そんな事態になったらと思うとぞっとする。

非常事態の発生そのものは人間の責任じゃないとしても、非常事態に備えるのは立場のある人間たちの責任だ。……まあ、今となっては俺の責任ではないわけなんだけどな。

「うまくいくかどうかはわからないんだが……ひとつ考えてることがあるんだ」

「なんでしょうか?」

「……詳しくは説明できない。本当にうまくいくかどうかもわからないし」

「もちろん、秘密にされたいことであれば無理に聞こうとは思いません。でも、私にそれを伝えたということは、私が力になれることがあるということですね?」

「ああ。優秀で信用できる……要するに、実力があって口の固い錬金術師を紹介してほしいんだ」

「優秀で信用できる錬金術師、ですか。それなら、『木陰《こかげ》で昼寝亭』のシャノンさんでしょうか」

「木陰で昼寝って……ずいぶんのんびりしてそうな店名だな」

ってていうか錬金術師の店だとわからないじゃないか。ミラは苦笑しながら、

「実際、のんびりされた方ですよ。でも、錬金の腕は一流です。ちょっと変わった方なので信頼を得るまでが大変なのですが」

「でも、信用できる奴なんだな？」

「ええ、それはもう。ですが、なぜ錬金術師に？　素材がない以上、いくら腕が確かでもポーションの作りようがないと思うのですが……」

「そこはまあ、考えがあってな」


というわけで、俺はミラが認《したた》めてくれた紹介状を手に、領都クルゼオンのはずれにやってきた。曲がりくねった路地を迷いながら進んでいく。

「ええっと……こっちか？」

事前に道は聞いてきたんだが、このあたりは道がぐちゃぐちゃなんだよな。中央の貴族街は碁盤の目のような整然とした区画整備がなされてるのに対し、郊外はわりと野放図に道が引かれ、好き勝手に建物が並んでる。伯爵家の資料によると、敵軍が市内に侵入した際に郊外で迷ってくれれば好都合ということで、わざと道をわかりにくくした面もあるらしい。実際にそこで生活を送る人たちの都合なんて、貴族の身の安全のためには無視されるってことだよな。

都市計画のない郊外の街並みは、乱雑と言えば乱雑だ。でも、計画通りに区切られた貴族街とは違って、人々が生活を営みながら作り上げた生身の街って感じもある。

誰かの頭の中の計画に従って作られた貴族街は、整ってはいるが、どこか嘘《うそ》っぽい。郊外の街はごちゃついていてお世辞にもきれいとは言えないが、住んでる人たちの生きる力に溢《あふ》れてる。狭い路地の建物と建物のあいだにロープが張られ、洗濯物が鈴なりになった下を進むのは、貴族街ではできない経験だ。

とはいえ、

「地図があっても迷うんだよな……」

ミラの手描きの地図に文句があるわけじゃない。むしろ、要点を押さえたわかりやすい地図だと思う。

しかしそれ以上に、郊外のつくりが複雑すぎた。行き止まりや裏路地の多い平面的な複雑さに加え、石造りのアーチが道の上に渡されて、立体交差までできている。これなら下限突破ダンジョンのほうがよっぽど道がわかりやすい。

小さな広場のようなところに出た俺は、そこにあった屋台で串焼きを買いながら、

「おっちゃん。この地図の場所、わかるか？」

「お？　ああ、あの眠り姫んとこか。それなら――」

屋台のおっちゃんは身振り手振りで俺に道を教えてくれた。まっすぐ行って右に曲がって右

に曲がって右に曲がってアーチを渡って左に曲がって右に曲がって右に曲がってY字路を右に。わかるか、こんなの。おっちゃんの説明どおりに進むと、

「急に寂《さび》れてきたな……」

あばら家や崩れかけの建物が増え、石畳の剝《は》げたところから樹木が伸び放題になってる一角に差しかかった。住民が少ないのか、半ば廃墟になりかけている。樹木や雑草だけが生命力たくましく繁茂してる感じだな。街の管理って面では問題なのかもしれないが……

「案外、いい雰囲気かもな」

盗賊が棲《す》み着いてたりするならともかく、単に人が少ないだけなら、廃墟には独特の味がある。いや、廃墟と呼ぶのは住んでる人に失礼か。自然に任せるままになってるところが目立つが、生活に必要な部分には人の手がちゃんと入ってるみたいだしな。

「たしか、この先の街道が行商人にあまり利用されなくなったんだったか」

実家にいた時に聞きかじった知識では、昔は賑《にぎ》わいのある商店街だったらしい。行商人のルートの変遷の影響で大きな商店が移動し、それについていく形で中小の商店もなくなった。そのせいで寂れてしまったともいえるし、落ち着いたともいえそうだ。往時をしのばせる並木道と剝げかけた石畳がものがなしい。

古代人の残した詩にも「国破れて山河あり」という言葉があった。

「『城《じょう》春にして草木《そうもく》深し』だっけか」

俺がつぶやくと、

「――『時に感じては花にも涙を濺《そそ》ぎ』」

どこからか涼やかな声が聞こえてきた。

「ええと、『別れを恨《うら》んでは鳥にも心を驚かす』」

「『烽火《ほうか》　三月《さんげつ》に連なり』」

「たしか……『家書　万金に抵《あた》る』？」

「『白頭　掻《か》けば更に短く』」

記憶の底から引っ張り出しながら答える俺に対し、あっちの声は一瞬だ。

「なんだっけな……。『渾《すべ》て簪《しん》に勝《た》えざらんと欲す』……で合ってるか？」

「すごい……合ってます」

声とともに、木陰で誰かが立ち上がる気配がした。見てみると、並木の陰に、街並みよりは新しいベンチがあり、声の主はそこに腰かけてたみたいだな。

「……このあたりでは見かけない方ですね」

と言って、声の主が俺を見る。ぶかっとしたローブをまとった小柄な少女だ。年齢は、俺と同じか少し下に見えるだろうか。流水のような水色の髪は、ところどころが寝癖のように跳ねている。眠たげに細められた群青色《ぐんじょういろ》の瞳《ひとみ》に、ずり落ちそうな大きな眼鏡《めがね》。紺色のローブはボタンで留めるワンピースみたいなデザインなんだが、ボタンとボタン穴が明らかに一個ずれてるな。

少女は、右手に分厚い本を抱えながら、左手でローブのフードを頭にかぶせる。フードにはなぜか猫の耳のような大きな三角のでっぱりがついてるが、猫系の獣人というわけではないようだ。

「なんでフードをかぶるんだ？」

「ひ、人に見られるのは恥ずかしいから、です……」

眼鏡がずり落ちそうなほどうつむきながら、少女が答えた。さっきまでは鈴の鳴るような声で古代人の詩を読んでたのに、対面すると恥ずかしいらしい。

「せっかく綺麗《きれい》な顔なのに」

「な、なな、なんてことを言うんですか！　わ、私なんて全然です、全然！」

「わ、悪かったよ」

たしかに初対面の女性にいきなり口説《くど》くようなことを言ってしまった。

「ひょっとしてだけど、君が錬金術師のシャノンさん？」

「そ、そうですけど……ひ、ひょっとして、私何か悪いことでも……？」

「い、いや、そんなことは聞いてないぞ。優秀で信頼できる錬金術師だと聞いてきた」

「もう。そんなことを言うのはミラさんですね」

俺はミラに書いてもらった紹介状を渡す。

「ふふっ、『家書』とは違いますが、お便りです」

さっきの詩にあった「家書」は家人からの便りって意味だったか？

古代人の言語は、複雑怪奇だ。学者たちによれば、複数の自然言語が混じり合ってできたために、意味や由来が解明できない語彙が多いのだとか。それが合理化され、簡略化され、あるいは忘却されてできたのが、今俺たちの使ってる言語らしい。

個人的には、古代人の言語は嫌いじゃない。ちょうど、さっき抜けてきた郊外と同じだ。人間の営みの中から自然に生まれてきたごちゃついた街並みを、乱雑と見る見方もあるだろう。だけど俺は、そこに人々のたくましさや生活の知恵を見るのが好きだ。

古代人の言語も、それと同じだ。古代人というと、とかく神の如《ごと》き超人のように思われがちだが、そのとっちらかった言語を見ると、ああ、古代人も人間だったんだと思えるんだよな。

滅んでしまった古代人の詩は、それこそ「国破れて山河あり」の世界を体現している。それを歴史の皮肉と取るべきなのか、それとも、古代人は自らの栄枯盛衰をも詩の材料にするほど達観していたと取るべきなのか。

まあ、俺はお世辞にも風流を解するとは言えないからな。さっきの古代人の詩だって、意味は半分もわかってないわけなんだが。

俺がそんなことを考えてるあいだに、シャノンは手紙を読み終えた。

シャノンはフードで目を半ば隠してうつむきがちに、

「錬金術師がご入用とのことですが……どういったご用件でしょう？　あいにくポーションの

注文は今は請けたくても請けられない状況なのですが……」

「ポーション絡《がら》みではあるんだけどな。俺が頼みたいのは、ポーションの作り方を教えてほしいってことなんだ」

「それは……難しいです」

ポーションの作り方を教えてほしい。そう頼んだ俺に対し、シャノンは難しい顔でそう答えた。

場所はミラから聞いた店「木陰で昼寝亭」の中に変わってる。天然木を生かした曲線の多い空間の中に、所狭しと正体不明の草や瓶詰《びんづ》めの標本、ガラス製の瓶や漏斗《ろうと》が並んだ、いかにもな感じの錬金術師の工房だ。

ちなみにレミィは『お話が済むまでのあいだ外を散策してきますねー』と言って姿を消している。来る前に聞いた話では、妖精《ようせい》は錬金術とは根本的に相性が悪いんだとか。妖精は魔法を生まれ持っての本能的な感覚で扱うらしく、細かな技術を積み重ねるという発想がないらしい。……まあ、『お勉強は嫌いですー』の一言にまとめられると、そっちのほうが本音なんじゃないかと疑いたくなるけどな。

「難しいとは聞いてるけど、どうしてなんだ？」

「錬金術系のスキルは、習得する者をかなり選ぶんです。材料に宿る微細な魔力や霊力といったものを感じ取れる感性が必要ですから」

最初はおどおどしてたシャノンだが、専門の話になると落ち着いてる。なんていうか、静かな自信を感じるな。これまでに積み重ねてきた修練によって自分の知識に自然な自信を持ってるというか。俺の少ない人生経験からしても、変に自信満々な奴よりこういう奴のほうが信用できる。

「その感性っていうのは、生まれついてのものなのか？」

「はい。修練次第でどうにかなるというものではありません。人間には、それぞれ五感がありますよね？」

「ああ」

「その五感の感度も、人によって結構差があります。夜空で暗い星を見つけられる人もいれば、三等星も見えないという人もいます。遠くの足音を聴き逃さない人もいれば、すぐ近くの物音に気づかない人もいます。味覚に至ってはさらに極端で、比較するのも難しいほどです」

「たしかにそうだな。錬金術に必要な感覚も同じじってことか？」

「はい。材料に宿る目に見えない小さな力を感じ取るには、特別に細やかな感覚が必要なんです。ところが、人の魔術的、あるいは霊的な感覚というものは、捉《とら》えられるモノの大きさが人によってまちまちです。この捉えられるモノの大きさの下限――これを魔霊力感受性の捕捉可能最小粒と言います」

いきなり難しい言葉が出てきたな。

「魔霊力感受性の……えっと、捕捉できる最小の粒か」

さっきのシャノンの喩《たと》えでいえば、夜空でどこまで暗い星を見つけられるかとか、遠くで鳴った小さな音をどこまで聴き取れるかってことになるんだろうか。

「世の中のほとんどの人の捕捉可能最小粒のサイズは、十分の一メテルを下回ることができません。だいたい、リンゴくらいのサイズでしょうか。手のひらに乗せられるくらいの大きさの『塊《かたまり》』でないと感じ取れないということです。『初級魔術』にマジックアローという魔法がありますが、あのくらいの大きさなら、大抵の人が魔力として感じることができます。鈍い人だと、あれすらわからないこともあるそうです」

「そうなのか」

魔術師が、そうでない奴より魔法の察知にも優れてるという話は聞いたことがあるな。マジックアローは問題なく捕捉できたから、俺には少なくとも常人くらいの感受性はあるんだろう。

「『初級魔術』のスキルなら持ってるよ。錬金術系のスキルはそれよりずっと難しいってことなのか？」

「はい。魔術師や神官など魔力や霊力の扱いに慣れた人たちであっても、最小粒は百分の一メテル――よくて千分の一メテルです。麦粒大ということですね。これではまだ、錬金術に必要な最小粒が捕捉できないんです」

「麦粒大までの感受性じゃ錬金術は使えないってことか。目の粗《あら》いザルで細かい砂粒を掬《すく》えないみたいに」

「その喩えは合ってます。最低でも砂粒。できれば、砂粒の十分の一かそれ以下」

「ずいぶん厳しいな」

砂粒の十分の一となると、ものに喩えることも難しい。

「ですので、どうしても錬金術の素養の持ち主は限られてしまいます。もちろん、お望みなら試してみることはできますが……」

期待はしないでほしいと言外に言ってるな。

だが、俺としては、今の話を聞いて気になった可能性がある。

「すまないが、試させてくれないか？　もちろん、必要な経費と検査代は出させてもらうから」

「ミラの紹介ですし、そのくらいのことはかまいませんが……。今はむしろ、検査のための現物にすら困ってるんですよね……」

「現物？　薬草か魔草ならあるけど……」

俺は持ち物リストから薬草と魔草を取り出した。ギルドに納めた分とは別に若干《じゃっかん》数を残しておいたのだ。

……ところで、悪知恵の働く奴だったら、こんなことを思いつくかもしれないな。「下限突破」を使えば、アイテムを無限に取り出すことができる。そうして取り出したアイテムをギルドに納品するなり商店で売却するなりすれば、労せずしてお金が稼げるのでは？　と。

俺もその可能性は気になって、商店に行って試してみた。持ち物リストでマイナス４４０個となってる爆裂石をいくつか取り出し、買い取ってくれるかと尋ねてみたのだ。

だが、店主の反応は俺の斜め上を行くものだった。俺が机に並べた爆裂石を前にして、店主はこう言ってきた。

『お客様が所持されていないアイテムを買い取ることは致しかねます』

と。

目の前に爆裂石があるじゃないかと言っても無駄だった。どうやら、マイナス個数のアイテムは、自分で使用することはできても、他人に売却したり譲渡したりすることはできないらしい。

それにしても、かなり気味の悪い現象だよな。いったいどんな作用が働いたら、店主が目の前にあるアイテムに反応しないなんてことが起こるんだ？　はっきり言って、想像もつかない。架空世界仮説の熱心な信奉者なら、なんのかんのと理屈をつけるのかもしれないが……。

ミラにもらった爆裂石は余裕ができたらちゃんと返そうと思ってたんだが、マイナス個数のうちは無理っぽいな。これからも爆裂石は使っていきたいので、マイナスの解消はいったいいつになることか。ミラにお返しがしたいなら、爆裂石ではなく他の形を考えたほうがいいだろう。

ともあれ、錬金術師の工房を訪ねるにあたって、俺はプラス個数の薬草と魔草を用意しておいた。薬草や魔草を渡そうとしてもマイナス個数だと渡せないかもしれないからな。

薬草や魔草ならあると言った俺に、シャノンは眠たげな目を瞬《またた》かせて、

「使うのは魔草です。今値段が高騰している魔草を消費することになりますが、本当によろしいのですか？」

「ああ。魔草なら『下限突破ダンジョン』で採取できるからな」

ポドル草原が薬草の宝庫なのはもう知っての通りだよな。最初の探索の時には探す余裕がなかったんだが、俺が「下限突破ダンジョン」と名付けたあのダンジョンには、ボス部屋への最短経路の脇道となるところに魔草の群生地がいくつかあった。

魔草は、青紫の鈴蘭に似た植物で、そのまま食べると毒性がある。ＭＰはちゃんと回復するんだが、しばらくのあいだ幻覚にとらわれてしまうらしい。そのまま使ってもある程度の効果が見込める薬草と違って、魔草は錬金術でマナポーションにしてから使った方が無難なのだ。

「……そういえば、あなたがあのダンジョンを踏破されたのでしたね」

俺のことはミラからの手紙に書いてあったんだろう。

「それと……これだな」

俺は持ち物リストから「魔紋檻《おり》（壊）」を取り出し、工房のテーブルの上に置く。魔族ロドゥイエがレミィを閉じ込めるのに使ってたあのケージだな。

「……これは？」

「ミラから、珍しいアイテムを持っていくと喜ばれると聞いてな」

「『魔紋檻（壊）』、ですか。聞いたことのないアイテムですね」

シャノンはさっそく「鑑定」をかけたみたいだな。

「詳しい事情は言えないんだが、とある危険人物がとある存在を閉じ込めるために使っていたものだ」

魔族と妖精のことを伏せたせいで、もどかしい説明になってしまった。

「触ってみてもいいですか？」

「もちろん」

シャノンがおそるおそる黒いケージに手を伸ばす。

シャノンがそっと持ち上げたところで、異変が起きた。

「きゃあっ！」

ケージがいきなりぼろりと崩れた。黒い金属質の檻がみるみる風化して崩れ、シャノンの手をすり抜けて、テーブルの上に黒い砂山を作る。

「ど、どうしましょう……」

少し慌《あわ》てた顔で、シャノンが言う。

「俺が一度こじ開けてるからな。もう壊れかけだったんだろう。でも、弱ったな。報酬の足しにしてもらうつもりでいたんだが……」

「それなら、この粉をもらってもいいですか？」

「この粉を？　何かに使えるのか？」

「いえ、用途のほうはまだなんとも言えません。ただ、高度な魔導具は、残骸からでも素材となったアイテムの一部を回収できることがありますから」

「そうなのか」

「はい。『リサイクル』というスキルが必要ですが」

そう言うってことは、シャノンはそのスキルを持ってるんだろう。

「わかった。錬金術の素養を試してもらう代わりにもらってくれ。ああ、でも、その素材から何か有益なことがわかったら教えてくれないか？」

ロドゥイエの目論見《もくろみ》を知る手がかりになることなら、どんな些細《ささい》なことでも知っておきたい。

「はい、かまいません。ふふっ、研究のしがいがありそうですね」

フードの奥で眼鏡をきらりと輝かせて、シャノンがつぶやく。そのまますぐにでも魔紋檻だった粉を調べだしそうな勢いだ。

「すまないが、先に錬金術のほうを頼めるか？」

「ご、ごめんなさい。もちろんです。すみません、私、珍しいアイテムに目がなくて……」

と、シャノンが顔を赤くする。シャノンはテーブルの上の粉を慎重に集めて瓶に封じると、ものでいっぱいの棚にしまおうとする。だが、隙間《すきま》は上の方にしか残ってない。背伸びして棚の高いところに瓶を入れようとするシャノンは、見ていていかにも危なっかしい。

「手伝うよ」

俺はシャノンの手から瓶を奪って、棚の上のほうのちょうどいい隙間に押し込んだ。

「あっ、ありがとうございます……あ、あの」

「おっと、悪い。近づきすぎたな」

顔を赤くするシャノンから慌てて身体を離す俺。

「……ゼオンさんも男の人なんですね」

「男としてはそんなに高いほうでもないけどな。役に立ててよかったよ」

シオンより少し背が高くて肩幅もあるが、体格だけなら親父《おやじ》の方がまだ大きい。

「いえ、そういうことではなく……む、胸板とか、腕とか」

「え？」

「い、いえいえ！　なんでもないです！」

赤い顔のまま、わたわたと手を振るシャノン。シャノンは何度かすーはーと深呼吸してから、

「れ、錬金術の検査でしたよね。では、魔草をいただけますか？」

「わかった」

俺が持ち物リストから取り出した魔草を手渡すと、シャノンはさっきまでケージのあったスペースに魔草を置く。

「どうすればいいんだ？」

「魔草に手をかざしてください」

「こうか？」

「はい。ちょっと失礼しますね」

と言ってシャノンは、俺の後ろに回り、俺の手の甲に自分の手のひらを重ねてきた。年頃《としごろ》の少女特有のやわらく湿った感触にどきっとする俺。

「……？　どうかなさいましたか？」

耳元で言ってくるシャノンからぎこちなく視線を外しながら、

「い、いや、なんでもない」

恥ずかしがり屋なのに、こういうとこは無自覚なんだな。

「では、はじめますね。私が『初級錬金術』を使って魔草の魔力に干渉します。私と魔草に挟まれたあなたの手が、魔草から私へと流れる魔力の粒を感じ取れれば成功です」

「どのくらいの大きさの粒なんだ？」

「麦粒大よりももっと小さく……そうですね、針の先ほどと思ってください」

「それは本当に小さいな」

「いきます」

シャノンの手が淡く光る。その光は俺の手を透過して魔草へ。魔草も同じ色に光り出す。

俺も、魔法を使えるようになったことで、魔力への感受性がある程度は身についた。だが、シャノンの繊細な魔力操作を感じていると、俺のそれがいかに粗雑だったかがよくわかる。

妖精であるレミィの魔力操作も見事なものだが、レミィの魔力操作はほとんど本能的なものだ。いわば、妖精としての生まれつきの素養に頼った魔力操作なんだよな。『人間が息を吸ったり吐いたりするのと同じですぅ～』ということらしい。

それに対して、シャノンの魔力操作には、積み重ねられた修練と、繊細極まりない注意力と、それらによって成し遂げられた洗練とが宿っている。これはもう芸術だな。シャノンだってもちろん才能に恵まれてはいるんだろうが、才能だけで工房を構えられるほど錬金術師の世界も甘くない。俺と同じような歳だろうに、これまでにどれほどの修練を積んできたんだろうな。

「……わかりますか？」

とシャノンが訊いてくる。おそらく、魔力の粒はもう俺の手をすり抜けはじめているんだろう。しかし、俺には何も感じ取れない。俺の「ザル」の目が粗すぎて、小さな粒が引っかからないということか。たまにポツポツと痺《しび》れるような小さな刺激を感じるのは、魔力の粒のうち大きめのものがかろうじて引っかかってるということなんだろう。

「やっぱり才能はないみたいだな」

「ここまでにしておきますか？」

シャノンが遠慮がちに言ってくる。

「捕捉可能最小粒には、生まれ持った下限があると言われています。落ち込むことはないですよ。あまり魔力や霊力への感受性が高すぎると、それはそれで生きにくかったりもしますから」

と言ってくれるのは、俺へのフォローもあるんだろうが、実際にそれで苦労したりもしてるんだろう。人の少ないところに住んでたり、フードをかぶってたりするのもそのせいかもしれないな。

まあ、ここまでは想定通りだ。都合よく俺に錬金術の才能があれば、それはそれでよかった。だが、そうでない可能性についても考えてはいた。マイナス個数の素材を受け取ってもらうことは本当にできないのか？　できないとしても、錬金の最中に手伝うふりをしてこっそりマイナス個数のアイテムを使ったらどうなるのか？　とかな。

だが、これまでの話を聞いて、閃いたことがある。

俺は、捕捉可能最小粒に下限があることをなるべく強く意識した。捕捉できる最小の粒――つまり、俺の魔霊力感受性の下限だな。ごくたまに引っかかる砂粒くらいの痺れる刺激が、現在の俺に捕捉できる魔霊力のサイズの「下限」のはずだ。

そんなものにも「下限突破」が働くのかどうかは、正直言って自信がない。

が、しばらくそのままでいると、ある瞬間を境に、手のひらに感じる刺激が増えた。ものすごく細かい霧雨が肌にかかっているような感じだな。実際には、霧雨の粒子よりもさらに小さい、目では見分けられないほど微細な粒子だ。粒子から感じる甘やかな痺れは、魔法を使う時とそっくりだ。

「無数の細かい魔力を感じる。霧雨みたいな感じだ」

「霧雨……」

シャノンが息を呑《の》む気配がした。

「続けます。より細かい粒子に注意するようにしてください」

「わかった」

ザルの目をもっと細かく。織物にも目の粗いものと細かいものがあるが、それをさらに細かくするイメージをしてみるか。目が粗ければ織物というより網に近いものになるし、目が細かければ布みたいになるかもな。

布、と考えて、俺は魔族ロドゥイエのことを思い出す。奴の身にまとっていたローブ。あれに刻まれていた魔紋は、とてつもなく精緻なものだった。人間の世界でも、人間の職人が作った魔道具は流通している。だが、ロドゥイエの作っていたものとは正直比べ物にならない単純さだ。ロドゥイエの魔紋は、とても小さな魔力の粒を極細の紋に従って流すことで、魔法陣のような効果を生み出すものだ。こんな技術は人間のあいだでは知られていない。

ロドゥイエを倒した俺にも、「魔紋刻印」のスキルがある。スキルに従って髪の毛ほどの細さの魔紋を描くこともできる。これまで考えたことがなかったが、この髪の毛ほどの細さの魔紋の中を、魔紋の幅より小さい極小の魔力の粒が通ってるわけだよな。

そのサイズは当然、砂粒の十分の一以下、あるいは百分の一以下になるはずだ。

そんなわけで、俺が極小の魔力の粒を想像するのは、他の奴より楽だったのかもしれない。「下限突破」には、使ったという実感が伴わない。だが今回は、それまでは感じ取れなかったものがある瞬間から急に感じ取れるようになるという形で、「下限突破」の効果を実感できた。霧雨状に感じたときもそうだったが、さらに一段、二段と細かくなっていく。

ただ、どこまでも小さくできるわけではないようだ。俺に想像できる範囲――髪の毛ほどの細さの魔紋を通れるサイズが限界みたいだな。感覚を研ぎ澄ましたり、修練を重ねたりすれば、さらに小さい粒を感じられそうだが……。

そうか。下限を突破できるといっても、何もしないで下限を突破できるわけじゃない。アイテムの個数なら、使うことで個数を減らさなければ、下限以下の個数には決してならない。MPなら、残りMPが0を下回るような魔法を使って初めて、現在MPをマイナスにできる。

そんなの当たり前だろと怒られそうだが、捕捉可能最小粒でも同じことが起きてるんだろう。俺の元々の捕捉可能最小粒は常人並みか、よくて魔術師並みのものだった。だが、ロドゥイエの魔紋を見、「魔紋刻印」のスキルを覚えたことで、もっと小さな魔力の粒をイメージできるようになった。もし俺にそういう粒をイメージする力がなかったとしたら、いくら「下限突破」があっても捕捉可能最小粒のサイズの下限を突破することはできなかったんじゃないか？

「魔力の流れが……堰《せ》き止められた？」

シャノンが驚く気配がする。

「感じる……魔力が魔草から出て、俺の手の中の網に捕まってる」

魔草から抽出される魔力の粒は、さほど小さなものではない――ロドゥイエの魔紋が想定していたものに比べれば。

「そ、そんな……でもたしかに、私の手で魔力を感じ取れなくなりました。微細な魔力まで完全に捕捉しているとしか……。初めてでここまでできるなんて……」

そこで、「天の声」が俺の脳裏に鳴り響く。

《スキル「初級錬金術」を習得しました。》

「やった！『初級錬金術』だ！」

「ほ、本当に覚えてしまったんですか？　こんな短時間で⁉」

まさかスキルまで習得できるとは思ってなかったんだろう、シャノンが本気で驚いている。

Skill――――

初級錬金術

素材に宿る魔力・霊力等を特殊な感覚と独自の工程によって転移・濃縮・変換・変質させ、消費アイテムを作り出す魔法技術の体系。使い込むことで製作物の質が向上し、新しいレシピを閃くことができそうだ……

現在製作可能なアイテム：初級ポーション

――――

「作れるのは初級ポーションだけか」

俺は取り出したままだった薬草に手をかざす。

「ちょっと待ってください！　瓶と漏斗を用意しますから」

「あ、そりゃそうか」

このまま薬草をポーションにしたら、クリエイトウォーターみたいに机の上に撒《ま》き散らされてしまうよな。

「はい、どうぞ」

「ありがとう」

シャノンから受け取った瓶に漏斗を挿《さ》し、その上に薬草を持ってくる。

そして俺は、薬草から霊力を引き出していく。さっきシャノンが検査のためにやったのと、感覚的にはよく似てる。さっきシャノンがやったのは魔草からの魔力の抽出で、今俺がやってるのは薬草からの霊力の抽出だ。魔力は体内でＭＰに、霊力は体内でＨＰに変換される。そんな初歩的な知識も、スキルの習得とともに自然に頭の中に収まってる。

「『初級ポーション生成』！」

薬草から引き出された霊力が空中で液体に変わり、漏斗を伝って瓶の中に落ちていく。液体が瓶の七割ほどまで溜《た》まったところで、スキルの効果がふつりと切れた。

「お見事です。とても初めての生成とは思えません」

シャノンが本気で感心した声で褒めてくれる。

「液体の量はこれでいいのか？」

瓶に若干の余裕があることから、俺は自分の生成の効率が悪かったんじゃないかと思ったのだ。

「いえ、これでいいんです。酒場のお酒じゃないんですから、満杯にしたらこぼれちゃいます」

「それもそうか」

瓶の口が少しすぼまってるのも、こぼさず素早く飲めるようにするための工夫なんだろう。

一般的なポーションの瓶にこんな工夫はされてない。シャノンが優秀で信頼できる錬金術師だってことがよくわかる。

「なあ、この瓶を売ってもらうことはできるか？」

「いいですよ。今は薬草もないので在庫になっちゃってますから。でも、練習用の薬草はどうやって手に入れるつもりなんですか？」

どうやらシャノンは俺が練習用にポーションの瓶がほしいと思ったみたいだな。

「そこは……ほら。ポドル草原に行って現地調達だな」

「ああ、ちょっと離れてるからまだ薬草が採り尽くされてないかもですね」

素直に信じてくれたシャノンには悪いが……すまん、それは嘘なんだ。

俺の目論見はたぶん、鋭い奴にはもうバレてるんじゃないだろうか？

俺は人生で初めて生成した記念すべき「初級ポーション」を持ち物リストに入れる。この状態で持ち物リストを開いてみよう。

Item
初級ポーション 4
初級マナポーション 1
毒消し草 1
爆裂石 -440
薬草 2
魔草 2
(空き)
(空き)
(空き)
(空き)
(空き)
(空き)
(空き)
(空き)
(空き)
(空き)

初級ポーションの所持数が3から4になってるな。薬草、魔草は一つずつ使って2に減った。

「すまん、もうちょっと練習してみてもいいか？　改善点があったら教えてほしい。もちろん、教えてもらう以上謝礼は出すから」

「霊力操作は完璧《かんぺき》でしたから、改善点なんて見つかるかどうか……」

「自力でやって変な癖がついたりしたら困るだろ？」

「そこまでおっしゃるのでしたら」

と言って、瓶を三つ用意してくれるシャノン。俺は瓶に漏斗を挿して薬草をかざし、

「『初級ポーション生成』」

という作業を三回繰り返す。

「うーん……そうですね。薬草の場合、葉脈に沿って霊力を流した方がいいと思います。霊力の粒同士がぶつかって摩耗すると、若干ポーションの効力が落ちますから」

「なるほどな……さすがはプロの意見だ」

「いえ、もうそんな上級者向けのアドバイスしか思いつかなくて……。ゼオンさん、いっそのこと本気で錬金術師を目指してみませんか？　ゼオンさんなら王都の『トリスメギストス』の入団試験にも受かるかもしれませんよ？」

トリスメギストスは、王都シュナイゼンにあると言われる上級錬金術師たちの互助組織だ。組織の実態は謎《なぞ》に包まれ、多くの有用な、あるいは危険なレシピを秘匿《ひとく》してると言われてる。っていうか、口ぶりからしてシャノンはトリスメギストスの関係者なのか？　優秀な人だとは思っていたが。

「そう言ってくれるのは有り難《がた》いけど、今のところは冒険者稼業に慣れるので精一杯だな」

「そうですか……すごい才能だと思うのですが」

心底残念そうに言うシャノンに申し訳なさを感じつつ、俺は持ち物リストを確認する。

Item

初級ポーション 7
初級マナポーション 1
毒消し草 1
爆裂石 -440
薬草 -1
魔草 2
(空き)
(空き)
(空き)
(空き)
(空き)
(空き)
(空き)
(空き)
(空き)
(空き)

「よしっ」

と俺は小声で快哉《かいさい》を上げる。

結構細かいとこなんだが、さっきと何が違うかわかるだろうか？

さっきは、普通に薬草を1個消費して初級ポーションを1個作った。今回は、薬草を3個消費して初級ポーションを3個作った。

だが、前回と今回とでは決定的な違いが一つある。いや、正確には最後の一回だけか。最後の一回は、薬草を0個から1個取り出して、存在しないはずの薬草を錬金術の素材として使ったのだ。

その結果がおもしろい。完成した初級ポーションを持ち物リストに収納すると、初級ポーションの個数が1増えた。

要するに、俺はマイナス個数の薬草から無限に初級ポーションを生成できるということだ。

しかも、生成した初級ポーションはプラス個数。マイナス440個の爆裂石と違って、プラス個数の初級ポーションは他人に売ったり譲渡したりできるということだ。

惜しむらくは、瓶の個数の問題だろうか。ポーションの瓶は使用後のものをギルド備え付けの回収箱で回収し、ギルドがポーションの製造業者（個人の錬金術師や錬金術師を雇ってる商店など）に販売している。貴重な空き瓶を有効活用するための仕組みだな。

だが、逆に言えば、ポーション用の瓶の個数は限られてるってことでもある。シオンの奴が空き瓶をギルドに持ち込んでリサイクルするなんていう「下賤な」ことをするはずがないからな。今後ポーションの瓶の絶対的な個数が足りなくなるのはまちがいない。

ちなみに、このポーションの空き瓶は、持ち物リストには収納できない。ポーションはアイテム扱いだが、空き瓶はアイテムとして扱われないのだ。だから、「下限突破」のある俺であっても、マイナス個数の空き瓶を持ち物リストから無限に取り出すという裏技は使えない。

ミラに協力してもらって瓶をかき集めるしかないだろうな。生成した初級ポーションの在庫は、持ち物リストに入れれば自動でスタックしてくれるから、ポーションの置き場に困ることはない。

「あの……。ゼオンさんは冒険者としてやっていくつもりなんですよね？　じゃあどうして自分でポーションを作ろうとなんて思ったんですか？」

シャノンがおずおずと訊いてくる。

シャノンの疑問は当然のものだ。錬金術も魔法の一種であることに変わりはない。つまり、MPを消費する。ポーション作りにMPを使えば、その分戦闘に使えるMPが減ってしまう。

だから、錬金術師の多くは冒険者にはならず、冒険者が錬金術を覚えようとすることもない。

そして、それが悪いわけでもない。錬金術師がポーションを作り、その素材を冒険者が採ってくるんだから、持ちつ持たれつの関係だ。

「今、ポーションが不足してるみたいだからさ。俺みたいな駆け出しでも力になれないかと思ったんだ」

「ゼオンさん……」

と、フードの奥の目を見開いてシャノンがつぶやく。

……いや、そこまで感心されると気まずいんだが。素材個数の「下限突破」を使って無限に錬金ができないか?という私利私欲にまみれた探究心が、今日ここに来た動機なんだからな。

まあ、弟のせいで発生したポーション不足を少しは緩和したいと思ったのも事実なんだが。

ポーション不足は、地味なようで重大な問題だ。ポーションが足りなければ、冒険者が癒えない怪我《けが》を負うこともある。ポーションが安定して手に入らないことでこの街を見限り、離れた街に拠点を移そうとする冒険者も現れ始めているらしい。クルゼオン領の将来にもかかわる大問題になりかねない。

じゃあ、なんで次期領主であるシオンがポーションの買い占めなんて暴挙に走ったかだが……まあ、一応の想像はついている。あいつが持ってるギフトは「上限突破」なんだからな。

「ゼオンさんはすごいです。噂では伯爵に酷《ひど》い目に遭わされたと聞いていたのに、それでもなお、この街のみんなのためにがんばろうとしてるんですから」

「あ、いや、そんないい話じゃなくてだな……」

「ゼオンさんががんばるなら、私もがんばります。私だって錬金術師なんです。ほんのちょっと昼寝の時間を削ることにして、ポーションや役に立つアイテムを少しでも作れないか考えてみます！」

ほんのちょっとなのか、と思ったが、その決心自体は立派である。俺のマイナス薬草を渡せればよかったんだが、それはできないことがわかってる。でも、錬金術師としていっぱしの腕を持つシャノンなら、俺にはまだ作れないようなアイテムだって作れるだろう。壊れた魔紋檻の「リサイクル」についても結果が気になるところだよな。

「ま、まあ、なんだ。お互い無理のない範囲でがんばろうな」

ポーション不足とはいえ、冒険者たちも予備のポーションくらいは持っている。回復魔法が使える冒険者や神官だって、そう多くはないがそれなりにいる。

品薄と高騰が続くなら、行商人たちは他の街で買い集めたポーションをクルゼオンに運んで売り捌くことで利ざやを稼ごうとするだろう。今は値段が上がっていても、徐々に値崩れするはずだ。

シオン一人で消費できるポーションの数なんて——俺の想定通りの使い方をしてたとしても——おのずと限界があるからな。よほど予想外の事態でも起こらない限り、ポーション不足で深刻な危機に陥《おちい》ることはないはずだ。

俺があまり目立ちすぎない形でポーションをギルドに流しておけば、時間とともにこの混乱も収まっていくだろう。俺の供給するポーションが急場しのぎになればそれでいい。

——と、その時の俺は思っていたんだ。


「あれ？　もしかしてコレットじゃないか？」

ひさしぶりにクルゼオンに戻ってきてギルドの中に入ったところで、見覚えのありすぎる顔に出くわした。

「わ、ゼオン様じゃないですか！　おひさしぶりです！　ご活躍のお話は伯爵邸にも届いてましたよ！　さすがは私たちのゼオン様です！」

出会い頭に猛烈なよいしょをしてきたのは、クルゼオン伯爵邸で俺付きのメイドだったコレットだ。

「いや、俺はもう伯爵家の人間じゃないんだが……」

と答えながら、俺はコレットの格好を見て首を傾《かし》げる。コレットは、以前と同じ屋敷のメイド服姿――ではなかった。いや、メイド服は着てるんだが、その上に金属製の胸当てを着けている。腰に巻いた革のベルトには、なんと肉の分厚い斧《おの》が提げられていた。

たしかに、見た目に反して力持ちで、屋敷では薪割《まきわ》りなんかも手伝ってたな。遠く獣人の血を引いてるんじゃないかって話だった。だが、どうにもそそっかしく、屋敷では高価な皿だの壺《つぼ》だのをいったいいくつ割ってきたことか。

「まさか、ドジが高じてついにクビに……?」

おそるおそる口にした俺の言葉に、コレットが頬《ほお》をふくらませる。

「ち、ちがいますぅ！　ただ単に、新しく担当することになったシオン様をうっかりゼオン様と呼び間違えたり、シオン様のご機嫌の悪い時にシオン様ご愛用のティーカップを割ってしまったりしただけですよぉ！」

「いつものドジだな。でも、それだけでクビにされたのか?」

コレットがドジなことなんて屋敷ではみんな知ってることだ。半ば公認された「キャラ」のようになっており、よほど心の狭い奴を除いては、ほとんどの使用人がコレットのことを生温かい目で見守っていた。たしかに仕事でドジはするかもしれないが、使用人仲間からは愛されている。何より、コレットがいるだけで場の空気が温かくなるんだよな。

コレットは以前、伯爵邸を訪問した他領の貴族に、転んで水を頭からぶっかけるという盛大なドジを働いたことがある。にもかかわらず、その貴族には笑って許されたばかりか気に入ら

れ、のちのちまで「僕に水をぶっかけたあの使用人は元気かい？」などと世間話のネタになってたほどだ。

なまじ仕事のできる使用人にはかえってできないようなことを自然体のままやってのけてしまう——それが、コレットというメイドの価値なのだと、俺は思う。まあ、その価値が伯爵である父に評価されてたわけではないし、なんなら使用人たちだっていじりやすい愛されキャラという認識で、コレットの能力を積極的に評価してたわけではないけどな。

俺のツッコミに対して、

「い、いえ……シオン様が珍しく落ち込んでるご様子だったので、励まさなきゃと思ったんです」

と、歯切れ悪く切り出すコレット。

「でも、原因もわからないのになんて言って励ましたらいいかなんてわからないじゃないですか。だから、『大丈夫ですよ、なんて言ったってあなたはゼオン様の双子の弟なんですから！』とお慰めしたら、大層お怒りになって、『おまえなんかクビだ！』と……」

「……いやもう、何も言うまい」

あいかわらずのドジっぷりだが、シオンの奴もそれだけでクビにまですることはないだろうに。まあたしかに、ドジの方向性がシオンの逆鱗《げきりん》に触れるようなものばかりな気はするけどな……。

貴族の言葉は取り消せないから、たとえ一時の怒りによるものであろうとクビを宣告されればクビである。もし俺がその場にいたらとりなすこともできたんだが……。いや、やめよう。俺がそうやって兄貴風を吹かせることがあいつを追い詰める結果になったんだ。

「それで食い詰めて冒険者になったのか？　大丈夫なのか、おまえ一人で」

われながら酷い言い分だと思うが、事実なんだからしょうがない。

「大丈夫です！　なにせ、お屋敷を辞めたのは私一人じゃありませんから！」

「全然大丈夫じゃないだろ、それ⁉」

どうなってんの、俺の実家。

「今後の身の振り方を相談したら、みんなでゼオン様を見習って冒険者にでもなるかーって盛り上がっちゃいまして。アナやシンシアもいるから安心です！」

「アナやシンシアまで解雇されたのか⁉」

二人とも若いながら優秀なメイドだったはずなのだが。

「なんで二人の時だけ驚くんですかぁ！　そりゃたしかに、二人はクビじゃなくて自分から辞めるって言ったんですけど。トマスさんまで辞めると言い出して、伯爵と揉《も》めてるみたいですよ」

「トマスまでか⁉」

老執事トマスは先代クルゼオン伯爵の時から伯爵家に仕える最古参の使用人だ。もうそれなりの齢《とし》ではあるが、いまだに家事全般を取り仕切り、若い使用人を育成しながら、一部領内のことまで差配している。家の中のことも領内のことも驚くほどよく知っていて、わからないことがあればまずトマスに聞けと言われていた。使用人たちはもちろん、先代と交流のあった他の貴族たちからも一目置かれる存在だ。クルゼオン伯爵家の裏の大黒柱にして生き字引——それがトマスという不世出《ふせいしゅつ》の執事なのである。

「伯爵家の財産をポーションの買い占めにつぎ込んでることにトマスさんが反対したらしいんです。でも、『上限突破』のために必要だ、の一点張りだったそうで」

「シオンだけじゃなく親父まで加担してるのか……」

「上限突破」という当たりギフトを引いたシオンにそれだけ期待してるってことだろうな。

「ゼオン様はダンジョンを踏破され、改名までされたんですよね！　さすがは私たちのゼオン様です！」

と、目をキラキラさせてコレットが言ってくる。

「私たちもゼオン様に負けないようにがんばりますからっ！　いつの日かゼオン様に追いつくことができたら、パーティメンバーにしてくれませんか⁉　って、あはは、ダメに決まってますよね！　ゼオン様はもう二つ名持ちのＢランク《シルバー》なんですから！」

「あ、いや……パーティってことならなにも……」

なんなら、今すぐパーティを組んでくれたっていい。むしろこっちからお願いしたいくらいだ。元貴族の嫡男で「下限突破」の二つ名を持つ史上最速のＢランク冒険者——などという身の丈に合わない噂が広まったせいで、メンバー探しができなくて困ってるんだよな。

それに、俺にはいくつか秘密にしておきたいこともある。「下限突破」の細かな性能については伏せたいし、妖精であるレミィのことも隠しておきたい。その点、コレットたちなら俺の秘密を漏らすこともないだろう。メイドとして仕えていた元主人とパーティを組むのが嫌じゃないなら、俺としては歓迎なのだ。

だが、コレットは頑《かたく》なに首を振る。

「いいえ、いいんです！　私の個人的な目標ですから！　私がゼオン様に追いついて、その時ゼオン様のパーティに空きがあったら考えてもらえたらなーって！　じゃあ、アナやシンシアが待ってるんで失礼します！」

怒涛《どとう》の勢いで言いたいことを言い切ったコレットが、回れ右してギルドから飛び出していく。

「あっ……」

と、俺は中途半端《はんぱ》に伸ばしたままの手をさまよわせる。

『ぷぷーっ！　フラれちゃいましたね、マスター！』

姿を隠したレミィの声が脳裏に響く。どこにいるのかわからないが、今の一幕をばっちり見てたみたいだな。

「なんで俺がフラれたことになってんだよ」

あいかわらずコレットは人の話を聞かないな。世渡りに長《た》けたアナとしっかり者のシンシアが一緒なら大丈夫だとは思うんだが。カウンターで今の一幕を生温かい目で見守っていたミラも、

「ふふっ、かわいらしいですよね、コレットさん。ライバルのはずなのに応援したくなっちゃいます」

「応援？　何をだよ」

「それはもちろん……ねえ？」

うふふ、と笑うミラに、

「今日もポーションを作りためて来た。数は少ないけどマナポーションもある」

俺はカウンターの上にありったけの初級ポーションと初級マナポーションを取り出した。

ポーションが高騰してるせいもあってか、周囲の冒険者が目の色を変えてこっちを覗《のぞ》き見る。

俺はこのところ、ポドル草原に行くという体《てい》で街を出て、適当なところでひたすらマイナス薬草から初級ポーションを生成していた。

瓶の数が限られてるから、やむをえず瓶なしで「初級ポーション生成」を使い、地面に液体をばら撒きながら街道を歩いたりもしたな。もちろん、「初級錬金術」の「経験」を稼ぐためだ。普通なら材料の数がネックになるが、俺の場合、材料を一度でも手に入れてしまえば、以降はマイナス個数で作り放題。帰り道、ポーションをばら撒いたところだけやたら雑草が育ってたっけ。

途中からは初級マナポーションも作れるようになったので、そっちもいくつか作ってある。

ただ、ギルドに納品する数は控えめにしておいた。マナポーションの原料となる魔草は薬草ほど簡単に手に入るもんじゃないからな。どうやって入手してるのかとつっこまれそうだ。

「はい、たしかに。本当に助かります、ゼオンさん」

「いいって。ちゃんと報酬はもらってる」

「今は商人に売った方が高いのに、ですか？」

「今商人にポーションを売ったって、どうせ投機に使われるに決まってる。いつか値段が下がり始めた時に一気に投げ売りが始まるぞ。破産する奴も出るかもしれない。そんなしょうもないことにポーションが使われて、現場の冒険者や怪我した市民の手に渡らないのは間違ってる」

べつに声高に言ったつもりはなかったんだが、ギルドの入口の方からヒュウと口笛のような音がした。

「言うじゃねえか、兄貴。当たりギフトに浮かれてるどっかの弟クンとは大違いだ」

振り向くと、そこには強烈な存在感を放つ巌《いわお》のような男が立っていた。身長は優に2メートルはあるだろう。肩幅は俺が二人並んだくらい。胸板の厚さもやはり俺の倍はありそうだ。使い古された傷だらけの防具は、よく見ればかなりのレアアイテムらしいと見当がつく。背中には、とんでもなくデカい両刃の斧槍《ハルバード》を背負ってる。武器にも防具にも傷が多いが、顔や首、腕にもまた、いくつもの大きな傷痕《きずあと》がある。

その見た目から来る威圧感は相当なものだが、男は同時に、人懐《ひとなつ》っこさのようなものも持っていた。ぼさぼさの黒髪と筋骨隆々の日焼けした肌でありながら、何かをおもしろがるような笑みを絶やさないのだ。独特の磁力というか、カリスマというか。こんな男についていきたい――そんなふうに思う奴も多いだろう。

物理的にも精神的にもはるか高みにあるはずの男の目が、なぜか俺へと向けられている。

知り合いではないが、とある有名人に特徴がぴたりと合致している。

「もしかして、『古豪』のベルナルド……か？」

Bランク勇者パーティ『天翔ける翼』を率いるリーダー。数ある勇者パーティの中でもベテランの部類に入る歴戦の強者《つわもの》だ。

……Bランクと聞いて、「なんだBか」と思った奴もいるかもしれないな。おまえだってもうBランクの冒険者だろう、と。

だが、冒険者のBランクと勇者のBランクではわけが違う。というか、はっきり言って別物だ。Cランクの勇者パーティのメンバーは、Aランクの冒険者パーティを凌駕《りょうが》するほどの実力を持っている――と言うと、その凄《すご》みが伝わるだろうか。一対一で、じゃないぞ。Cランクの勇者パーティのメンバー一人が、単騎でAランク冒険者のパーティを圧倒するのだ。

どこにいるかわからない、いや、本当にいるかどうかすらわからない「魔王」なる存在を求めて戦い続け、旅を続けるのが勇者という存在だ。その日暮らしの雇われ仕事をこなすだけの冒険者とは、乗り越えてきた修羅場が違う。

冒険者は基本的に、自分の実力に見合った範囲の、無理なくこなせる仕事しかしないからな。だが、勇者は違う。そこに助けを求める人がいれば、自分より強い相手にだろうと戦いを挑む。なぜそんなことをするのか？　そこからどんな実利を得られるのか？　そのあたりのことは、勇者以外の者には決して明かされることがない。

そんな無謀すれすれの生き方をして、生き延びてきたような連中なんだ。実力も、覚悟も、大半の冒険者を軽く凌駕すると言っていい。もちろん、数えるほどしかいないというSランク冒険者なら、上位の勇者並みの力を持ってる可能性もあるけどな。

いつからか「古豪」の二つ名で呼ばれるようになったその勇者は、

「おう。俺がベルナルドだ。『古豪』とか、そんな年寄りくさい名前で呼んでくれるなよ？　俺はまだまだ現役《げんえき》のつもりだからな。ただのベルナルド。それでいい」

「それは……失礼しました」

「いや、構わん。二つ名なんてのは周りが勝手に呼ぶものだ。自分でこう呼んでくれなんて注文を付けるもんじゃない。おまえだってそうだろ、『下限突破』」

「まあ、そうですね。あまり褒められてる感じはしないですよ」

すごいのかすごくないのかよくわからない二つ名だよな。

「ぐはは、正直な奴だ。そんなくらいの二つ名がちょうどいいのさ。自分はそんなキャラなんだなと、思い上がらずに済むからな」

「なるほど……」

その理屈で言うなら、シオンの「上限突破」はどうなんだろうな。シオンが将来有名になったとして、そんな大層な二つ名を抱えて生きるのは息苦しくないんだろうか？

「俺の弟が――いや、もう弟じゃないらしいですが、ともあれ双子の弟として育ったシオンが、お世話になってるそうで」

シオンが勇者パーティ「天翔ける翼」に入ったらしいというくらいの情報は、俺の耳にも入ってる。だが、ベルナルドは太い首を短く振って否定した。

「いんや、まだ世話なんてしちゃいねえよ。うちに所属してるわけでもねえ」

「え？　でも、シオンは『天翔ける翼』に推薦されて入ったんじゃ？」

「なんだ、もうそんな話になってんのか？　本人か伯爵か知らんが、感心しないな」

「事実ではないと？」

「あいつがあんまり生意気言うんで、それならやってみろってことで勝手にさせてるところだよ。だが、ちぃっと勝手が過ぎたようでな……。焚《た》き付けちまった手前、俺も動くことにしたのさ」

「動く……とは？」

気づけば、ギルド中の視線が目の前の巨漢の勇者に集まっている。ただいるだけで人の目を惹《ひ》きつけずにはいられない。勇者とはそういうものらしい。

「ゼオンだったな。率直に聞くぜ。おまえが下限突破ダンジョンを踏破した時、奴らの姿を見なかったか？」

奴ら、の部分でベルナルドの声に凄みが宿る。具体的に「奴ら」がなんであると名指しで訊かれたわけじゃなかったが、勇者という立場を考えれば答えはわかる。

「……ええ。いましたよ」

魔族は伝説とされる存在のはずだが、ベルナルドにとっては既知の事実らしい。

「そうか。危ないところだったな、ゼオン。奴らに見つかっていたらおまえは今頃生きていなかっただろうよ。奴らのステータスは、レベルがカンストした勇者をも凌駕する。人間には扱えない強力なスキルだって持ってるからな」

「…………そ、ソウデスネ」

有無を言わせずマジックアローの加速連射で倒しちゃいましたとは言い出せない空気だな。

「なんだおい、ひっかかる言い方だな。ともあれ、奴らが絡んでたなら確定だ」

「確定？　何がです？」

「ろくでもねえことが起きるってことだ。魔物暴走《スタンピード》の一つや二つ起こってもおかしくねえ」

「す、スタンピードですって⁉」

ベルナルドの言葉に反応したのはミラだった。ギルドの内部にも動揺が広がる。

「スタンピード……⁉」「スタンピードが起きるっていうのか⁉」「マジかよ！」「いや、そんな兆候なんて全然ないだろ⁉』『で、でも、あの『古豪』のベルナルドが言ってるんだぞ⁉』

その動揺を鎮《しず》めたのは、動揺を広めたのと同じ男だった。

「――うろたえるな、冒険者ども！」

その一喝だけで、ギルドに広がった動揺が消えた。

「今うちの占星術師ザハナンがスタンピードの兆候を占ってるところだ！　スタンピードだってなんもねえとこから発生するわけじゃねえ！　発生の初期に気づけさえすれば案外対処は簡単なんだ！」

「スタンピードの発生地点がわかるのか⁉」

驚いて俺が訊《たず》ねると、

「ざっくりとだがな。だが、今回はほとんど確定みたいなもんだ。ポドル草原の北側となれば、もう下限突破ダンジョン以外にありえんだろう」

「あそこなのか⁉　でも、俺は踏破後も何度かダンジョンに入って中の様子を偵察してる。出現モンスターは徐々に弱体化してて、ダンジョンが力を失いかけてるようにしか見えなかったぞ」

ダンジョンにはモンスターや罠《わな》、宝箱といったものを生み出すための「資源」のようなものがあるという説がある。下限突破ダンジョンは、最初期の段階で、ボスであるゴブリンジェネラルを討たれてる。そのせいで資源が不足気味なんだろう。本来であれば、ボス部屋にまでたどり着いた冒険者でジャーたちが侵入者の命をもっと刈り取ってたはずだ。

あっても、ゴブリンジェネラルには敵わなかった可能性が高い。資源は時間とともに回復するとも言われるが、今回のケースでは資源の回復が追いついていないのだと思っていた。俺が定期的にダンジョンに入って爆裂石でモンスターを狩りまくってるからな。

「ゼオンの認識は正しいだろう。俺らも一度現地を見た。その時には、スタンピードが起こるような兆候はないと思った」

「じゃあ……」

「だが、ザハナンの占いが外れたことはねえ。遠からずあそこでスタンピードが起こる。問題は、そのきっかけがなんなのかってことだ。ゼオン、おまえはあそこで何を見た？」

「それは……」

俺が記憶を辿《たど》ろうとしたところで、ギルドに冒険者らしき男が駆け込んできた。その顔は真《ま》っ青《さお》だ。冒険者の男はギルドの床に転がり込みながら、

「た、大変だ！　ポドル草原にゴブリンが大量発生してる！　群れをなしてこの街を目指して南下してるぞ！　スタンピードだ！！！」

その言葉に、

「なんてこった……」

ベルナルドは天を仰《あお》ぎ、傷痕だらけの手で大きな顔を覆うのだった。

第三章 ▼ 凍りつく言葉

「食い足りない……食い足りない、食い足りない食い足りない食い足りないいいいいいいっ!!」

「下限突破ダンジョン」――ああ、この名前を思い浮かべるたびにイライラする！――にやってきた僕は、ダンジョンをうろつくゴブリンどもと戦った。たまにゴブリンソルジャーが混じるが、たいていは通常のゴブリンだ。このダンジョンは既に踏破され、その後も偵察と称して兄貴――いや、ゼオンが入り浸ってると聞く。

「くそっ、僕はいつもこうだ！　いつもいつも、兄のお下がり、兄の食い残しばかりを押し付けられる！」

最初はゴブリン相手に戦うのも安定しなかったが、「初級剣技」を覚えてからは一対一では負けなくなった。やがて「初級魔術」も習得し、戦闘は遠距離主体に切り替えた。元々僕の能力値は魔術師系だ。もしそうでなかったとしても、モンスターと剣で斬り合うなんて野蛮な戦い方はまっぴらごめんだ。

本来なら、ギフトを授《さず》かりたての貴族が一人でダンジョンに潜ることはありえない。護衛とパーティを組んでレベルを上げるのが定跡とされている。しかし、あのいけすかない勇者は、そんな方法で強くなったとしても、僕のことを決して認めないだろう。

いや、あんな野卑《やひ》な男に認められるかどうかなんて二の次だ。ゼオンは、たった一人でこのダンジョンを踏破した。兄より優れた僕に同じことができないはずがない。

「『マジックアロー』！」

ゴブリン一体倒すのに今のＩＮＴでは「マジックアロー」二発が必要だ。マジックアローの消費ＭＰは2だから、最大ＭＰが12の僕は六発しかマジックアローを撃てないことになる。

だが、そこに僕の天才的な閃《ひらめ》きがかかわってくる。

「上限突破」は、あらゆるパラメーターの上限を突破するギフトだ。これまではレベルの上限のことばかり考えてたが、突破できる上限は何もレベルばかりじゃない。

ＨＰとＭＰ。この二つは、言うまでもなくポーション、マナポーションを使用することで回復できる。ここまでは、この世界の人間なら誰でも知ってるような常識だ。

しかし、ここで僕は天才的な発想の転換へと辿《たど》り着く。ＨＰやＭＰは通常、最大ＨＰ・最大ＭＰを超えて回復することはない。つまり、最大ＨＰ・最大ＭＰは、ＨＰ・ＭＰの「上限」なのだ。

この上限を「上限突破」できるかどうかを試すのは簡単だった。単にポーションを飲めばいいだけだからな。ポーションを飲んだ上で、現在ＨＰが最大ＨＰを超えていれば成功だ。

で——今の僕のステータスはこうなっている。

Status

シオン・フィン・クルゼオン
Age : 15

LV 1/13
HP 3792/10
MP 1994/12
STR 9
PHY 9
INT 14
MND 11
DEX 9
LCK 8

「ふはははっ！　僕は最強だ！　僕を殺せるモンスターなんていやしない！」

近づいてくるゴブリンにマジックアロー。近づかれすぎたので剣で斬る。一丁上がり。

たまに攻撃を喰《く》らうことはあるが、四桁《よんけた》を超える現在ＨＰがほんの少し減るだけだ。ＨＰの減少が気になるなら、持ち物リストからポーションを取り出して飲めばいい。

ポーションを買い占める過程で気づいたが、持ち物リストの「所持数」もまた、僕の「上限突破」の対象だった。持ち物リストの所持数の最大値は99。この99もまた「上限」であり、僕の「上限突破」の対象なのだ。このことに気づいた時には、さすがの僕も興奮した。

Item
初級ポーション 792
初級マナポーション 233
中級ポーション 220
中級マナポーション 21
上級ポーション 43
毒消し草 10
爆裂石 3
（空き）
（空き）
（空き）
（空き）
（空き）
（空き）
（空き）
（空き）
（空き）

まさしく、神に愛されしギフトだ。僕ならば使いこなせると、神は僕を見込んでこのギフトを授けたのだろう。

「やれやれ……ポーションばかり飲むのも面倒だな」

僕はぼやきながら、戦闘の合間にポーションを飲む。ポーションは通常の飲み物と違い、水分が体内に吸収されることがない。だからトイレが近くなることはないのだが、さすがにこれだけの数を飲んでいれば嫌にもなる。

「ゴブリンソルジャーの方が『経験』にはなるんだろうが……時間がかかるのが欠点だな」

僕の現在の攻撃手段では、ゴブリンソルジャーを倒すのにはそれなりの時間がかかるはず。もちろん、僕の攻略法で倒せはするが、時間的な効率がよいとは限らない。その同じ時間で通常のゴブリンを狩った方が安定して「経験」を得られるだろう。それに、いくら現在ＨＰが実質的に上限なしとはいえ、攻撃をくらえばちゃんと痛い。ゴブリンに錆《さ》びた剣で斬られたり、粗末な棍棒《こんぼう》で殴られたりするだけでも、僕の繊細な神経には堪《こた》えるのだ。HPが上限を超えている状態なら怪我《けが》はしないが、混戦になって何度となく叩《たた》かれ斬られれば、さすがに精神的に参ってくる。それがゴブリンソルジャーの攻撃となればなおさらだろう。

「くそっ、ゼオンはいったいどうやってこのダンジョンを攻略したというんだ……？　『下限突破』だぞ、あいつは」

無限の体力と魔力に支えられた僕ですら、一人で進むのに難儀している。せめてレベルが上がればと思うのだが、このダンジョンの資源が減ってるという情報は正しいらしく、モンスターとの遭遇率が低いのだ。

「ゼオンめ……！　あいつはいつもそうだ！　ほんの数秒この世に生まれたのが早かったというだけで、僕からすべてを奪っていく……。くそっ、もっとモンスターを殺させろ！　このダンジョンは何を出し渋ってるんだ！　『上限突破』であるこの僕が直々に攻略に乗り出してきたんだぞ！　危機感を覚えて強力なモンスターを生成するのが筋ってもんだろうがぁぁぁぁっ！！！」

僕の魂の叫びがダンジョン内にこだました。

誰も応《こた》えるはずのない叫びだった。僕だってもちろん、そんなことは承知の上で叫んでる。

誰かに応えてほしかったわけじゃない。

だが、誰も聞いてるはずのない僕の叫びに、応える「声」があった。

《シオン・フィン・クルゼオンのギフト「上限突破」によって、下限突破ダンジョンのモンスター湧出《ゆうしゅつ》数上限が消滅しました。》

《シオン・フィン・クルゼオンのギフト「上限突破」によって、下限突破ダンジョンの出現モンスターのパーティ人数上限が消滅しました。》

《シオン・フィン・クルゼオンのギフト「上限突破」によって、下限突破ダンジョンの出現モンスターのレベル上限が消滅しました。》

「…………は?」

突如聞こえた「天の声」を消化しきれないでいるうちに、ダンジョン内に変化があった。

その変化を最初に捉《とら》えたのは、僕の全身の毛穴だった。一瞬にして総毛立ち、身体《からだ》が小刻みに震えてくる。異様な寒気に襲われ、僕は両腕を搔《か》き抱く。

「なん、だ……?」

とつぶやくが、僕にだってもうわかってる。

恐怖、だ。

気配を察知するスキルなんて持ってないにもかかわらず、それでも濃密に感じてしまう強烈なプレッシャー。ダンジョンの薄暗い通路の前後から、無数のモンスターの気配が溢《あふ》れてくる。

今このダンジョンは、おびただしい数のモンスターで溢れかえっている。しかもそのモンスターどもは、これまで戦ってきた雑魚《ざこ》なんかとは格が違う。そのことが感覚的に嫌というほどはっきりわかってしまった。

「なっ……⁉」

何が起きたのか？

この時の僕にはわからなかった。

だが、異変はそれだけでは終わらない。

呆然《ぼうぜん》と立ち尽くす僕の前に、異様な風貌《ふうぼう》の女が現れた。

露出過多な赤いドレスを申し訳程度に身にまとい、青紫色の肌を惜しげもなく晒《さら》す美女。フード付きのローブを羽織ってはいるが、自身の身体を隠すつもりはないらしく、前をはだけてほとんど肩にかけてるだけの状態だ。漆黒《しっこく》の白目、紅い瞳《あかひとみ》、縦に裂けたような金の瞳孔《どうこう》――

「なかなかおもしろいギフトを持ってるわね、坊や」

見た目通りの艶《なま》めかしい声で、女が言った。

「なぜ、僕のギフトのことを……」

「そんなの、どうだっていいじゃない」

「よくない！」

「いいえ、どうでもいいはずよ。あなたが引き起こしたこの現象に比べれば、ね」

紅い瞳で決めつけられ、僕は返す言葉を失った。真紅《しんく》の瞳は口紅のよう。それに彩《いろど》られた金色の瞳孔は、ヴァギナそのものを連想させる。男を誘惑し、吸い寄せ、その持てるすべてのものを搾り取る。僕にそうした経験はないが、この女に見つめられること自体が、単なる隠喩《いんゆ》を超えて性的な快楽を僕にもたらす。早い話が、僕は今性的に激しく興奮している。

「ぐっ、なんだ、これは……？」

「あら、抵抗できるの？　若いのになかなかね。普通ならもう暴発しちゃってるわよ。ふふっ、貴族のご令息には刺激が強すぎたかしら」

「な、何者だ？」

「魔紋のロドゥイエが消息を絶ったと聞いて調査にやってきたのだけれど……まさかあなたにやられたわけじゃあるまいし」

「まも……？」

「その反応、やっぱり無関係みたいね。でも、時間の無駄にはならなかったわ。あなたがとっても素敵なショーを見せてくれたから」

「ショーだと？」

「ええ。あなたはそのギフト『上限突破』を使って、このダンジョンにおけるモンスターの湧出上限を取り払った。一度に出現する数の上限もなくなったし、出現するモンスターの強さの上限もなくなったわ」

「なっ……⁉」

「そんな無茶をすればこのダンジョンは遠からず萎《しお》れちゃうかもしれないけど……最後に一花咲かせてくれそうね。うふふ、見ものだわ」

「ど、どういうことだ？」

「そうね。あなたにもわかるように説明してあげるわ……シオン・フィン・クルゼオン君。あら？　クルゼオンって、この近くにあるまあまあ大きな人間の街の名前よね？　シオン君はその領主の関係者だったりするのかしら？」

「僕は……次期領主だ」

金色の瞳孔に何かを搾り取られるかのように、僕の口から言葉が出る。そのたびに、僕は快楽で狂いそうになる。この女と会話を交わすことが――いや、この女の前に立ち、僕を見てもらえているという事実だけで、おそろしいほどの愉悦がこみ上げてくる。本来の僕にはあるはずのない、下賤《げせん》極まりない欲動が、僕の理性を蝕《むしば》んでいく。この女は……魔性だ。

「あっははは！　それは残念だったわねえ！」

「なんだと？」

「だって、あなたが継ぐはずだったクルゼオンの街は、あなたが引き起こしたスタンピードによってこれからぐっちゃぐちゃになっちゃうんだもの」

「な、に……？」

「うふふ。あなたには、自分のしでかしたことの結果を特等席で見せてあげるわ。自分が継ぐ

はずだった豊かな領地が蹂躪《じゅうりん》されるさまを眺めながら、あなたは最高のエクスタシーを迎えるのよ。一生で一度の破滅的なカ・イ・ラ・ク。きっと病みつきになっちゃうわ、あはははははっ！」

嗤《わら》う女の瞳孔が一瞬、僕から外れた。僕はその瞬間に女から遠ざかる方向に逃げようとした。だが、意に反して、僕は女に向かって全力で走っていた。僕は女に飛びかかる。女は抵抗しなかった。ダンジョンの固い石畳に叩きつけられたにもかかわらず、女は余裕の表情だ。

「あら嬉《うれ》しい。お姉さんがそんなに魅力的だったの？　ほら、好きにしていいのよ？」

「はぁっ、はぁっ！」

僕は女の肩を地面に強く押し付ける。女の肩の存外やわらかい感触に戸惑う僕。その戸惑いで一瞬だけまともな意識を取り戻す。

女を突き飛ばす――というより、自分を突き飛ばすようにして僕は逃げ出す。

だが、

「残念。年上はそんなに好みじゃなかったみたいね？」

僕の胸に後ろから二本の腕がからみつく。いつのまにか後ろから抱擁されてることに僕は恐怖を感じた。

「うふふ。大丈夫。まだ壊しはしないから。だって、もったいないもの。一生に一度きりの破滅的な快楽。お姉さんがたんと味わわせてあげるからね」

女の腕が僕の首にからまり、もう片方の手が僕の口と鼻を塞《ふさ》ぐ。鼻腔《びくう》を支配するあまりにも濃い女の香りに意識が遠のき――

「うっふ。思わぬ拾い物をしちゃったわ」

その女の言葉を最後に、僕は完全に意識を失った。

†

冒険者ギルド・クルゼオン支部、会議室。

「まずは状況を整理します」

居並ぶ面々の前で口火を切ったのはミラだった。

「ポドル草原北、下限突破ダンジョンの付近に大量のモンスターが出現。現在、群れをなしてこの領都クルゼオン方面へと迫っています」

「モンスターの構成と数は？」

と訊《き》いたのは、ギルドマスターのギリアムだ。ギリアムは、白髪の交じり始めた髪を後ろに撫《な》でつけた壮年の男だ。この会議室に集まった冒険者たちの中では小柄な方だが、その厳《いかめ》しい表情を見て侮《あなど》る者はいないだろう。ギリアムは、太い眉《まゆ》を険しく寄せ、口を固く引き結び、片手を顎《あご》に添えた姿勢のまま、鋭い目でミラを一瞥《いちべつ》した。

オブザーバーとしてこの場に参加を許された俺《おれ》は、会議室の隅に立って、壁にもたれながらミラの話を聞いている。

「ゴブリンとその亜種が中心という話です。群れの規模は少なくとも三百以上。ただし、これらの情報は現時点で偵察できた範囲の最低限のものとなります」

「最大限に見積もるならば、どのくらいだ？」

「私の推測でよろしければ……」

「構わん」

「はい。数は十倍いるものと思って備えるべきです。ゴブリンとその亜種という話ですが、ゼオンさんが下限突破ダンジョンに最初に潜った際には、ゴブリンソルジャーやゴブリンキャプテン、ゴブリンジェネラルが出没したそうです。最悪の場合を想定するなら、『ゴブリンジェネラルに統率されたゴブリンソルジャー千体規模のスタンピードが発生した』——そう見ておくべきでしょう」

ミラの言葉に、会議室がざわついた。

「ち、ちょっと待てよ！　その推定はいくらなんでも大げさだ！」

そう言って立ち上がったのは、目立つ赤毛の男性剣士だ。二十代後半くらいだろうか。冒険者としては中堅くらいの年齢だが、クルゼオン支部では数の限られたAランク冒険者でもある。

その男は、壁際《かべぎわ》の俺をちらりと見てから、

「そもそもだな、おかしいだろうが！　そいつは、成人の儀でハズレを引いて実家を追い出された、元貴族のボンボンなんだろ⁉　そんな奴《やつ》が初日からダンジョンを発見した挙げ句、たった一人で踏破しただと⁉　そんな与太話、まともな冒険者なら信じねえよ！」

……うん、まあ、もっともだよな。他《ほか》ならぬ俺自身そう思う。

手を上げて反論しようかとも思ったが、

「レオさん。今はあなたの意見を聞く時間ではありません。ですが、一言だけ言っておきます。ゼオンさんの実績を疑うことは、当ギルドの評価を疑うということです。それはつまり、冒険者ギルド・クルゼオン支部は信用できないという主張に他ならないかと思いますが？」

ミラがぴしゃりと、冷たい声でそう告げる。

「う……だ、だが、実際疑わしいことに違いはねえだろうが！　そいつがとんでもねーギフトを授かってたってんならともかく、実家を追い出されるようなギフトを引いたんだろう⁉　貴族のボンボンは、もったいぶって成人の儀までレベルを上げねえ！　スキルすら覚えないように徹底するって話だろ！　そんなら、そこにいるそいつは、ハズレギフトを持ってるだけの、レベル1で、スキルもねえ完全なニュービーだったってことになるじゃねえか！　そんな状態で、なんの情報もねえダンジョンをどうやって踏破するってんだ⁉」

一見感情的な――というか、実際感情的なレオなのだが、その言葉は正しいところを突いている。会議室に居合わせた他の冒険者たちやベルナルドも、俺に興味深そうな目を向けてくる。

「思ってても誰も言わねえみたいだから言ってやる！　そいつ、話を盛っててんじゃねえか⁉　あのダンジョンに、ゴブリンソルジャーはそいつの報告ほどにはいなかった。ゴブリンキャプテンもいなければ、ゴブリンジェネラルもいやしねえ！　でっち上げだ！　どうなんだ、答えてみろよ、『下限突破』！」

と、俺に矛先を向けてくるレオ。

「ゼオンさんは……」

と、フォローに入ろうとしたミラを遮《さえぎ》って、

「いや、俺から話そう。俺の戦い方については、ギルド憲章にある秘匿権《ひとくけん》を行使させてもらう」

冒険者は、他の冒険者やギルドに対して、自身のステータスの内容を秘匿する権利を持つ。所属パーティのリーダーなど優越的な地位にあるものが本人の意思に反して強引《ごういん》にステータスを聞き出した場合、処罰の対象にもなるという。

「それじゃ答えになってねえよ！」

「話は最後まで聞いてくれ。どうやって倒したかは説明できない。だが、倒したという事実は証明済みだ。魔石をギルドに鑑定してもらったからな。まさか、ギルドの鑑定が間違ってるとでも言うのか？」

「そ、それは……！　でも、おまえは貴族なんだろう⁉　実家のツテでゴブリンジェネラルの魔石を入手して……」

「お言葉ですが」

と、ミラが割り込む。

「魔石は、ドロップしてからの経過時間を、ある程度ですが絞り込むことが可能です」

「で、でも、ある程度なんだろう？　貴族の息子がその気になれば、他から調達することだって……」

「ドロップしてから二日以内と推定できる、出来立てホヤホヤの魔石――それも、ゴブリンジェネラル一体とゴブリンキャプテン十五体、ゴブリンソルジャー二百三十四体分もの魔石を、どこから調達できると言うのです？」

「なっ……に、二百三十四体ぃっ⁉」

レオが仰《の》け反《ぞ》って驚くが、驚いたのは彼だけじゃない。会議室に居合わせた他の冒険者たちが目を見開き、ざわついた。あの「古豪」のベルナルドですら、「ほう……」とつぶやいて、その頑丈そうな顎を撫でている。

「一応言っておくが、俺はもう実家からは追放された身分だからな。実家の権力で他から魔石を調達するなんて真似《まね》はできないぞ」

っていうかそもそも、そんなことができたとしてもバレバレだ。魔石を金で調達したかったら、どこか近くの別の街のギルドに依頼するしか方法がない。どこにどんなモンスターがどのくらいいるかを知ってるのは、冒険者たちしかいないからな。冒険者ギルドの各支部は独立性の高い組織だが、それでも横のつながりはちゃんとある。どこかの街でかき集められた魔石が他のギルドに持ち込まれたらすぐにわかる。万一ギルドが見過ごしたとしても、魔石集めに動員された冒険者たちの口から噂《うわさ》が広まるのは避けられない。

「もしそれだけの魔石を調達できたとしても、どうやって二日以内にこの街まで運べると言うんです？　近隣にゴブリンソルジャーが大量に湧《わ》くようなダンジョンはありません」

「くっ……わ、わかったよ」

レオは首を左右に振ると、

「悪かったな、『下限突破』。どんな手品を使ったかは知らないが、ひとまずおまえの業績は信じよう。ギルドがおまえを信じてるみたいだからな」

と、不承不承ながら謝ってくる。まだわだかまりがありそうだが、気持ちを切り替えるつもりはあるらしい。

「構わないさ。俺だって生きて帰れたことが信じられないくらいだからな」

半ば苦笑してそう返すと、

「……そ、そうか」

毒気を抜かれたようにつぶやいて、レオがそろそろと腰を下ろす。

これでようやく収まったか、と思ったのだが、

「……ちょっと待ってくれないか？」

と言って手を上げたのは、レオの反対側に座っている、陰気そうな顔の魔術師だ。

「はい、ミルゼイさん」

「『下限突破』ゼオンの実力についてはどうでもいい。ギルドがBランクと認めた以上、相応の力があるのだろう。俺が疑っているのは別のことだ」

そう言って、ミルゼイが落ち窪《くぼ》んだ目を俺へと向ける。その目に宿っているのは、隠しようのない疑いの色だ。まだ俺を疑う奴がいるのかよ……。

「俺を疑ってるだって？」

「ああ。駆け出しの冒険者がダンジョンを踏破したことは、驚異的だが事実だと信じよう。十分な状況証拠があるからな」

「じゃあなんだよ？」

「問題は、スタンピードとの関連性だ。ここに来て、おまえが踏破したダンジョンを起点としたスタンピードが発生した。しかし、スタンピードが発生するまでは、あのダンジョンは力を失いかけているという話だったはずだ。おまえもそのように報告していたはずだな？」

「ああ」

「ということは、だ。今回の一件には、二つの異常事態が重なっている。何の力もなかったはずの駆け出し冒険者が、発見したばかりのダンジョンを踏破したことがひとつ。もうひとつは、力を失っていたはずのそのダンジョンで、起きるはずのないスタンピードが起きたことだ。この二つの異常事態に、何の関連もないと思うほうがどうかしている」

「……俺がダンジョンを踏破したことと、前触れのないスタンピードが関連してる、と？」

なるほど、その切り口はなかったな。でも、そんなことを言われても反論のしようがない。ミルゼイの論理はこういうことだよな。おかしなことが二つ立て続けに起きた、片方の関係者はおまえだけだ、どうせもう片方にもおまえが関係してるんだろう――。論理的には粗《あら》がありすぎる推理だが、疑いをかけるだけなら十分かもな。

会議室がざわついた。ミラも反論に困ったようだ。

そこで、

「いい加減にしておけ」

突然、巌《いわお》から放たれた声に、会議室が凍りつく。ベルナルドはいつもの人懐《ひとなつ》こい笑みを引っ込め、真顔で会議室の面々を見回した。

「今はスタンピードの原因をうんぬんしている場合ではない。この会議はスタンピードの対策を講じるためのものと聞いてきたのだがな。この会議は、成果を上げた新人を妬《ねた》み、証拠もなく疑いをかけて日頃《ひごろ》の鬱憤《うっぷん》を晴らすためのものだったのか？　ことここに至って危機感すら抱けぬ連中など、話し合う価値もない。俺はこれで失礼させてもらう」

と言って、ベルナルドが立ち上がる。ポーズではなく、本気のようだ。

「待ってくれないか、ベルナルド」

ギルドマスターのギリアムが呼び止める。

「あなたがいくら勇者でも、パーティひとつでできることには限りがあるはずだ」

「限り、だと？　それをどうにかするのが勇者というものだ」

「まさか、スタンピードを食い破り、あなた方だけでゴブリンジェネラルを討つとでも？」

「必要ならばそうするまでだ」

「ふざけるなよ！」

と叫んだのはレオだ。

「あんたら勇者はいつもそうだ！　俺たち冒険者のことを見下しやがって……！　訳のわからん正義感を振りかざして、冒険者の仕事を奪って満足かよ⁉」

「やめないか、レオ！」

ギリアムが制止するが、

「知ってるんだぞ！　あんたら『天翔《あまか》ける翼』は、伯爵家の新しい嫡男《ちゃくなん》だとかいう迷惑野郎をギフトほしさに受け入れたんだろ⁉　そいつがポーションを買い占めに走ったせいで、どんだけ冒険者が迷惑してるかわかってんのか⁉」

……微妙に俺にも飛び火する話が出てきたな。

「シオン・フィン・クルゼオンは、『天翔ける翼』のメンバーではない」

ベルナルドが顔をしかめてそう言った。そこにギリアムが、

「待ってくれないか。レオ、これ以上不規則発言を繰り返すようなら退場してもらうぞ！　ベルナルドも落ち着いてくれ！　あんたが言ったように、この会議はスタンピードの対策を講じるためのものなんだ！」

「これ以上は待てん。ここに集まった者たちがこのギルドの精鋭だというなら、戦力としては数えられん。安心しろ、『天翔ける翼』がゴブリンジェネラルを討ち果たす。おまえたちは残敵を街に入れないように狩ればいい。……絶好の稼ぎ時だな、冒険者よ」

「なんだとぉっ！」

と、顔を赤くして叫ぶレオ。他の出席者たちも色めき立つ。

だが、ベルナルドは歯牙《しが》にもかけない。会議室は混み合っているが、大股に扉へと向かうベルナルドに、潮が引くように冒険者たちが道を開けた。

ベルナルドは、壁にもたれた俺の前を通り過ぎ、会議室の扉のノブに手を伸ばす。

そこで俺は、ベルナルドに後ろから声をかける。

「――失望したよ。『古豪』のベルナルドは、随分無責任な奴だったんだな」

俺の言葉に、ノブに伸びかけていたベルナルドの手が固まった。

「何か言ったか、坊主《ぼうず》？」

たっぷり数秒は動きを止めた後、「古豪」のベルナルドが振り返る。

その目に捉えてるのは、もちろん俺だ。俺より頭二つは高い場所から見下ろすその目から、いつもの人懐っこい人情味が消えている。

「無責任だ、と言ったんだ」

俺は壁から背を離して自分の足でしっかり立つと、怒りを圧《お》し殺した巨漢の勇者に対峙《たいじ》する。

怖くないのかって？

もちろん、怖いに決まってる。『あの貴族のボンボン勘違い野郎』の兄貴だが、圧だけで言えば、魔族ロドゥイエの得体の知れない圧の方が、はるかに不気味でおそろしかった。単純な身体のデカさだけなら、ゴブリンジェネラルの方が上だった。早い話、下限突破ダンジョンの一件で、こういう圧に耐性がついたんだよな。

といっても、ベルナルドがロドゥイエやゴブリンジェネラルより弱いってわけじゃない。いくら挑発されたとはいえ、俺なんかに本気の殺意を向けるつもりはないということだ。

「ほう。じゃあ聞かせてもらおうか。俺のどこが無責任だってんだ、シオンの兄貴？」

揶揄《やゆ》なのかなんなのか、ベルナルドは俺のことを兄貴と呼びたがるよな。もちろん、俺の弟分になりたいわけじゃなく、「『あの貴族のボンボン勘違い野郎《シオン》』の兄貴」って意味なんだが。

「そう訊いてくるなら、そっちの話から済ませようか」

「さっきも言ったが、あいつは『天翔ける翼』のメンバーじゃねえぞ」

「だが、あんたはさっきこうも言ってたな。『それならやってみろってことで勝手にさせてる』、

『焚《た》き付けちまった手前、俺も動くことにした』と」

「……ちっ、あれはだな……」

「ついでにだけどな。あんたの逗留《とうりゅう》してる宿の主人が言ってたぜ。『とんでもなく無礼な領主の息子がやってきて、勇者様に門前払いされててざまぁ見ろと思った』と。でも、『自分だけで強くなってきたら考えてやるみたいなことも言ってて、あんな奴にチャンスなんかくれてやることないのにと思った』とも言ってたな」

「な、なんでそんな情報まで集めてやがんだよ⁉」

「たまたまだ」

ベルナルドの泊まってる宿の主人とは、昇級前のギルド仕事で知り合った。ポドル草原に生えてる特殊なハーブを採ってきてくれという依頼を受けた。なんでも、宿に逗留している高名な勇者様御一行に、宿の主人として最高の料理を提供したい、とか。冒険者とは仕事でかち合うこともある勇者だが、一般市民からの人気は絶大だ。薬草そっくりのハーブを見分けるのは大変そうだと思ったんだが、レミィがすいすい見つけてくれたおかげで、予定より多くのハーブを採取できた。

で、引き渡しのために宿を訪ねると、ちょうど入れ違いでシオンが追い返された後だったらしい。予定より多くのハーブが手に入ってほくほく顔の主人から、問わず語りにさっきの話を聞かされた、というわけだ。

「資質に問題ありと判断しておきながら、『自分でやってみろ』というのは無責任なんじゃないか？」

「……だから、チャンスを与えたんだろうが。自分で喰らいつく力があるんなら、俺のパーティにもついてこられる。勇者は綺麗事《きれいごと》だけじゃ務まらねえ。夢見がちなただの貴族のボンボンに務まるような役目じゃねえんだ」

「勇者の使命とやらについて、俺は知らない。あんたら勇者は秘密主義だからな。だが、百歩譲ってその言い分を認めるとしても、それでもやはり、あんたらだけの事情にすぎない」

「へっ、自分の弟をいじめやがってってことか？」

「話をすり替えるな。あんたが志願者をふるいにかけるような試練をシオンに課した結果、ポーションが品薄になり、多くの冒険者や一般市民が迷惑をこうむった。焦《あせ》ったあんたは、『ちぃっと勝手が過ぎた』シオンに対し、『焚き付けちまった手前、俺も動くことにした』というわけだ。自分でもわかってるんだろう？」

「ぐっ……だが、金に飽かせてポーションの買い占めに走るなんて、普通思わねえだろうが！」

「それに関しては、あんたにも同情の余地はある。シオンが勝手にやったことだからな。弟だからと言ってかばうつもりはさらさらない」

もっとも、俺は既に廃嫡《はいちゃく》され実家を追い出された身だからな。シオンもただの「ゼオンさん」にかばわれる筋合いはないと言うだろう。そうやって兄貴面《づら》してあいつをかばってきたせいで、あいつに劣等感を抱かせてしまったみたいだしな。

「そうだろうが。俺だって、多少は良心が咎《とが》めたからこそだな……」

もごもごと言い訳を始めたベルナルドに、

「だが、もしあんたがシオンをゆくゆくはパーティに入れるつもりだったのなら、その行動をリーダーとして見守る責任があったはずだ。シオンが何かやらかした時には自分で責任を取るところまで含めてリーダーの責任だろう」

「おい、さっきも言ったじゃねえか。あいつはまだ『天翔ける翼』の――」

「メンバーじゃない、と。しかし、だとしたら、それはそれで無責任だ。メンバーでもなく、雇っているわけでもない素人同然の『志願者』に、自殺行為に等しい試練を与え、焚き付けるだけ焚き付けて、『勝手が過ぎた』の一言で済ませようとしてるんだからな」

「ぐう……⁉　い、言ってくれるじゃねえか！」

「あいつは勇者であるあんたに踊らされるだけ踊らされた。調子に乗ったのか、妙な負けん気を起こしたのかは知らないが、この街の人たちに多大な迷惑をかけることになった。もちろん、あいつだって、成人の儀を終えた成人だ。すべてがあんたの責任とまでは言わないが、少なからずあんたに落ち度があることも事実だぜ」

「そ、そいつは……！」

「だが、今はそんなことはどうだっていい。俺が本当に無責任だと思ったのは別のことだ」

じゃあなんでシオンの話を持ち出したんだよ？　と思われるだろうか。

ベルナルドに先制パンチを喰らわせておくため、というのが表の理由だ。

でもやっぱり、俺はシオンのことで怒ってたんだろうな。もしシオンに会えば「おまえが悪い」と言うことになると思うんだが、それでもベルナルドのやり方は乱暴だ。勇者としての使命は結構だが、志願者をそそのかして危険なレベルアップをさせ、レベルが上がったら採用してやるよ、というのは、やはり無責任としか思えない。俺は別に、ベルナルドが弟《シオン》を採用しなかったことを怒ってるんじゃないぞ。シオンに資質がないのなら、きっぱり落としてやるべきだった。逆に、資質があるかもしれないと思ったならば、労を惜しまず自分の目の届くところで責任を持って育成するべきだった。その上でシオンが「天翔ける翼」にふさわしい貢献ができないとわかったら、その時はその時だ。

え？　実家を追い出された元凶の一人であるシオンに甘すぎないかって？　たしかにそうかもしれないが、たとえあいつに憎まれていようと、俺はべつにあいつのことを憎んではいないからな。わざわざ仲直りしたいとは思わないが、痛い目に遭えばいいのにと願ってるわけでもない。シオンだけじゃなく、親父《おやじ》に関しても同じことだ。

だがまあ、それを抜きにしても、ベルナルドのやり方は感心できるものじゃない。高みを目指す、ついてこられる奴だけついてこい――そう考えるのは、勇者としてはありなんだろう。でも、意識的にか無意識にか、ついてこられない奴がどうなろうと知ったこっちゃないとも思ってるよな。

ベルナルドに無責任を感じた点は、もうひとつある。そして、こっちのほうが本命だ。

「シオン以外のことだと？　じゃあ、なんだってんだよ？」

「シオンのせいでポーションの在庫が少ないままスタンピードを迎える結果になったのは、さすがに予想がつかないことだから、責任を問おうとは思わない。俺が本当に無責任だと思ったのは——あんたには、最初からこの会議をまとめる気がなかったことだ」

俺の言葉に、会議の参加者たちの視線がベルナルドに集まった。

「……どういう意味だ？」

「あんたは、最初から冒険者に何も期待してなかったんだ。スタンピードなんて、自分たちだけで片付ければ済むと思ってる。ギルドと協議して作戦を決めれば、『天翔ける翼』はその作戦に縛られる。自由に動く裁量を確保するためには、この会議はいっそ決裂してくれたほうが都合がいい——そういうことなんじゃないか？」

「……おいおい、勘弁してくれ、兄貴。あんたの弟への監督が甘かったことは認めねえでもねえよ。だが、その決めつけは、いくらなんでもおまえの感情論にすぎんだろう」

「そうか？　いずれにせよ、あんたの考えていた作戦はこうだ。『天翔ける翼』がスタンピードの本丸であるゴブリンジェネラルを叩く。それ以外の面倒な残敵の処分はギルドに任せる。結果的には、会議の決裂によって自分の作戦をギルドに押し付けることに成功したってわけだ」

「そりゃ勘ぐりすぎだ。それに、その作戦のどこが悪い？」

「スタンピードを終わらせることだけが目的なら、効率的だろうな」

「だろうが」

「だが、あんたは考えてない。スタンピードで群れを統率する個体を倒せば、残されたモンスターは統制を失って四方八方に分散する。飢えたモンスターの群れが周辺地域に拡散するんだ。ギルドが人海戦術を取ったとしても、どうしたって収拾までには時間がかかる。そのあいだに、周辺の村の住人や街道を行く旅人たちが襲われ、被害が出ないとどうして言える？」

スタンピードの目的は、人間の殺戮《さつりく》だと言われている。なぜそんなことをするのかって疑問は湧くが、モンスターが実際にそう動く以上はしかたがない。ともあれ、殺戮を目的とするスタンピードは、基本的には人口の多い方へと向かっていく。

気になるのは、なぜスタンピードに人口密集地の場所がわかるのかってことだよな。その理由に関しては、二つの有力な説がある。ひとつは、統率個体には人間の存在を察知する超常的な能力が備わっているのだ、という説。もうひとつは、単にそれだけの規模の「軍団」が行軍可能な経路を選ぶと、自然に街道筋を太い方へ遡っていくことになり、結果的に大きな都市に行き着くのだ、という説である。いずれの説が正しいにせよ、統率個体のいるスタンピードは、集団としての力学に導かれて、人口の多い都市を目指すのだ。

俺の指摘に、これまで事態を見守っていた男が口を挟む。ギルドマスターのギリアムだ。

「……そうだな。ゼオン君の言う通りだ。最大で三千体と推定される群れが拡散すれば、クルゼオン支部の全冒険者に緊急招集をかけたところで、殲滅《せんめつ》までには時間がかかる。いや、殲滅しきれず、一部の小さな群れが生き残り、どこかに拠点を構え、勢力を拡大してから周辺の村や街を襲ってくる事態も考えられる。場合によっては、事態は泥沼化するだろう」

地上に溢れるモンスターは、過去にそうしてダンジョン起点のスタンピードで発生した生き残りだ、とする説もあるんだよな。

「そんな群れ、俺らがぶっ潰《つぶ》して回ればいいだけだろうが」

「そういう力任せの選択が取れるのは勇者パーティだけなのだよ。そして、被害が出てから君たちが出動したところで、犠牲になった者は帰ってこない」

「うちのザハナンの占いなら、ある程度の予想は……」

「ある程度にすぎないのだろう？　そもそも、『天翔ける翼』はひとつしかないんだ。同時多発的に発生した被害に対処することは不可能だ。『天翔ける翼』が、いつまでもクルゼオン領にいてくれるという保障もない。ならば、戦後の被害を最小化するような計画を立てるべきだ」

「最優先はスタンピードの統率個体の討伐だ！　今回のスタンピードは何かくせえ！　万事動きのトロい冒険者どもと動いてたら、背後にいる『奴ら』を取り逃がす！」

「奴ら」――そう口にしたベルナルドの顔は怒りで赤く染まっていた。ようやく本音を吐いたみたいだな。

ギリアムは、机に突いた両手で顎を支えながら、

「いいや。最優先すべきは、人的被害の最小化だ。拙速にスタンピードの統率個体を討つのではなく、盤石の態勢で群れ全体を押しとどめ、群れを少しずつ削っていくべきだ。統率個体を討つのは最後の最後で構わない。人間の軍隊と違って、スタンピードに増援はないのだから」

「んな悠長なこと、やってられるか！　大体だな、俺たち勇者に冒険者ギルドに従う義務はねえ！　この席に参加したのだっていわば温情みたいなもんなんだよ！」

「言葉を慎みたまえ！　いくら勇者でも言っていいことと悪いことがあるぞ！　ここはゼオン君の言うように、スタンピードを時間をかけて削り切るべきで――」

ヒートアップする勇者とギルドマスターのやりとりに、俺は言葉を差し挟む。

「あ、いや。俺はベルナルドの作戦に大枠で賛成なんだ」

俺の言葉に、ベルナルドが口をぽかんと開き、ギリアムは顎をかくんと落として手杖《てづえ》を崩した。

「「はぁ……!?」」

ベルナルドとギリアムの声が重なった。

「三千体ものモンスターの群れを、クルゼオン支部の冒険者だけで完全にコントロールすることは不可能だろ？」

と俺。

「そ、それは……完全にとはいかないだろうが……」

　歯切れ悪く、ギリアムが肯定する。

「しかも、相手は集団戦に強いゴブリンソルジャーだ。人間の軍隊と同じで、頭を叩かないと組織だった戦法を取ってくる。逆に、頭さえ叩いてしまえば、残ったソルジャーは烏合《うごう》の衆……とまでは言わないまでも、組織力を発揮《はっき》される心配はなくなるだろう」

　実際には、少人数のゴブリンソルジャーの群れであっても、一定の集団戦術は取ってくる。だが、軍団規模の統率力は、上位の統率個体にしかないという。

「だが、さっき君が言ったばかりではないか。先に統率個体を倒してしまえば、残りのコントロールが利《き》かなくなり、事態が泥沼化するおそれがあると」

「それは、冒険者だけで事に当たった場合のことだ」

「冒険者だけで……？　っ⁉　まさか君は、領兵の出動を願えと言うのかね⁉」

　俺の言葉に、ギリアムが目を剝《む》いて立ち上がる。

「なんでまさかなんだ？　兵隊には兵隊を。数には数を。今回のスタンピードは最大に見積もっても三千体なんだろ？　冒険者だけでは数で劣るが、領兵を使えるなら、クルゼオンにいる伯爵騎士団だけでもすぐに三千は集められる」

「馬鹿《ばか》な！　モンスターの脅威への対応は冒険者ギルドの特権的な義務なのだ！　伯爵に兵を出してくれと泣きつけば、ギルドの特権を召し上げるという話になりかねん！　私は断じて認めんぞ！」

と、額《ひたい》に青筋を浮かべて激昂《げきこう》するギリアム。

ギリアムがそこまで怒るのには理由がある。この国――いや、この世界において、冒険者ギルド、ひいては冒険者というものの存在は、政治的に非常に危ういバランスの上に成り立っている。政治権力を握る領主、あるいは国王としては、私設の武装集団である冒険者ギルドなる存在は本来であれば認め難《がた》い。なんなら、個人が冒険者として武装することすら、本音では認めたくないだろう。もちろん、寝首をかかれたり、反乱を起こされたりする心配があるからだな。

どんな美辞麗句で飾ろうとも、権力の本質は暴力の独占だ。実際にそれを振るうかどうかはともかくとして、いざとなれば力ずくで相手を従えられる「力」があってこそ、王や諸侯は権威を発揮できる。早い話が、「殴られたくないなら言うことを聞け」と言って、税を集めたり、労役を課したり、犯罪を取り締まったりできるわけだな。

そうした権力の行使を円滑に行い、権威による上下の秩序を保つには、「上」がすべての暴力を独占してしまうのが望ましい。そういう意味では、冒険者というものが世界中で職業として成り立っていること自体が奇跡的なことだ。実際、歴史上幾度となく、権力の側が冒険者から特権を剝奪《はくだつ》し、自身の命令に服従する使い勝手のいい「兵力」に変えようともくろんできた。

そうしたもくろみが成功しなかった理由は主に二つ。ひとつは、国家の枠を超えた冒険者ギルドのネットワークの力。もうひとつは、日々モンスター退治に励む冒険者のほうが、往々にして国王や領主の抱える一般兵士より、平均的なレベルが高いこと。

もうひとつオカルト的な理由を付け加えるなら、冒険者という政治的に不安定な存在が消滅せずに生き延びているのは、古代人がそれを望んだからだ、という架空世界仮説の立場もある。よく言えば、自由と自律を――悪く言えば、いつでもどこでも好きなことを好きなだけしたいと望んだ古代人にとって、冒険者という存在は欠くことのできないものだった。だからこそ、冒険者というシステムを潰《つい》えさせないために、他のシステム同士が掣肘《せいちゅう》し合う連衡状態を作ったのだ――と。そのせいで面倒な政治的あれこれが生まれたのかと思うと、古代人は本当にろくなことを考えない暇人の集まりかと言いたくなるな。

ともあれ、冒険者ギルドは、常に国や地方領主の権力とのあいだに緊張関係を抱えている。もちろん、いたずらに対立してるわけではなく、ある程度は歴史的な分業というか、互いに妥協を重ねた結果の既得権のようなものが存在する。

モンスターのからむ問題に関しては冒険者ギルドに優先的な対応の義務があるっていうのは、その最たるもののひとつだな。モンスターへの優先的対応義務は、義務であると同時に、特権でもある。要は、領主に口を挟ませない権利があるってことだ。

逆に、もしその義務をギルド単独では果たせないと認めてしまうと、「それなら各種特権もいらないだろう」という話になりかねない。最悪、ギルドは解散を命じられ、個々の冒険者は武装解除を受け入れるか、領兵に組み込まれるかの二択を迫られることになるだろうな。

「ゼオン君、君《きみ》はクルゼオン支部にはこのスタンピードに対応する能力がないとでも言うつもりかね⁉　だとしたら、君をBランクに認定したのは時期尚早だったことになるが……」

「対応できないとは言ってない。ただ、敵の性質を考えると、平地での散兵戦では少なからぬ犠牲者が出ると言いたいだけだ」

「それは領兵だろうと同じことだ！」

「そうだな。だが、聞いてくれ。ゴブリンソルジャーの群れを人間の軍隊に近い性質を持つ集団と考えるなら、その討伐は兵法の領分だ」

「……何が言いたい？」

「単純なことさ。わざわざ相手に有利な場所で戦うことはない。クルゼオンには立派な城壁があるじゃないか。奴らをクルゼオンまで引き付けて、連中に攻城戦をするよう強《し》いればいい」

「な、なんだと……⁉」

「攻城戦になれば、守り手側が圧倒的に有利だ。三倍の兵力があっても守りに徹した城塞を抜くことは難しいと言われるくらいだからな」

　さっきはゴブリンソルジャーを人間の軍隊に見立てたが、人間とは違う部分も当然ある。組織だった行動をしてくることは確かだが、それはあくまでも局所的な戦術にとどまるということだ。大局を見た戦略的な判断力ではやはり人間には劣るんだよな。まあ、人間だって往々にして大局の判断を見誤り、局所的な戦術で手一杯になることもあるんだが。

「三千体もの群れとなれば、ゴブリンどもの工作物もそれなりのものにはなるはずだ。でも、人間の築いた堅固な城を抜くほどの攻城戦装備が作れるわけじゃない。同数の人間の敵軍と戦うよりは、ずっと楽な戦《いくさ》になるはずだ」

ここで言う攻城戦装備っていうのは、梯子《はしご》や櫓《やぐら》、破城槌《はじょうつい》なんかのことだな。俺がゴブリンの地下洞で見た（というか壊した）梯子は粗末なものだったが、三千体の群れなら出来はもっとよくなるだろう。それでも、人間の職人が作ったものよりはちゃちで壊れやすい。高い城壁に立てかけて一挙に複数のゴブリンソルジャーが上るような使い方はできないはずだ。もっと構造の複雑な櫓となると、まともに機能するものができるかどうかも怪しいな。ゴブリンの工作能力が群れの規模に比例して向上することを加味しても、たとえば鉄製の釘《くぎ》なんかは素材となる鉄がなければ作れない。攻城戦に使うのなら、城壁の高さ以上の、できれば車輪のついた櫓がほしいところだが、できたばかりのモンスターの群れにすぐに用意できるものではないだろう。

破城槌ってのは、要は大きな丸太を束《たば》ねて複数人で持ち、勢いをつけて城門や城壁に叩きつけ、破壊するためのものだな。これもまた、金属による補強がなければ、クルゼオンの城壁や城門を抜けるレベルのものにはならないはずだ。そんな簡単に抜けるような城門だったら人間相手の戦争でも役に立たないからな。

「伯爵騎士団には、当然、防御用の兵器もある。固定式の弩《いしゆみ》とか投石機とか、城壁の上で油を煮てぶっかけるための装置とかだな。どうせ領民の税金で用意した設備なんだ。たまには使わないと税金の払い損じゃないか」

「ほう。おもしろいことを考えるな」

と応じてくれたのは、さっきまで揉《も》めに揉めていたベルナルドだった。その顔には、例の人懐っこい、好奇心の強そうな笑みが戻っている。

「だが、どうやってその状況に持ち込むのだ？　ギリアムの意見は、既得権益にまみれた発想ではあるが、現実的に妥当な懸念だろう。冒険者ギルドは、軽々に領主に頼るわけにはいかぬのだ」

と、なぜかギリアムの肩を持つようなことを言い出した。

「べつに、領主に頭を下げる必要はないさ。ゴブリンソルジャーの軍団が城壁の外に集まってきたら、伯爵だって嫌でも対応を考える。その時に、ギルドが協定でもなんでも申し込んで、一時的な協力体勢を築けばいい」

騎士団には騎士団で、縄張り意識のようなものがある。城壁は騎士団の聖域だ、みたいな意識だな。平時なら、城壁に冒険者を上げるな、くらいのことは言い出しかねない。そこはまあ、トマスに頼むしかなさそうなんだが……まだ親父に辞表を叩きつけてないことを祈ろうか。

「スタンピードは、いずれにせよクルゼオンに向かってくる可能性が高い。下手に城壁から離れたところで野戦をしかけて、討ち漏《も》らしがクルゼオンに流れてくるのも厄介《やっかい》だろ」

野戦では冒険者が、城壁では騎士団が戦うという分担作戦もありうるが、兵力を一箇所に集中させるのは兵法の基本中の基本だ。現状、最も犠牲が出にくいのはこの策だと俺は思う。

「待ちたまえ、ゼオン君。スタンピードの接近をそこまで察知できなかったとすれば、ギルド側の失態として追及されかねん」

「たしかにな。でも、今回はちょうどいい口実がある」

「口実だと？」

「ああ。どこかの誰かの馬鹿息子がポーションを買い占めたせいで、冒険者側の準備が整わなかった、という口実がな」

「……ふっ、なるほど。実際、頭の痛い問題だ。準備が整わないのは事実でもある」

冒険者たちの準備が整わなかったのは、そもそも領主の息子であるシオンが――いや、伯爵自身が家財を傾けてポーションの買い占めに走ったからだ。ギリアムの言うように、ポーション不足は頭の痛い問題だ。もしこのスタンピードに以前までのスタンピードと同じような対応をすれば、ポーション不足のせいで犠牲者が桁外れに多いという事態にもなりかねない。

そういえば……その元凶となったシオンの奴は、どこで何をしてるんだろうな？

冷静さを取り戻し、顎に手杖を突いて考えにふけるギリアム。今度はベルナルドが訊いてくる。

「さっきおまえは、俺の提示した作戦に大枠で賛成だと言ったな。ならば、『天翔ける翼』が敵陣に食い込んでゴブリンジェネラルを討つことにも賛成なのだな？　城壁と領兵を利用した『兵法』でゴブリンソルジャーを間引いてから、本丸を俺たちが落とせばいいと？」

「――いや、そうじゃない」

俺は首を左右に振った。

「なんだと？　どういうことだ？」

「逆に訊くが、あんたは敵の本丸がゴブリンジェネラルだと思っているのか？」

「……いや。そうだな。奴らがそこにいる可能性が高いと思っただけだ。そうでない可能性もむろんある」

「詳しくは知らないが、あんたの目的は奴らなんだよな？　それなら、あんたらは奴らを追ってくれ。『天翔ける翼』は少数で自由に動ける強力な戦力だ。ギルド側の指揮系統に縛られたくないという気持ちもわかる」

「ふむ。奴らがいるとすれば、統率個体のそばか、あるいは、スタンピードの発生源だろうな」

「仕掛けが終わった時点で撤退してる可能性もあるんじゃないか？」

「いや、奴らは快楽主義者だからな。自分の仕掛けが弾《はじ》けるのを自分の目で見たいと思うはずだ」

「……攻城戦は長引くだろう。下限突破ダンジョンを先に見て、いなければ取って返して来るというのはどうだ？」

「俺たちの足ならば間に合うだろうな」

「ひとつ気になるのは、攻城戦に奴らが直接参戦してこないかなんだが……」

能力値ではレベルがカンストした勇者にも勝る、と言ってたからな。もしそんな化け物が襲ってきたら、城壁なんか何の役にも立たないだろう。

だが、ベルナルドはきっぱりと首を振る。

「それはない」

「なんでだ？」

「奴らは自らの存在を隠したがっているからだ。衆目に触れずに活動することが奴らの力の源泉なのだ、という話もある」

「衆目に触れずに……？　どんな理屈だよ？」

「詳しくはわからん。だが、奴らが暗躍を好むのは、単なる自己満足のためではないらしい。奴らの力を増幅するために必要な、なんらかの制約になっている……。俺が知っているのはそこまでだ」

「わかるようなわからないような話だが……ともかく、奴らが人目を気にせず昼日中に襲ってくることはないってことか」

そういえば、俺が倒した魔族ロドゥイエも正体を隠すように黒いローブをまとっていた。魔紋を刻んだ防具としての価値以上に人目を避けようとしてた印象はあるな。実際、魔族は伝説の存在とされ、世間一般にはその存在が知られていない。

「だが、スタンピードの統率個体はゴブリンジェネラルだ。対抗するにはAランク冒険者がほしいところだが、このクルゼオン支部にAランクはそやつらしかいないのだろう？」

そやつら、というところで、ベルナルドは顎をしゃくってレオとミルゼイを示す。俺とベルナルドとギリアムのやりとりについていけず、目を白黒させている二人は、たしかにちょっと頼りない。

「忘れたか？　俺だって、下限突破ダンジョンのボスだったゴブリンジェネラルを倒してる」

「……そういえばそうだったな。まったく、新人冒険者のすることではないのだがな」

「ボス部屋と野戦とでは勝手が違うだろうことはわかってる。戦力的には、Aランクのパーティ二つに俺が協力する形で戦えば、滅多なことにはならないはずだ」

一応、レオたちを立ててそう言ったが、いざとなれば俺一人でもなんとかできるだろう。ボス部屋で戦うよりもむしろ防衛戦のほうが都合がいいかもな。遠くから爆裂石を投げまくる――のは人目に立ちそうだが、マジックアローをそこそこの速さで連射するくらいなら悪目立ちはしないだろう。城壁の上から攻撃すればいいだけなんだから、ボス戦の時より楽かもしれないくらいだな。

逆に、魔族のほうは、俺には対処できない可能性が高い。ロドゥイエを倒せたのはいろんな状況が嚙《か》み合ったからだ。味方の中で唯一魔族に対抗できるのは『天翔ける翼』だけだろう。彼らを自由に動けるようにしておきたいのはそのためでもある。このスタンピードの元凶が魔族なら、そんな危険な連中を野放しにはしたくないからな。

ひとつ気がかりなのは、本当にこれですべてか？　ってことなんだが……。そんなことを言っても、まとまりかけた会議を混乱させるだけだろう。具体的にどんな危険があるかわかってるならともかく、なんとなく裏がありそうで怖いってだけじゃ対策の立てようがないからな。

となると、あの秘策を実戦投入する事態も考えておくべきか。あまり気は進まないんだけどな。

「ここまでお膳立てしたんだ。『奴ら』を逃さないでくれよ？」

「うむ。狡猾《こうかつ》な『奴ら』の尻尾《しっぽ》を摑《つか》めるかどうかは賭《か》けだが、勇者の名に恥じぬ仕事はしよう」

と言ってベルナルドが差し出してきた手のひらを、俺はがっしりと握るのだった。


会議後、ギルドから帰ろうとした俺に、ミラが声をかけてくる。

「お疲れ様でした、ゼオンさん。おかげさまで犠牲者の少ない方向でまとめられそうです」

『ふわぁ～、やっと終わりましたねぇ～。難しい話は苦手です～』

ミラとほぼ同時に、姿を隠したままのレミィからも念話が届く。声と念話で同時に話しかけられると対応に困るな。

「いや、俺は何もしてないさ」

「それは謙遜《けんそん》がすぎますよ。ベルナルドさんに『大枠で賛成』とおっしゃっていましたが、結果としてはゼオンさんが作戦を立案したようなものではありませんか」

まあ、そうかもな。それでも、こんな時に若輩者《じゃくはいもの》が手柄顔をしては、ベルナルドやギリアムがへそを曲げ、せっかく決まった作戦が滞りかねない。

「大枠では全員の目的を満たせたんじゃないか？　ベルナルドは本音では魔族を追いたい、ギリアムはモンスターへの特権的対応というギルドの権益を守りたい。もちろん、ベルナルドもギリアムも、犠牲者はできるだけ減らしたいと思ってるに決まってるしな」

それぞれ大人の事情はあるが、どちらも悪人ってわけじゃない。むしろ、どちらかといえば善良な動機で動いている尊敬すべき人たちだ。豪放磊落《ごうほうらいらく》が行き過ぎてちょっと無責任に見えたり、地位への責任感の強さが昂《こう》じて既得権にしがみついてるように見えたりもするが、根っこの部分では善人なんだ。

「あれを『大枠で賛成』と呼ぶならば、その枠はガバガバすぎますよ」

と苦笑するミラ。

「はは……そうかもな。レミィが長い会議で拗《す》ねてるみたいなんだ。今はこれで失礼するよ」

「レミィちゃんもいるんですか⁉」

俺の言葉に、ミラが目を光らせ、首を上下左右に振って妖精《ようせい》を探す。人目がなければレミィに出てきてもらってもいいんだが……。今は他に人がいないが、ひょっこり誰かが来ないとも限らない。

「レミィも疲れてるだろうから、また今度な」

「や、約束ですよ⁉　レミィちゃんにお菓子とお洋服を用意しておきますから！」

ぐっと拳《こぶし》を握って迫るミラに、

『な、なんか怖いですよぉ～』

と、姿を隠したままでレミィが引いている。ミラは普段は完璧《かんぺき》な受付嬢なのに、妖精のことになると豹変《ひょうへん》するよな。

「し、失礼しました。ゼオンさんもゆっくりお休みになってくださいね。ゼオンさんの出番は少し先になりそうですから」

「ミラのほうは今から大変だよな。できることがあったら言ってくれ」

「はい。……といっても、ゼオンさんはご自分でいろいろと動かれてしまいそうですね」

と言って、ミラが俺の目を覗《のぞ》き込んでくる。

やっぱりバレてるか。

「まあ、言い出したのは俺だからな」

「もちろん、それは有り難いことなのですが……ゼオンさんは今は一介の冒険者にすぎないんです。すべてを背負い込むことはないんですからね？」

「ありがとう。心に留めておくよ」


緊急招集の準備でにわかに慌《あわ》ただしくなったギルドから出た俺は、

「レミィ。悪いけど、今日はまだ用事が残ってる」

『うぅ～。マスターは働きすぎじゃないですかぁ？』

「先に宿に戻ってるか？」

『とんでもない！　マスターに憑《つ》いていくに決まってます！』

レミィを宥《なだ》めながら貴族街へと近づいていくと、

「――ゼオン様」

突然、木立の陰から見慣れた銀髪の執事が現れる。

「うわっ、いきなりだな、トマス！」

もちろん、クルゼオン伯爵家に（まだ）仕えているはずの執事長トマスだ。

「今のゼオン様が貴族街に入るのは難しいかと思いまして、ここでお待ちしておりました」

「そ、そりゃそうだけど、ここでずっと待ってたのかよ？」

「ああ、ご心配なく。冒険者ギルドの様子を窺《うかが》った上で、そろそろであろうと思って待っておりましたので。さほど長いこと待っていたわけではありません」

トマスはさらっと言ってくるが……どうやってギルドの様子を窺ってたんだろうな？

「ということは、スタンピードの件はもう？」

「はい。実のところ、ギルドで騒ぎになる以前に、街道筋で緊急の狼煙《のろし》が上っておりましてな。伯爵騎士団からも既に斥候《せっこう》を差し向け、情報収集を致しております」

ギリアムも言ってたように、スタンピードへは基本的に冒険者ギルドが優先的に対処することになっている。だが、領主だって手をこまねいて見てるわけじゃない。ギルドが対処に失敗したら次は領主の番だからな。領民を保護するためにも情報を集めるのは当然だ。

「さすがだな」

「いえいえ。騎士の皆さんの働きですよ」

と、謙遜するトマスに、俺は複雑な気持ちになる。

「……いかがなさいましたか？」

「ああ、いや……」

さっき俺の謙遜を咎めたミラもこんな気分だったんだろうなと思っただけだ。

「ま、話が早くて助かるよ。実はだな……」

俺はトマスに、ギルドの会議室での一幕を説明した。

「ほっほっほ。さすがはゼオン様ですな。あの頑固な勇者と偏屈なギルドマスターをまとめて手玉に取っておしまいになるとは」

「そんなことをしたつもりはないよ。ただ、大見得《おおみえ》を切っちまったからな。騎士団のほうは……」

「心配ご無用。私のほうから、城壁を冒険者に使わせられるよう手配しておきましょう」

「……自分で言っておいてなんだが、大丈夫なのか？」

「有事のポーション不足に蒼白《そうはく》になっておるのは騎士団も同じことでしてな。今ならば話も通じましょう」

「そんなもんか」

「冒険者には回復魔法を使えるものも多いですからな。城壁を貸す代わりに負傷した騎士の回復を……といった流れに持ちこめば、遺恨《いこん》が残ることもありますまい」

「ああ、なるほどな」

パーティ単位で活動する冒険者には、全体の割合として、騎士団よりも回復系のスキル持ちが多いはずだ。理想を言うならパーティに一人はヒーラーがほしいわけだからな。

逆に騎士団では、ヒーラーは後方部隊にまとめていれば十分だ。ヒーラーの給料は高くなりがちなので、平時から数を集めるのは財政的に厳しいという世知辛《せちがら》い事情もある。もっとも、冒険者だって理想通りにパーティが組めるわけじゃない。数が少ないヒーラーは取り合いになるため、多くのパーティがポーションに回復を頼るはめになる。それでも、ある程度実力のあるパーティにはヒーラーが入ってることがほとんどだ。城壁の上で戦うなら普段より負傷の機会は減るはず。負傷した騎士の回復に回る余裕もあるだろう。

「ヒーラー不足に備えるなら、新生教会も動かすべきか？」

「それはどうでしょうな。動かそうとして動かせるものでもありますまい」

「まあ、ハズレギフトを授かった俺の作戦とわかったら、連中は協力を拒否するだろうしな……」

ハズレギフトを授かるのは前世の悪行の罰である、などと平気で嘯《うそぶ》いてるような連中だからな。下手をすると、俺を冒険者として認めたというだけの理由で、冒険者ギルドへの協力を拒む可能性もある。なんなら、下限突破ダンジョンから発生したスタンピードは悪魔の手先である俺の仕業だ！　なんて言い出すかもな。……考えてみると、俺には困ったことに動機もある。クルゼオン伯爵家を追い出されたことを恨《うら》んでスタンピードで街を滅ぼそうとしているのだ、とかなんとかな。どうやったらスタンピードを人為的に起こせるんだよ、みたいな冷静なつっこみはまず聞いてもらえないものと思ったほうがいい。

「協力を引き出すのは無理でも、余計な口出しをさせないようにはしたいな」

「……ふむ。さようですな」

とくに説明はしなかったが、俺の顔色からトマスは俺の懸念を読み取ったみたいだな。

「本来であれば、伯爵閣下から教会に協力を要請すればよいのですがな」

「今親父と教会を近づけさせたくはないよな。どんな怪しい話を吹き込まれるかわかったもんじゃない」

「教会はどうにもなりませんが、伯爵閣下のほうはそれとなく遠ざけておきましょう」

「助かるよ。悪いな、もう伯爵家の人間でもないのにこんなことを頼んで」

「いえ、私はいまでもゼオン様こそが次期伯爵にふさわしいと思っておりますよ」

「やめてくれよ。俺にそういう野心はない」

「ゼオン様の唯一の欠点がそれですな。野心がない」

「野心がほしいならシオンでいいだろ。って、そういえばシオンはどうしてるんだ？　『天翔ける翼』のメンバーではないと、ベルナルドは断言してたぞ」

「それが……屋敷を出たきりしばらくお帰りになっていないようで」

「……そうなのか？　立ち回り先はわかるか？」

「最近はもっぱら下限突破ダンジョンでレベル上げをなさっておいでのようでした」

「あそこでか……」

スタンピードの発生源と目される下限突破ダンジョンに、シオンか。

「無事でいてくれるといいんだが……」

「お優しいですな、ゼオン様は。私などはつい――」

「やめておけ。誰も聞いていないとしても、おまえの立場でそれは口にしないほうがいい」

職務上間違っても口にできないことなら、陰口であっても言葉に変えないほうが安全なこともある。一度言葉にしてしまえば、その言葉が自分の心のどこかに残り、相手への態度に滲《にじ》み出ることもあるからな。トマスのような熟練の執事がそんなへまをするとは思わないが。

「さようですな。ゼオン様は本当に立派になられました。これで私も隠居できると喜んでおったのですがな」

今日のトマスは、ため息が多い。家の中でいろんな苦労があったんだろうな。コレットがクビになった後、アナやシンシアまでメイドを辞めたみたいだし。もちろん、伯爵まで加担してのポーション買い占めの問題もある。

「すまないな。迷惑をかける」

「いえいえ……。年寄りの繰り言はこのくらいにしておきませんとな。今はゼオン様が案出された作戦を成功させることに力を注《そそ》がねば」

トマスはそう言って顔を引き締めると、貴族街の中へと消えていくのだった。


もう一件、寄るところがあった。シャノンの工房、「木陰《こかげ》で昼寝亭」だ。

俺が工房を訪ねた頃には、もう日が暮れかけていた。侘《わび》しい郊外の街並みが夕焼け色に染まってるのはなんとも心に染《し》み入る光景だな。俺に詩心があればそれっぽい詩のひとつも作れるんだろうが、俺はあいにく読む専だ。

ただ、この素晴らしい夕景にも、ひとつ大きな欠点がある。夕景の奥に黒々と浮かび上がる城壁だ。クルゼオンの城壁は、貴族街を取り巻く旧城壁と、平民街を取り巻く新城壁に分けられる。当然のように旧城壁のほうが高くて頑丈だが、新城壁も人間の軍勢相手に持ちこたえられる程度にはしっかりしてる。新城壁で時間を稼ぎ、そこを突破されれば旧城壁へ。そういう冷徹な思考に基づくデザインだな。

もちろん、今回のスタンピードでは、新城壁を抜かれることは許されない。いずれにせよ、スタンピードはクルゼオンを目指してやってくる。問題はどこで戦うかでしかないわけだ。戦いでの犠牲が最も少なくなるのは城壁だが、城壁で迎え撃てば退路はなくなる。だが、スタンピードの規模が報告通りであれば、余裕を持って撃退できるはずだ。城壁を抜かれるおそれは極めて低い。

でも、俺の頭には、ダンジョンの奥で目にした魔族の影がちらついている。作戦を立案したのは俺なんだ。不測の事態には備えておきたい。

「シャノンさん、いるか？」

そう断って工房に入ると、シャノンは真剣な顔で漏斗《ろうと》とフラスコを凝視しているところだった。作業は一段落したらしく、一拍遅れてシャノンが俺へと振り返る。

「ゼオンさんですか。さっき、ミラさんから使いが来ました。スタンピードを城壁で迎え撃つとか」

「ああ。そういうことになった」

「ゼオンさんの備えが生きることになりましたね」

「できれば生きることがないほうがよかったけどな」

俺がシャノンに錬金術を習ってポーションの供給を図ったのは、万が一の事態に備えてのことだ。だが、万が一と言っても、具体的に何らかの危機を想定してたわけじゃない。あくまでも念のための準備のつもりだったんだよな。

「それは、例のアイテムか？」

俺がフラスコを見て訊くと、

「ええ。うまく溶かし込むことができたようです」

シャノンが研究してるのは、ロドゥイエがレミィを囚えるのに使ってたケージ――魔紋檻《おり》の残骸だ。俺の目には黒い粉末にしか見えなかったそれを、シャノンは「リサイクル」というスキルを使って素材に戻した。すべての素材がリサイクルできたわけではないが、いくつかの貴重なアイテムを取り出すことができたという。それらのアイテムを素材とすれば、シャノンならいくつかの特殊なアイテムを錬金できる。錬金術の素養の検査だけでこんな貴重な素材をもらっては申し訳ないから――シャノンはそう恐縮して、よければ俺に何かアイテムを作ると言ってくれた。

シャノンがリストアップしたアイテムのひとつに、俺の注意を惹《ひ》くものがあった。俺がシャノンに「ぜひ作ってくれ」と頼んだのが、今から一週間くらい前のこと。シャノンにとっても難易度の高い錬金だったらしく、何度かの試行を経て、ついに完成したと今朝方《けさがた》連絡を受けていた。

「ゼオンさん。これをお渡しする前に確かめておきたいのですが……」

シャノンが遠慮がちに切り出した。

「死ぬ気では……ないですよね？」

「もちろん。むしろ、死なないための備えみたいなものだ」

「備え、ですか。ですが、このアイテムを不死の霊薬のように思うのは間違いですよ？　たしかにこのアイテムは、別名『英雄の薬』とも呼ばれます。しかしその由来は……」

「わかってる。そういう使い方をするわけじゃない」

レミィのことを伏せてるせいで説明できないんだが、俺は歴史劇に登場する不死の英雄になりたいわけじゃない。

身動《みじろ》ぎもせず、シャノンが俺の瞳を覗き込んでくる。いつもは目が合うと恥ずかしがってすぐに顔を伏せてしまうシャノンだが、今日はいつになく真剣な顔で、俺の目の奥にあるものを確かめようとしてる。彼女をそうさせるのは、危険なアイテムを渡す上での錬金術師としての使命感、だろうか。俺も目をそらさずに、シャノンの群青色《ぐんじょういろ》のきれいな瞳を見返した。

俺の瞳に何を見たのか、シャノンは小さく息をつくと、

「なら、いいのですが。ゼオンさんのことですから、ちゃんと考えがあるのだと思います」

「……すまないな」

さっきは錬金術師としての使命感からかと思ったが、シャノンは純粋に俺のことを心配してくれてたみたいだな。

「私としても、古代人の詩がわかる友人は貴重なんです。どうか無理はしないでくださいね」

……どうも今日は、みんなから心配される日みたいだな。まあ、シャノンが心配になるのはわかる。俺が錬金を頼んだアイテムがアイテムだからな。

シャノンが俺のことを、錬金術の素材提供者ではなく、古代詩好きの友人として心配してくれたのは素直に嬉しい。恥ずかしがり屋であまり感情を表に出さないタイプだけになおさらだ。

「ありがとう。必ず生きて戻ってくる」

と、格好つけてはみたものの、この時点で俺は、そこまで事態を悲観してたわけじゃない。最大三千体ものスタンピードはたしかに脅威だが、その統率個体はかつて倒したゴブリンジェネラル。しかも、冒険者に加え、領兵と城壁、Bランク勇者まで当てにできるんだ。普通に考えれば、残る問題はどれだけ犠牲者を少なくしてこの危機を乗り切れるかだけだろう。魔族の介入は不安材料だが、ベルナルドはあまり露骨な介入はできないだろうと言っていた。俺の気にしすぎという可能性だって、当然ある。シャノンに頼んでたアイテムも、本当にいざという時の切り札にする予定だったんだよな。この時は、まだ。

†

ゴブリンジェネラルに統率されたスタンピードが領都クルゼオンに到達したのは、それから一日半後の早朝だ。

「来たぞぉぉぉぉぉっ！」

「落ち着いて迎え撃て！」

　地平線から雲霞《うんか》のごとく押し寄せるゴブリンソルジャーの群れは、来るとわかっていても恐怖を煽《あお》る。ポドル草原方面の街道は領主の名《な》によって一時的に往来を禁止されている。クルゼオンとポドル草原のあいだは、草原と森が入り混じった半未開の地帯になっている。特別強いモンスターがいるわけではないが、水源が乏しいこともあって耕作地としての開発もされていない。そもそも、領都クルゼオン周辺は地味が豊かとは言い難いんだよな。街に必要な食糧は、領内の他の都市や農村から運び込む。じゃあ、なんでそんなところに領都があるのかって？　それは、この地がシュナイゼン王国と隣国との軍事的な要衝になってるからだ。

　元々軍事的な理由で築かれた街だけに、城壁の造りは甘くない。といっても、長らく戦争なんてなかったからな。クルゼオンの今の領兵が国境守備に適した精鋭かというと、さすがにそこまでの練度はないだろう。それでも、一定の緊張感を持って定期的に演習を行ってきたことは事実である。

　城壁へと押し寄せるゴブリンソルジャーの群れに、城壁上の騎士たちから矢の雨が浴びせられる。

――グギャアアッ⁉

　群れのあちこちで悲鳴が上がり、ゴブリンソルジャーたちの足並みが乱れる。

　だが、ゴブリンの兵士たちは倒れた味方のことなど気にかけない。目や首に矢を生やし地面に転がって苦しむ仲間を躊躇《ちゅうちょ》なく踏み抜いて、後続のゴブリンソルジャーが前に出る。

もちろん、そこにさらなる矢の雨が降りかかる。錆《さび》だらけの盾《たて》を掲げて矢を防ぐ気の利いたソルジャーもいるにはいるが、いかんせん盾の数が足りてない。というか、鎧《よろい》や兜などの装備にも個体差があり、比較的装備に恵まれたゴブリンソルジャーでも防具のどこかには隙間《すきま》がある。人間の重装歩兵なら全身をガチガチに固めてくるところだが、所詮はゴブリンってことなんだろう。

ただ、人間相手の戦争とは勝手の違うこともある。騎士の矢が、どうにも致命傷になりづらいのだ。急所を射抜いたはずなのに起き上がってくるゴブリンソルジャーがかなりいる。

こんな現象が起きるのは、単純に騎士たちのレベルが足りないからだ。「看破」のスキルで確認したところでは、騎士たちのレベルは1〜3。ゴブリンソルジャーは3〜5だ。下限突破ダンジョンの中にいたゴブリンソルジャーは、爆裂石一個でギリギリ倒せる程度の強さだった。レベルの低い騎士の矢が一発当たっただけではゴブリンソルジャーのHPを削りきれないということだ。

なんなら、矢を喰らって地面に転がってるあいだに後続の味方に踏み潰されるダメージのほうが、矢そのものより大きそうに見えるくらいだな。モンスターは倒せば消えるから、地面に転がった味方は踏み殺したほうが邪魔にならないという非情な理由もあるかもしれない。

とはいえ、

「怯《ひる》むな！　倒れるまで矢を浴びせ続けろ！」

こちらには城壁もある。城壁の前には空濠もある。倒されたゴブリンソルジャーは漆黒の粒子となって消え去るので、空濠が死体で埋まるということもない。

ゴブリンソルジャーの群れの中からたまに大きな梯子が持ち出されてくるが、

「『ファイアーボール』！」「『ロックバレット』！」「『マジックアロー』！」

城壁の上から魔法が飛び、梯子とそれを担いだゴブリンを消し飛ばす。城壁の上に控えた冒険者パーティの魔術師たちだな。騎士の中にも魔術師はいるんだが、たいていの魔術師は軍隊のような上意下達の組織を嫌っている。魔法系のスキルを習得できる者には、この世界の真理を探究したいという抑えがたい好奇心の持ち主が多いらしい。そのせいか、魔術師には独立独歩を望むものが多く、個人の自由より集団の規律を重視する正規軍を嫌いがちだ。逆に、軍人の側でも、規律より個人の探究心を優先する魔術師の気質を、忠誠心がなく信用できないと毛嫌いする傾向にある。

だが、目前に差し迫った脅威を前にして、個人の性格的な好みをうんぬんしてる暇はない。

騎士が矢の雨でゴブリンソルジャーのＨＰを削り、足を止める。騎士の矢では削りきれないレベルの高い個体や上位種族のゴブリンキャプテンには魔術師の魔法やレベルの高い弓使いの矢が襲いかかる。冒険者の中には俺よりレベルが高い奴もちらほらいるな。俺も魔術師部隊の一員として、抜け出してきた個体にマジックミサイルを撃ち込んでいる。マジックミサイルには誘導性があるから、離れたところから狙《ねら》い撃つ今の状況では使いやすい。マジックミサイルは、使えれば一目置かれる魔法ではあるらしいんだが、悪目立ちするほどレアな魔法ってわけじゃない。「経験」を積んだ魔術師の中にはそれなりに使い手もいると聞いている。

もちろん、現在の俺の最大火力は、無限に詠唱を加速できるマジックアローだ。でも、さすがにここで使っては目立つからな。もちろん、どうしようもなくヤバい状況になったら躊躇なく使うつもりだが、今の戦況は防衛側の圧倒的な優勢だ。

『はー、入れ食いですねー』

と呑気《のんき》な感想を漏らすレミィ。もちろん、今は姿を消している。

「不謹慎なことを言うなよ」

とつぶやくが、レミィの表現は適切だった。街の北西側に現れたゴブリンたちと戦端が開かれたのは一時間ほど前だろうか。ゴブリンたちは愚直に突進を繰り返してはそのたびに返り討ちに遭っている。たまに統率個体が現れて兵を一旦《いったん》撤収させるんだが、しばらく経《た》てば同じことを繰り返す。

「なんというか、思ったよりも知能がないな」

ゴブリンソルジャーはその集団での戦闘力で恐れられてるんじゃなかったのか？　城壁の上では、矢や魔法といった遠隔攻撃手段を持たない前衛の騎士や冒険者たちが手持ち無沙汰になっている。城壁に取りつかれてからが出番の彼らには、今は休んでおくよう命令が出てるんだが、戦闘中の城壁の上で本気で休めるはずもない。結果、城壁の壁にもたれて苛々《いらいら》と時間を持て余してる奴だったり、落ち着かなそうに立ったり座ったりを繰り返す奴だったりが結構いる。城壁の下に取りつかれた時に備えて用意された、油を煮る装置の前でも、新米らしき騎士が定期的に薪《まき》をくべながら矢狭間《やざま》からちらちらと城壁の外を覗いている。

最初はピリピリしてたんだが、ゴブリンソルジャーがいつまでも城壁に取りついてこないせいで、ちょっと弛緩《しかん》した空気になってきた。油を煮てる若い騎士なんか、戦いが始まるまでは「敵が来たら油、敵が来たら油……」と蒼白な顔で自分に繰り返し言い聞かせたりしてて、ちょっと危なっかしい感じだったんだけどな。

「攻城戦装備も全然持ち出してこないな。梯子くらいじゃないか」

『まあ、ゴブリンは不器用ですからねー。この高さまで届くようなものは作れなかったんじゃないですかぁ？』

「なんなら矢を射ってくる奴すらいないしな」

そのせいで、城壁の上からはやりたい放題ができている。

『マスターの作戦がめちゃくちゃ当たったってことですよねー？』

「そう……なのかな」

そこで、戦場に動きがあった。

「ゴブリンジェネラルが出てきたぞ！」

声に反応して目をやると、たしかに森の切れ目から多数のソルジャーに取り巻かれたゴブリ

ンジェネラルが現れた。そしてその左右から、

「破城槌だぁぁあっ！」

丸太を蔦《つた》で三本束ねただけの、即席の破城槌が二つ。丸太は左右から十数体がかりでゴブリンソルジャーたちが運んでいる。あれを抱えたまま城壁に向かって突進し、大質量をぶつけて城壁を崩そうという魂胆だろう。

「……どうなんだ？」

たしかに、丸太三本分の質量は馬鹿にはできない。だが、破城槌の造りが見るからに甘い。尖端《せんたん》に金属製の衝角《しょうかく》をつけたりすると強いんだが、そういう工夫もないみたいだな。

しかし、

――グオオオオオ！

ゴブリンジェネラルが雄叫《おたけ》びを上げた。そして驚いたことに、自ら先陣を切って城壁へと迫ってくる。その後に無数のゴブリンソルジャーと、破城槌部隊二組がついてくる。

さすがにこれには城壁側も慌て出す。

「破城槌を壊せ！」

「いや、ゴブリンジェネラルの足を止めろ！」

目標が二つに割れたせいで、城壁側の足並みが乱れてしまった。騎士たちがゴブリンジェネラルに矢の雨を降らせるが、ゴブリンジェネラルは手にした鉈《なた》を振るってその大半を蹴散《けち》らし

た。当たった矢もそのほとんどが表皮に弾かれたみたいだな。さすがにゴブリンソルジャーとは強さが違う。

『マスターの出番みたいですよぉー？』

「そうみたいだな」

　俺は持ち物リストから爆裂石を取り出した。自分から見て近い方の破城槌にそれを「投擲《とうてき》」しつつ、魔法の詠唱に取りかかる。破城槌を守っていたゴブリンソルジャーが爆裂石を叩き落とそうと剣を振る。ゴブリンたちのお馴染《なじ》みのパターンだな。強烈な爆発が破城槌とその運搬部隊を呑《の》み込んだ。屋外だから多少拡散したみたいだが、近くにいた数体が爆炎に呑まれ、そのまま爆煙にまぎれて消え失せた。と同時に、破城槌を構成する丸太がいきなりバラけた。ありあわせの蔦で束ねただけの粗い造りだったからな。蔦が爆炎で焼き切れたんだろう。バラけた丸太の下敷きになって、運搬部隊のゴブリンソルジャー数体が虚空《こくう》に消えた。

　もう片方の破城槌には、冒険者の魔術師たちが魔法を集中しようとしてるな。俺が手を出す必要はないだろう。破城槌を壊すには火の魔法がよさそうだが、俺に火属性の魔法は使えない。高級品の爆裂石をあまり景気よくばら撒《ま》くのもどうかと思う。

「『マジックアロー』！」

　俺の放った魔法の矢が、ゴブリンジェネラルの頭部に命中する。だが、直撃したはずのゴブリンジェネラルは首に手を当て振っただけだ。頭を軽く殴られたくらいの衝撃なんだろう。

「『マジックアロー』！」

さらに魔法を重ねる。ダメージのほどは似たようなものだ。

「『マジックアロー』！」

ジェネラルが鬱陶《うっとう》しそうに俺を威嚇《いかく》。

「『マジックアロー』！」

ジェネラルが俺を睨《にら》んで城壁に突進。

「『マジックアロー』！」

胸に命中し、ジェネラルが一瞬足を止める。その一瞬の間に、次の詠唱が完成した。

「『マジックアロー』！『マジックアロー』！『マジックアロー』！」

ジェネラルの手首、肘《ひじ》、顔に当たる。

「『マジックアロー』、『マジックアロー』、『マジックアロー』……」

もう命中を確認するのも面倒だな。ゴブリンジェネラルは両腕を顔の前に掲げて俺の魔法の矢を防ぐ。じりじりと前に進もうとするが、魔法の矢の着弾は増えるばかりだ。

――グ、グオオオ……ッ！

その苦しげな雄叫びが、ゴブリンジェネラルがまともに取ることができた最後の行動だった。

百を超える魔法の矢の連撃によって、スタンピードの敵将は悲鳴を上げる暇《いとま》もなく黒い粒子となって消え失せた。

「よし、やったな」

つぶやく俺に、城壁の上の騎士や冒険者たちから驚愕《きょうがく》の顔が向けられた。

城壁の上にいた騎士と冒険者たちが目を見開いて、化け物でも見たかのような顔を俺に向けてるな。その中には、会議で俺につっかかってきたミルゼイというAランク冒険者の魔術師もいる。あんぐりと顎を落とし、目を限界まで見開いてこっちを見てる。

しまった……。ゴブリンジェネラルに城壁に取りつかれると厄介だと思ってついやってしまった。連射したのは「初級魔術」の中では最も初歩のマジックアローだが、もちろんそういう問題じゃない。ロドゥイエによれば「詠唱加速」は伝説級のスキルらしいからな。俺も自分で習得するまでは名前を聞いたことすらなかった。しかも、俺の「詠唱加速」は「下限突破」の効果で詠唱時間短縮の下限がない。最も初歩的な魔法とはいえ、みるみるうちに発動間隔が短くなっていくのは、どう見ても異様な光景だったろう。とくに、自分でも魔法を使うミルゼイのような魔術師からすれば、異様なんてレベルでは済まない話だ。

俺がなんの気なしにミルゼイを見ると、ミルゼイがびくっと震えて後ずさる。恐れられたいわけじゃなかったが、これでもう因縁《いんねん》をつけられることはないかもな。他の魔術師たちの反応も大同小異——怯《おび》えるか、興奮に目を見開いてるかだ。

《レベルが5に上がりました。》

「天の声」がレベルアップを告げてくるが、当然ながら周囲に漂う気まずい空気を解消してくれるはずもない。そもそも俺以外には聞こえてないからな。

「あー、いや、これはだな……」

俺が反応に窮していると、

「──何をしている！　騎士と魔術師は残されたゴブリンソルジャーを掃討しろ！　腕に覚えのある前衛職は城壁を下りて城門前に集合だ！　追撃をかけて一体も残さず討ち取るぞ！」

城壁に響いた命令に、騎士、冒険者たちが慌てて動き出す。

命令を出したのは、冒険者ギルド・クルゼオン支部のギルドマスター、ギリアムだ。

ギリアムは城壁上を歩いて俺に近づいてくると、

「凄《すさ》まじいな。なんだあれは？　……とは訊かないでおくか」

冒険者は、仲間以外の者に手の内を明かすことを好まない。ギルド側でも冒険者の秘密は最大限尊重する。にしたって限度ってもんはあると思うが、黙っててくれるみたいだな。

「北東側は片付いたのか？」

と、ギリアムに訊いてみる。ギリアムはここではなく、北東側の城壁で指揮を取っていたはずだ。

「ああ。あちらのほうが規模は小さかった。陽動のつもりだったのかもしれんな」

「そうなのか？　てっきりこっちが陽動かと思った」

「敵将がこちらに出た以上、こちらが本隊に他ならん。統率個体が自分を囮《おとり》にして別働隊を主攻として働かせるとは考えにくいからな」

「まあ、それはそうか」

モンスターの統率個体は、群れのピラミッドの頂点だ。群れは統率個体を守るためにある。統率個体は将であると同時に王でもあるのだ。人間でも指揮官の安全確保が重要なのは同じだが、相手の裏をかくために本隊が陽動に当たることもないとはいえない。人間の将は、王のために働く。指揮官の身の安全を守るのは、あくまでも王に勝利をもたらすための手段にすぎない。もし王の勝利のために必要ならば、将自ら危険な役割を引き受けることもあるわけだ。だが、統率個体はそいつ自体が王でもあるからな。

「……いや、待てよ」

気になったのは、さっきのゴブリンジェネラルの行動だ。レベルが高い――つまりＨＰやＰＨＹ（防御力）が高いゴブリンジェネラルが前に出て破城槌を守ろうとするのは、ある意味では合理的な戦術だ。こちらの虚を突くという意味でも有効だよな。

だが、スタンピードの統率個体であるゴブリンジェネラルが最前線に出るのは、当然ながら危険な賭けでもある。今の城壁前の惨状を見れば、いくら上位種族のゴブリンジェネラルであっても前に出たいとは思わないだろう。矢や魔法の集中砲火を受けるに決まってるんだからな。そのほとんどがレベルの低い人間による低威力の攻撃だったとしても、数が揃《そろ》えば脅威になる。俺のマジックアローだって、一発のダメージは知れたものだ。それでも百発以上も撃ち込まれれば、ゴブリンジェネラルであろうと耐えきれない。もし俺が「詠唱加速」を使わなかったとしても、あのゴブリンジェネラルは遠からず同じようなやられ方をしたはずだ。城壁の上には一ダースくらいの魔術師がいるわけだからな。

それなのに、まるで自分の身を盾にするように、ゴブリンジェネラルは前に出た。

敵ながらあっぱれ——なんて話じゃないぞ。本来王として守られるべき存在のはずのゴブリンジェネラルが、他のゴブリンソルジャーを守るような行動を見せたのがおかしいんだ。

あいつが特別部下思いの王だった？

まさか。

あいつは、守られるべき存在ではなく——

「まずい。追撃は待ってくれ！」

俺はギリアムに向けて叫んだが、ギリアムが俺の言葉に反応する前に、重い鉄扉を開く軋《きし》んだ音が聴こえてきた。騎士たちが追撃のために城門を開いたのだ。

開かれた城門から、勝ち戦の勢いに乗った騎士や冒険者が飛び出していく。

ゴブリンソルジャーたちは逃げ出した。木が伐《き》り払われた城壁前の荒れ地を抜け、森の端へと逃げ込んでいく。

それと入れ替わるように、森の中で無数の黒い影が動き出した。

「ゴブリンウルフライダーだと⁉」

　ギリアムが驚愕の声を上げる。

　冒険者や騎士たちの先頭は、既に森に食い込んでしまっていた。突然現れた敵の増援に、森に足を踏み入れた冒険者や騎士たちがうろたえる。追撃に加わったのは猛者《もさ》たちだけに、かろうじて切り結んではいる。だが、狼型《おおかみがた》モンスターに跨《また》がる機動力の高いゴブリンに翻弄《ほんろう》されてることは否《いな》めない。

　そこにさらに、馬に跨がり、突撃槍《やり》を構えた別種のゴブリンが襲いかかった。

「ゴブリンランスナイトまで⁉」

「くそっ！」

　俺はその光景を最後まで見ず、城壁裏の階段を駆け下りる。開いたままの城門を駆け抜け、混乱する追撃戦の最前線へと向かう。

　爆裂石――は使えないな。この混戦では味方を爆発に巻き込んでしまう。俺は誤射の可能性の少ないマジックミサイルで、ゴブリンウルフライダーを攻撃する。一発では倒せない。二発、三発。「詠唱加速」がかかりきる前に倒すことができた。

「た、助かった……」

　ゴブリンウルフライダーに襲われていた騎士に、俺は持ち物リストから初級ポーションを取り出し、投げつける。ポーションは騎士の甲冑《かっちゅう》にぶつかって割れ、内容物が騎士にかかる。

乱暴なようだが、これが戦場でのポーションの使い方だ。どちらかといえば、甲冑を着込んでる騎士同士――つまり、人間同士の戦争の作法だが。

「くそっ、これは罠《わな》だ！　奥にいやがった！」

「奥に？」

「ああ、このスタンピードの統率個体はゴブリンジェネラルじゃなかったんだ！　あれは――」

騎士がその名を口にしかけたところで、森の奥で雄叫びが響いた。ゴブリンジェネラルより力強く、人の魂を恐怖で麻痺《まひ》させるような、獰猛《どうもう》な雄叫びだ。

森の奥に、その姿が見えた。身の丈三メテルのゴブリンジェネラルよりさらに大きい。恰幅《かっぷく》もよく、一見するとオーガのような体型だ。人間の身の丈より大きな肉厚の剣を、左右の手に一本ずつ握っている。右手の剣は肩に担ぎ、左手の剣を前に垂らしている。

そいつが、左手の剣を無造作に振るった。残像しか見えないほどの剣速だが、斬ったのは何もない空間だ。その空間に、剣の軌道に沿って金色の「傷」が刻まれていた。一拍遅れて、その傷から衝撃波が放たれる。

「ぐわあああっ！」

近くにいた騎士数人に、衝撃波が直撃した。重い甲冑を身に着けた騎士たちが、森の木立の間を冗談のような勢いで吹き飛ばされていく。

彼らの無事を確かめる余裕は、俺にはない。

「あれは……まさか」

俺は、「看破」でそのモンスターのステータスを覗き見る。

Status

超越せしゴブリンキング

LV 21/19
HP 350/350
MP 110/110
STR 81+19(右)、+21(左)
PHY 79
INT 25
MND 49
DEX 50
LCK 49

EX-Skill

覇王斬

Skill

統制 威圧 双剣技

Equipment

エクスキューショナーソード(改)
エクスキューショナーソード

「ゴブリンキング――レベル21！」

……いろいろと突っ込みたいことはある。だが、ひとまずはレベルだろう。ゴブリンキングのレベル表記は「Lv　21／19」。上限を超えている。

『マスターっ！　あいつ、ヤバヤバですよぉ～！』

レミィが俺の肩のあたりに姿を現して言ってくる。

「……見えるのか？」

『妖精には特別な「目」がありますから！　マスターの「看破」ほどじゃないですけど、レベルと名前くらいはわかります！　あと、マスターよりどのくらい強いのかも、「色」を見ればわかりますぅ！』

「どのくらい強いんだ？」

『どうっっっしようもないくらいめちゃ強《つよ》ですぅ〜！　真《ま》っ赤《か》なんですよぉ〜！』

レミィは念話だが、俺のほうは肉声だ。レミィにしか聞こえない音量のはずだが、驚いた時の声は抑えきれなかったからな。ゴブリンキングが俺を向く。

「逃してはくれないみたいだな」

『ま、マスター！　あたしが囮になって引きつけるからそのあいだに――』

「馬鹿を言うな。せっかく助けたのに、身代わりになって死なれたんじゃ意味がない」

『で、でも、あいつは――！』

「レミィ。あれの準備をしておいてくれ」

『あれですかぁ⁉　ででも、いくらあれを使ったって、あっという間に押し切られちゃいますよぉ〜！　あれは一ヶ月に一回しか使えないんですからぁ！』

「考えがあるんだ。頼むよ、レミィ」

なぜ詠唱をしないのかって？　ゴブリンキングに睨まれ、身動きが取れないんだよな。わずかでも攻撃の意図や逃亡の素振りを見せたら即座に襲いかかってくる――言葉は通じずとも漂う空気だけでそれがわかる。そして、一度攻撃が始まれば、それを凌《しの》ぎ切るすべは俺にはな

い。ステータスが圧倒的に違うからだ。

Status
ゼオン・フィン・クルゼオン
Age：15

LV 5/10 (1up!)
HP 30/30 (5up!)
MP -394/29 (5up!)
STR 17+8 (3up!)
PHY 14+13 (1up!)
INT 24 (3up!)
MND 15+1 (1up!)
DEX 22+3 (3up!)
LCK 16 (2up!)

Gift
下限突破

Skill
初級魔術 逸失魔術 魔紋刻印
初級剣技 投擲 爆裂魔法 看破
初級錬金術

Equipment
ロングソード (切断)
黒革の鎧 (強靭)
防刃の外套 (爆発軽減)
黒革のブーツ (強靭)
耐爆ゴーグル

これが俺の現在のステータスだ。比べる気にもならないが、大事なところだけ見ておこう。
まず、今の状況で大事なのはＤＥＸ――敏捷性《びんしょうせい》だな。俺のＤＥＸが装備込みで25なのに対し、ゴブリンキングは50もある。ＤＥＸが二倍でも単純に足の速さが二倍になるわけではないが、それでも城門まで逃げ切れるとは思えない。
装備アイテムの後にあるカッコ書き――「ロングソード（切断）」みたいな奴は、スキル「魔紋刻印」による強化効果だ。「ロングソード（切断）」なら、ＳＴＲ＋２と切れ味向上効果。「黒革の鎧（強靱《きょうじん》）」なら、ＰＨＹ＋２と防具の破壊予防効果。「防刃の外套《がいとう》（爆発軽減）」なら、ＭＮＤ＋１と爆発によるダメージの軽減効果が付与される。ロドゥイエの使ってたものと比べれば魔紋としては単純なものなんだろうが、それでも能力値の補正と特殊効果が付くのはおいしいよな。

だが、そんなレアスキルを使って強化した装備と能力値があっても、このゴブリンキングの圧倒的なステータスの前には霞《かす》んでしまう。武器による補正を込みにすれば、ゴブリンキングのＳＴＲ（攻撃力）は左右ともに１００を超える。対して、俺のＰＨＹ（防御力）は装備込みで27にすぎない。

ダメージは様々な条件によって複合的に決まるんだが、「攻撃側のＳＴＲ－《マイナス》防御側のＰＨＹ」が一つの参考になると言われてるな。騎士や冒険者など戦いを生業《なりわい》とするもののあいだでは、このことを利用した彼我の戦力差の簡単な比較式が知られてる。

それは、「敵のＳＴＲ－《マイナス》自分のＰＨＹ」が自分の最大ＨＰの四分の一以下であること。

この条件の意味するところは、「三回までなら連続で攻撃を受けても死なずに済む（＝四回目で死ぬ）」ということだ。すこぶる実用的でわかりやすい基準のため、広く冒険者たちに愛用されてる。大幅に簡易化されてるから実際のダメージとの誤差も大きいらしいが、おおよその目安としては十分だ。

探索の進んだフィールドやダンジョンに出現するモンスターに関しては、主要なデータをまとめた図鑑が冒険者ギルドなんかには置いてある。その図鑑に載ってる推定値と自分の能力値を比較して、そのフィールドやダンジョンが自分に適したレベル帯かどうかを事前に判断できるってわけだ。

さて、考えるのも嫌になるが、この推定式に俺とゴブリンキングの能力値を当てはめてみよう。

ゴブリンキングのSTRから俺のPHYを引き算すると、73。一方、俺の最大HPは30だ。こういう言い方が正しいかは知らないが、「ゴブリンキングの攻撃を一回喰らうたびに俺は二回半近く殺される」ってことだよな。

大体なんだよ、「超越せしゴブリンキング」って。ただのゴブリンキングですら厄介なのに、レベル上限を超えたゴブリンキング？　なんでそんなものが出てくるんだ。

いや待て。上限を超えた？

怯む俺をどう見たのか、ゴブリンキングが黄色い牙を剥き出しにして嗤う。

そしてどういうつもりか、肩に担ぐようにしてた右手の剣を、地面に向かって振り下ろす。といっても、俺の方に、ではなく、ゴブリンキングの脇に向かってだ。斬るというより、何かを地面に叩きつけるような動作だな。

振り下ろされた剣には、どういうわけか、鳥籠《とりかご》のようなものがついていた。いや、違うな。ゴブリンキングがデカすぎてサイズ感が狂ってる。鳥籠と見えたのは、実際には人がすっぽり収まりそうな黒い檻のようなものだった。棍棒の先に鉄球をつけて振り回すフレイルという武器があるが、あの鉄球の代わりに檻がついたような感じだな。肉厚の剣の切っ先近くに穴があり、その穴に通された鎖の先に、黒い檻がぶら下がっているのだ。

剣の遠心力を受けて、檻が地面に叩きつけられた。

ドガッ！

「ぐあああっ⁉」

黒い檻の中から、悲鳴が聞こえた。

この時点で、俺は激烈に嫌な予感に襲われていた。

あの黒い檻には見覚えがある。下限突破ダンジョンでレミィが囚われていた魔紋檻――あれを人間大に大きくしたようなものだ。

そして、檻の中から上がった悲鳴にも聞き覚えがあった。

正確には、悲鳴ではなく、その悲鳴の声色だ。

「おい、まさか……」

嘘《うそ》であってほしいと思った。

だが、見間違えるはずもない。

人間大のケージの中に囚われていたのは――

「シオン！」

俺の双子の弟が、どういうわけかそこにいた。

領都クルゼオンに迫るスタンピードの群れの統率個体であるゴブリンキング――

その手にした分厚い剣の切っ先に穿《うが》たれた穴からぶら下がる檻の中に……いた。

見た目の年齢は十代半ばくらい。どこか線の細い印象のある、暗い髪色の美少年だ。

……と、他人事《ひとごと》のように説明したが、俺のよく知る人物だ。双子の兄弟としてともに育ち
――俺が実家を追放される際に剝き出しの憎しみをぶつけてきた、双子の弟のシオンである。

双子だけに面立《おもだ》ちには俺と似通った部分もあるが、俺はシオンとは違って年上の女性にモテそうな紅顔の美少年ってわけじゃない。どちらかといえばわんぱく小僧と言われがちだったのが俺で、シオンはともすれば性別を間違えられそうな繊細な面立ちと心優しい性格をしている――と、以前の俺は思っていた。

そのシオンが……なぜかいるのだ。ゴブリンキングの剣の切っ先からぶら下げられた檻の中に。

「ど、どうしてそうなった⁉」

思わず叫ぶ俺をどう見たのか、ゴブリンキングがグエッヘッヘと低い笑い声を漏らした。ゴブリンキングが、シオンが俺の弟であることを知って担ぎ出してきた――わけはない。ゴブリンキングが俺のことを事前に知ってたはずがないからな。シオンが俺の弟であることなんて、なおさら知ってるわけがない。

ゴブリンキングが嗤ったのは、おそらく、俺が恐怖を覚えてると思ったからなんだろう。おまえもここに入れてやろうか、と思ってるかどうかは知らないが、同族を人質に取って目の前

で痛めつけてやれば、こっちがビビると思ってるんだろうな。……その「同族」が俺の弟だったのは、さすがに偶然だろうと思いたい。

「――グエアア！」

と嗤って、ゴブリンキングが右手の剣を振り回す。

「うわ、うわ――うわあああ！」

ぶんぶんと揺れる檻の中で、シオンが悲鳴を上げながら檻の柵にしがみつく。

「や、やめろ！」

と、俺は思わず叫んだが、

「グヤアア！」

どうだ、とばかりに嗤うと、ゴブリンキングは檻を近くの木に叩きつける。

「ぐあああああ！」

「シオン！」

ゴブリンキングのＳＴＲでぶん回され、木の幹に叩きつけられたんだ。まだほとんどレベルも上がってないはずのシオンに耐えられるはずがない――

と思ったんだが、

「くそっ、僕は人質なんだろう⁉　もっと丁寧に扱わないか！」

シオンは怪我した様子もなく、ゴブリンキング相手に喚《わめ》き続ける。

「……思いっきり無事だな」

幹はひしゃげ、木がへし折れて倒れるほどの衝撃を受けたはずなのに、シオンにはダメージを負った形跡がない。

「どういうことだ？」

と考えて、俺はシオンの最近の行動について考えていたことを思い出す。

――シオンはなぜ、金に飽かせてポーションの買い占めに走ったのか？　その答えについての仮説だな。

俺は檻の中のシオンに「看破」を使う。

Status

シオン・フィン・クルゼオン
Age：15

LV 1/13
HP 1968/10
MP 1990/12
STR 9
PHY 9
INT 14
MND 11
DEX 9
LCK 8

Gift

上限突破

Skill

初級剣技 初級魔術

「やっぱり、ＨＰの『上限突破』に使ってたのか」

「上限突破」を持つシオンなら、ポーションをただ使用するだけで、現在ＨＰの最大値を超えて回復できるのではないか？

それが、俺の抱いてた仮説だ。この方法でＨＰを常に高水準に保っておけば、理論上ほとんどのモンスターに負けないことになる。

成人の儀以降、レベルの「上限突破」ばかりが注目されてきたが、この使い方だけを取っても「当たり」ギフトとされるには十分だろう。

もっとも、ＨＰが最大値を超えた時にどういう状態になるのかについては、疑問の余地もあった。だが、今の様子を見るとその答えにも察しがつく。現在ＨＰが最大ＨＰを超えてるあいだは、敵の攻撃を受けても数値としてのＨＰが減るだけで、肉体に対するダメージがない、ということらしい。シオンの様子からすると、ダメージはなくても痛みは感じてるみたいだけどな。

もちろん、このままの状態でぶん回され続ければ、いずれはＨＰがなくなるだろう。

ゴブリンキングは、まるで初めてガラガラを持たされた赤ん坊のように、シオン入りの檻をぶんぶん振り回して、そこら中に叩きつける。

「おい、シオン！」

俺が呼びかけると、

「なっ……に、兄さん⁉　どうしてこんなところに⁉」

と驚くシオン。今さら気づいたのかよ。「ゼオンさん」じゃなかったのか、と言いそうになったが、今は皮肉を言ってる場合じゃない。

「どうしてゴブリンキングに捕まってる⁉　人質ってどういうことだ⁉」

「ちょ、うわ……ぐああ！　ぼ、僕にだって……わかるか！」

「その檻は魔族の作った魔紋檻だろう！　ロドゥイエ以外にも魔族がうろついてるって言うのか⁉」

「ま、魔族……ハン、兄さんはその顔で空想癖《へき》がたくましいね！　そんなもの、実在するわけが……うわあああああ！」

くそ、まともに話も聞けないな。

「今俺が助ける！　大人しくしてろ！」

これまでの経緯も忘れて、俺は反射的にそう言った。

「こ、断る！」

「……なんだって？」

「い、嫌だ！　兄さんに助けられるなんて、そんな惨《みじ》めな――ぐああああっ！」

「……ああもう！」

べつに、助けるのにシオンの許可がいるわけじゃない。ああいう別れ方をしたからといって、このままゴブリンキングに玩具《おもちゃ》にされて殺されろ、と思うほど憎んではいないしな。

ゴブリンキングがシオンという音の出る玩具に気を取られてる隙《すき》に、俺はマジックアローの詠唱に取りかかる。

が、その瞬間、ゴブリンキングがいきなり振り向き、左手の剣で宙を薙《な》いだ。空間を切り裂くような金の斬線。一拍遅れて、その斬線から衝撃波が溢れ出す。

「くそっ！」

俺は思い切り後ろに飛びのくが、相手は実体のない衝撃波だ。

「ぐあっ⁉」

俺は空中で衝撃波に追いつかれ、後方へと吹き飛ばされる。もともと後ろに跳んでたのがよかったのか、数メテル飛ばされたところで地面を転がり、衝撃をなんとか止めることができた。

攻撃の本体らしき金色の斬線は当たらなかったが、その余波で発生した衝撃波をもろに喰らった格好だ。さいわいにして、衝撃波の方にはダメージはないみたいだな。もし衝撃波にもダメージがあったら、俺は今頃何回か死んでいる。着地をミスったり木や岩に叩きつけられたりしたら危なかったろうが、運よく後ろに障害物がなかったのだ。

さっきから多用してくるこの攻撃は、ゴブリンキングのステータスにあった「EX-Skill覇王斬」なんだろう。俺を弄《もてあそ》んでるのかスキルの使い方を理解してないのかは知らないが、ゴブリンキングはスキル本体の斬撃より余波の衝撃波がお気に入りみたいだな。

だが、いつまでもそうして遊んでいてくれる保障はない。一旦本気になったら――いや、本気にならずとも、単に俺の相手に飽きてしまったら、剣をたった一振りするだけで俺の命を終わらせることができるのだ。

「ちっ、あれを使うしかないか！」

俺は持ち物リストからとあるアイテムを取り出した。シャノンに頼み込んで作ってもらった、現在の切り札となるアイテムだ。

いや、切り札は言いすぎか。いざという時の保険になるかもしれないと思って用意しておいたアイテムなんだが、副作用もヤバそうだから、まだ使って確かめたことはない。

『なな、なんですかぁ、そのヤバげな液体はぁ⁉』

「憑いている」間は俺に追従することもできるらしいレミィが、小さな指で自分の鼻をつまみながら言ってくる。

……わかってる。ポーション用の瓶《びん》に入ってるのは、見るからに怪しげな液体だ。苔《こけ》が腐ったようなドブ色で、しかも常時ボコボコと謎《なぞ》の泡を立てている。コルクの栓を指先で弾くと、強烈な刺激臭が鼻をつく。あえて近いものを探すなら――吐きたての吐瀉物《としゃぶつ》とかか？

……近いものなんか探さなきゃよかった。俺はゴブリンキングを睨みながら、呼吸を止めて、その液体を一気に喉奥《のどおく》へと流し込む！

「おええっ⁉」

こみ上げる吐き気をこらえ、俺は液体をどうにか飲み込んだ。

だが、

『マスターぁ、来ますよぉっ！』

レミィの警告を引き裂くように、ゴブリンキングが俺に迫る。俺のＤＥＸでは捉えきれない捷《はや》さ。身体がバラバラになるような衝撃。俺は攻撃を認識することすらできず、ゴブリンキングの一撃をもろに喰らった。俺の身体がボロきれのように森を飛び、何度となく地面に弾かれて、木の幹に背中から衝突する。後頭部を強打し、ずるずると幹にもたれるように倒れる俺。

『ま、マスターぁぁぁぁっ！！！』

レミィの悲鳴が遠くに聞こえた。

「に、兄さん……!?」

グェッハッハッハ！　とゴブリンキングが嗤っている。

俺はずたぼろの身体でむくりと起き上がり、

「くそっ、痛ってえな……」

とつぶやきながら、身体の影で取り出した爆裂石をゴブリンキングに「投擲」した。哄笑《こうしょう》の最中だったゴブリンキングの顔面に、爆裂石が直撃した。直後に起きた爆発に、離れたところで戦っているモンスターや騎士、冒険者たちが驚くのがわかった。

が、不意打ちの爆発も、ゴブリンキングには大して効かなかったみたいだな。怒りの形相でゴブリンキングが俺を睨む。その目には、疑問の色が浮かんでいた。

――なぜ、倒したはずの俺が生きているのか？　確かに手応《てごた》えはあったのに……と。

『ま、マスターぁっ！　どどど、どうして生きてるんですかぁ!?』

俺のそばに飛んできて、レミィが叫ぶ。レミィは俺の身体を確かめようと近づいて、

『って、うわ、くっさぁぁぁぁい!?』

鼻を自分でつまんで俺から慌てて距離を取る。

「……くさいとか言うな。傷つくだろ」

と答えるが、その原因は察しがつく。俺がさっき飲み干した液体のせいだろう。魔紋檻の残骸からリサイクルした素材を使ってシャノンに錬金してもらったそのアイテムの名は――

「ゾンビパウダーには体臭がきつくなるなんて副作用もあったのか？」

俺は自分の身体を嗅《か》いでみるが、自分ではわからない。

『そ、そういう臭いじゃなくてですね！　なんかこう、妖精的にNGな感じの、生きとし生けるものすべてへの冒瀆《ぼうとく》みたいな、爛《ただ》れた魔臭がするんですぅ～！　マスター、殺されて不死者になっちゃったんですかぁ!?』

「不死者ってのがどんなものか知らないが、一時的なもののはずだ」

ゾンビパウダー――正確にはそれをポーションに溶かしてもらったもの――を飲んだことで、俺は一時的に「死なない」状態になっている。

Item――――
ゾンビパウダー
このアイテムを使うと、180秒間、HPが0になっても死亡しない。効果時間中はHPを回復するアイテムや魔法、スキルの効果が反転する。

シャノンも言ってたように、ゾンビパウダーは別名「英雄の薬」とも呼ばれている。厳密には、伝説に登場する本物の「英雄の薬」ではなく、「英雄の薬」のまがい物であるというのが定説らしい。歴史上に名を残すとある英雄が、このゾンビパウダーを使って一時的な不死状態となり、押し寄せる敵軍を押しとどめた、なんて逸話もある。

ともあれ、このゾンビパウダーを摂取したものは、三分間HPが尽きても生きて動き回ることができる。

それだけ聞くと、とんでもないアイテムのように思えるよな。

でも、ソンビパウダーには無視できない大小二つのデメリットが存在する。

まず、小さい方から説明しようか。このゾンビパウダーによる擬似的な無敵状態が続いてるあいだは、HPを回復する大半のアイテムや魔法、スキルの効果が反転する。HPを回復する効果が反転し、逆にHPを削ってしまう――　つまり、回復量分のダメージを受けるのだ。だから、ゾンビパウダーの有効時間中にはHPを回復することがほとんど不可能になってしまう。

次に、大きい方のデメリットだ。これは、少し考えてみると自然に浮かんでくる疑問だな。ゾンビパウダーの有効時間中に回復がほとんどできないのであれば、180秒経ってゾンビパウダーの効果が切れた時に、ゾンビパウダー使用者のHPはどうなっていることが多そうか？

もちろん、ゾンビパウダーを使いはしたものの、HPに余裕を持って180秒後を迎えられたのならそれでいい。だが問題は、ゾンビパウダーの疑似無敵状態を利用してHPが0のまま戦い続けた場合だな。

ゾンビパウダーの効果は、有効時間中「HPが0になっても死亡しない」。逆に言えば、もしその効果が失われた時点で、現在HPが0であれば――

死ぬ。

本来なら、だけどな。

俺は爆裂石を取り出し、「投擲」するのではなく軽く放る。ゴブリンキングと俺を結ぶ直線を遮るような位置に、だ。

――グガアッ！

俺に突進しようとしていたゴブリンキングが、苛立《いらだ》った声を上げて横に回る。爆裂石は当たらなかったが、これでいい。不意を打てればともかく、普通に「投擲」してもDEX差であっさり避けられるだけだからな。少しの時間でも滞空してくれたほうが、空間に対する制圧力になる。

そうして時間を稼ぎながら、俺は戦場の周囲に目を向ける。

森の木立の合間から、モンスターと戦う冒険者や騎士の姿がちらちらと見えた。最初こそ浮き足立っていた冒険者・騎士たちだったが、今では落ち着きを取り戻したみたいだな。追撃戦の初動では、速度重視でバラバラに動いたのが裏目に出た。現在は、冒険者はパーティ単位に、騎士たちは小隊単位にまとまって、モンスターとの組織的な戦闘を行っている。中には即席らしい冒険者・騎士混成のパーティもあった。戦いの中で意気投合したのか、なかなか息の合った連携でゴブリンランスナイトと戦ってる。……その冒険者というのが、俺もよく知るコレット、アナ、シンシアのメイド冒険者三人組なんだけどな。

他のパーティや部隊もこっちの動向は気にしてるみたいなんだが、相手が相手だけに迂闊《うかつ》に手を出せないでいるようだ。俺が爆裂石なんていう危険物をポンポン投げてるせいかもしれないが。

俺は爆裂石でゴブリンキングを牽制《けんせい》しながら、

「レミィ！　二つ、三つ……いや、四つほど頼みたいことがある！」

『ええ!?　結局いくつなんですかぁ～!?』

ツッコむのはそこじゃないだろ。

「四つだ」

『お、覚えきれますかねぇ～？』

「そんなに難しいことじゃない」

言って俺は、レミィに頼みたいことを頭の中で整理する。

「一つ。レミィはゴブリンキングから距離を取ってくれ。ロドゥイエの言ってたことが気になるからな」

下限突破ダンジョンで倒した魔族ロドゥイエは、レミィをダンジョンボスであるゴブリンジェネラルに「喰わせ」ようとしていた。その目的についても喋《しゃべ》ってはいたんだが、正直俺の理解を超えた部分が多すぎる。だが、このゴブリンキングもまた、レミィを「喰う」ことができるのかもしれないよな。レミィが喰われた時に何が起こるのかは知らないが、これ以上状況を混沌《こんとん》とさせたくない。もちろん、レミィを危険に晒したくないってのが第一だけどな。

「二つ。ゾンビパウダーの有効時間をカウントしてくれ。俺がゾンビパウダー入りのポーションを飲んで180秒——そうだな、余裕を持って150秒で『次のポーションを飲め』と念話してくれ！」

うっかりゾンビパウダーの有効時間を切らせてしまって即死する——なんていう間抜けな死に方はしたくない。だが、ゴブリンキングに対応しながら自分で180秒をカウントするのは難しい。熟練の拳闘士なんかなら体感でわかるのかもしれないけどな。

『は、はい～。でででも、もう今の時点で残り秒数がわかりませんよぉ⁉』

「次は早めに飲む。数えるのはその次からでいい」

『わ、わかりましたぁ〜！』

「三つ。後方で指揮を取ってるギリアムに、ゴブリンキングを俺に任せるように言ってくれ！他の冒険者や騎士は残敵を抑えつつ、城門からモンスターが街中に侵入するのを防いでほしい！」

『だだ、大丈夫なんですかぁ〜⁉』

「ゾンビパウダーを使ってる限り、俺が死ぬことはないからな」

中途半端《はんぱ》な冒険者や騎士をここに寄越されても、死者がいたずらに増えるだけだ。俺のメイン火力は爆裂石だから、俺の攻撃に巻き込まれるおそれもある。爆裂石でもゴブリンキングのHPはわずかしか削れないのに、その巻き添えで冒険者や騎士が大ダメージを負うのでは割に合わない。ゴブリンジェネラルまでなら、会議にもいたAランク冒険者たちなら戦えるはずだが、ゴブリンキングでは荷が重い。しかも、このゴブリンキングは超越せしゴブリンキング――レベルの上限を突破した強個体なのだ。

それに、俺がゴブリンキングを抑えているからこそ、冒険者たち・騎士たちが他のモンスターと戦えてるとも言える。ここ以外の戦線も、戦力を引き抜いて大丈夫なほど余裕があるわけではなさそうだ。万一にも城門を抜かれ、市街にモンスターがなだれ込むような事態は絶対に避けたい。

俺は、城壁の背後にあるものを想像する。迷路みたいな新市街、シャノンの工房、冒険者ギルドとその周りの露店街。冒険者になってからは、依頼で街のあちこちを飛び回った。貴族街にももちろん知り合いはいるし、屋敷には俺に仕えてくれた使用人たちもいる。ミラ、シャノン、コレット、トマス……他にもたくさんの顔が浮かんでくる。

もし全知全能の神様がここに現れて、俺に勝ち目は絶対ないと教えてくれたとしても、それでも俺は立ち向かうことを選ぶだろう。

『よ、四つめはなんですかぁ～⁉　もう頭パンパンなんですけどぉ～⁉』

「大丈夫、四つめはレミィの得意分野だ。前に聞いたあれをいつでも発動できるようにしておいてくれ」

俺の言葉に、レミィの顔が明るくなる。

『あっ、ああ～！　そういう計算だったんですね！　了解です、マスター！　レミィ上等兵は今から特命に当たりますぅ～！』

びしっと騎士風に敬礼して、レミィが城門の方に飛んでいく。いつから上等兵になったんだ、おまえは。

俺は爆裂石を取り出し、ゴブリンキングとの直線上にトスしながら、

「くそっ、毎回覚悟が必要だな……」

持ち物リストから取り出したゾンビパウダー（入りのポーション）をぐっと呷《あお》る。

「うえ……⁉」

吐き気を堪《こら》えて飲み干し、間髪入れずに爆裂石だ。今度は前ではなく、一メテル先の地面に叩きつける。横に回り込んでから俺に向かってきていたゴブリンキングが足を止める。

その隙に取り出した爆裂石を「投擲」。今度は顔面狙いの直撃コースだ。ゴブリンキングは咄嗟《とっさ》に左手の剣で叩き落とすが、その衝撃で爆裂石が爆発し、ゴブリンキングの左腕を爆炎が包む。

爆裂石を叩き落とすのはいつものゴブリンの悲しい手癖《てぐせ》だが、こいつに関してはあながち間違いとも言い切れない。爆発の直撃さえ避ければ恐れるほどのダメージにはならないからな。

「レミィ、カウントを頼む！」

『はは、はいぃー！』

城門に向かって飛んでる最中のはずのレミィから念話で返事が聞こえてきた。心配なのは、城門への往復と並行してのカウントだってことだな。自分でも一応カウントする努力はしておこう。

――ギアアアッ！

焦《じ》れたように喚き、ゴブリンキングが突っ込んでくる。小細工抜きに正面からだ。間に合わない。俺は防御を捨て、持ち物リストから爆裂石を取り出しまくる。五個ほどの爆裂石が俺の手からこぼれたところで、鋼の颶風《ぐふう》が俺を襲う。突進してきたゴブリンキングの一撃だ。

「ぐあああっ！」

ドドドドン！

俺が景気よく吹き飛ばされるのと同時に、こぼれた爆裂石がまとめて弾けた。

――グギャアアッ⁉

「ぐえっ……！」

爆発をもろに喰らったゴブリンキングと、木の幹に叩きつけられた俺の悲鳴が重なった。

「に、兄さん……⁉　さっきから何やってるんだ、あんたは⁉」

ゴブリンキングの剣にぶら下げられた檻の中からシオンが言った。見れば、爆発で服の一部が煤《すす》けてるな。上限を超えて回復したＨＰのおかげか、顔や身体に傷や火傷《やけど》は見当たらない。

「おまえこそ何やってんだよ！　どうやったらそんな状況になるってんだ！」

「ぼ、僕にだってわかるか！　あのクソしょうもない名前のダンジョンで意識を失って、気づいたらこんな状況だ！　たしか、特等席がどうとか……？」

「人の名付けたダンジョンの名前をクソしょうもないとか言うな！　じゃあおまえならなんて名付けたんだよ⁉」

「僕ならシオンダンジョンと名付けるに決まってるだろ！」

「そこはせめてクルゼオンダンジョンであれよ！」

それこそしょうもないことを言いながら、俺は爆裂石をゴブリンキングとの直線上に放り投げる。

ゴブリンキングは脇に避けて俺への突進経路を確保し、俺が次弾を投げる前に突進を開始。

俺はやむをえず足元に爆裂石を叩きつけて後ろに飛ぶ。俺も爆発の巻き添えを食うが、下限突破ダンジョンで手に入れた耐爆ゴーグルと爆発軽減の魔紋を刻んだ防刃の外套の効果によって、多少は爆発のダメージを抑えられる。

言うまでもないが、俺のＨＰは既にマイナスになっている。シオンの「上限突破」が現在ＨＰにも適用されたのなら、俺の「下限突破」もそうである可能性が高いとは思っていた。シオンがポーションによる過剰回復で最大ＨＰを突破したのに対し、俺は現在ＨＰが0以下になるようなダメージを受けることで、ＨＰの「下限」である0を突破したのだ。

……鋭い奴なら、もう気づいてるかもしれないな。ゾンビパウダー入りのシャノンお手製ポーションがなかったとしても、俺のＨＰが0以下になることはできたはずだ。ＨＰが0以下になるのはあくまでも「下限突破」の効果であって、ゾンビパウダーの効果ではないからな。

だが、それでも絶対に危険がないとは言い切れない。俺のＨＰが数値の上でマイナスになることができたとしても、その時に俺が「生きていられるかどうか」がわからなかったのだ。

具体的には、こういう事態が考えられる。ゾンビパウダーを使ってない状態で、俺が現在ＨＰ以上のダメージを受けたとする。当然、俺の現在ＨＰは、「下限突破」によってゼロ以下の領域へと突入する。

だが、俺のＨＰが0以下となった瞬間に、この世界が「ゼオン・フィン・クルゼオンは死亡した」と判定するかもしれないよな。もしそうなったとしたら、死亡の判定が下された時点で俺の死亡が確定してしまう。俺のＨＰは一瞬だけマイナスになるかもしれないが、だとしても、俺が死ぬことに変わりはない。治療術師のブラックジョークに「治療は成功した、だが患者は死亡した」なんてのがあるが、まさにそんな状態になる可能性が捨てきれないってことだ。

もちろん、そうはならない可能性だって大いにある。本末転倒な結果を避けるために、「下限突破」が何らかの不可思議な効力を発揮して、俺の生存を保障してくれたとしてもおかしくはない。

だが、人間は一度死んだらそれまでだ。「多分死なないだろう」で自分のＨＰを０以下にしてみる勇気はない。万一にもそうならないための保険として、俺はシャノンにこの特製ゾンビポーションを用意してもらったというわけだ。

使わずに済むならそれに越したことはないと思ってたんだが、幸か不幸か、早速自分の身で試す羽目になってしまったな。

ゴブリンキングが足を止めた隙に、そのゾンビポーションを飲んでおく。相変わらず酷《ひど》い味だ。生きとし生けるものへの冒瀆とレミィが言ったのもうなずける。粉じゃ飲みにくいからとポーションに溶かしてもらったが、粉を無理やり飲んだほうがマシだったか？　ポーションに溶いたものとは別に粉のゾンビパウダーももらっているが、戦闘中に試す余裕はなさそうだ。

「レミィ、今飲んだ！　カウント更新だ！」

『47、48……えええ⁉　また1からですかぁ～⁉』

レミィのカウントが不安すぎる！

「くそっ、いつまで耐えれば……」

俺は「看破」で素早くゴブリンキングのＨＰだけを確認する。

『ＨＰ　３２２／３５０』。

「これだけ当てて28かよ！」

爆裂石は魔法扱いの攻撃のようなので、ＭＮＤ（精神、魔法防御力）が49もあるゴブリンキングには効果が薄い。かといって、これより強力な攻撃手段が俺にはない。

もちろん、ゾンビポーションを更新しながら持久戦に持ち込めば勝てるかもしれない。シャノンからもらったゾンビポーションは一つだけだが、俺には「下限突破」があるからな。既に持ち物リストのゾンビポーションはマイナス個数になっている。これだけは唯一、俺に有利な点かもしれないな。

だが、この戦場にはもうひとつ制約がある。シオンのＨＰだ。

『ＨＰ　１６５１／10』。

前がいくつだったか忘れたが、多分３００くらいは減っている。最大ＨＰと比較すれば、三十回は死んでるくらいのダメージだな。

「シオン！　ポーションは余ってるんだろう！　なんとかして飲めないのか⁉」

「そ、そうだ、僕にはその手が――うわあああ！」

シオンがハッとしてポーションを取り出そうとしたところで、ゴブリンキングが檻を揺らした。檻からこぼれたポーションが、ゴブリンキングの鎧に当たって砕け散る。ポーションが気化してゴブリンキングの身体に吸収された。

『HP　340／350』。

「おいいいいい！」

「し、しかたないだろう⁉　こんな状態でポーションが飲めるか！」

こうなると完全に膠着《こうちゃく》状態だ。

だが、膠着は必ずしもこちらの不利に働くわけじゃない。冒険者・騎士たちが他のモンスターを倒せば、こちらに加勢できるようになるかもしれない。あるいは、魔族の影を追って下限突破ダンジョンに向かった「天翔ける翼」が引き返してくるのが間に合うかもな。

しかしそこで、

「ゴブリンジェネラルだぁぁあっ！」

「二体もいるぞぉぉおっ！」

森の奥から聞こえた悲鳴に、俺は顔を引きつらせ、ゴブリンキングが邪悪に嗤う。

「まだいたのかよ⁉」

ギルドの予想ではスタンピードを構成するモンスターの数は最大でも千体という話だった。

だが、まだ予備戦力があったのなら、総数はギルドの予想を大幅に上回ると見るべきか。

となれば、他の冒険者・騎士たちの助力は期待できない。「天翔ける翼」が駆けつけてくれるのをあまり期待するのも考えものだ。

『マスターぁ！　大体残り30秒くらいですぅ～！　次のポーションを飲むですよぉ～！』

「ちゃんと数えてるんだろうな……！」

心もとないレミィのカウントに従って、俺は再び苦杯を飲み干した。


膠着状態と言うと聞こえは悪いが、前向きに捉えるなら「俺一人でゴブリンキングに対抗できている」ということでもある。今の状況で最悪なのは、焦って無理な攻撃をし、均衡を崩すことだろう。この状態を維持したまま、なんとか打開策を見つけたい。

だが、先に行動を変化させてきたのは、ゴブリンキングのほうだった。

「くそっ、僕を盾にするな！」

「……まためんどうなことを」

ゴブリンキングは、右の剣先からぶら下がったシオン入りの檻を、身体の前にかざして盾にし始めた。そうして俺の攻撃の手を鈍らせてから、左手の剣で覇王斬を放つ。あいかわらず覇王斬本体の斬撃ではなく、そこから発生する衝撃波が狙いらしい。

「ぐあっ！」

衝撃波自体にダメージはないものの、木や岩に衝突すればダメージを受ける。そういうダメージも擬似無敵状態の俺には意味がないが、身体がばらばらになりそうな衝撃は骨身に応える。

「くそっ！」

右手で爆裂石を投げつつ、左手でゾンビポーションを喉の奥に流し込む。

『マスター！　ギリアムさんへの伝言が終わりましたぁ～！　他を押し返したらすぐに駆けつける、だそうです～！』

「了解だ」

ギリアムとしても苦渋の選択だろう。Ｂランクになりたての冒険者一人にゴブリンキングとの死闘を押し付けたくはなかったはずだ。でも、俺がゴブリンキングを抑えられてるのは事実だからな。暴れるゴブリンキングと俺の投げた爆裂石のせいで周囲の森は視界が開け、城壁からでもこちらの様子は見えるだろう。

『あたしはすぐに戻りますぅ～！』

「ダメだ！　ゴブリンキングに近づくな！」

『マスターが一人で戦ってるのに遠くで見てるわけにはいきませんよぉ～！　マスターは一人でなんでもかんでも背負いすぎですぅ～！』

レミィの言葉に思わず苦笑する。最近そんなことばかり言われてるような気がするな。

『それに、あれを使うなら近くにいたほうがいいはずですぅ～！』

「そこまで言うなら止めないが、くれぐれも遠巻きにな」

『はいですぅ～！　あたしもあんなのにパクっとされたくないですからぁ！　じゃ、カウントしますね～！』

お馴染みのカウントが始まったところで、俺はゴブリンキングにさらに爆裂石を投げつける。ゴブリンキングは疎《うと》ましそうに覇王斬を放って爆裂石を防ぐ。シオンを盾にしなかったのは……檻が大きく揺れてたからか。

俺の背丈くらいありそうな二本の剣をそれぞれ片手で振り回すゴブリンキングだが、よく見ると右手の剣の動きがぎこちない。その原因はあきらかだ。剣の切っ先近くに穴が空いてて、そこからキーホルダーみたいにシオン入りの檻がぶら下がってるんだからな。いくらゴブリンキングに装備抜きで81ものSTRがあるとはいえ、剣の先っぽにそんな重量物がぶら下がってたら剣が扱いにくいのは当然だ。

ゴブリンキングの装備してる両手の剣だが、よくよく考えてみると、いろいろおかしいことがある。そもそも、モンスターは基本的にアイテムを装備していない。外見上は剣を持ち鎧を身につけてるように見えるモンスターであっても、「看破」でステータスを確認すると、EQUIPMENTは空欄なのだ。たとえば、ゴブリンソルジャーは明らかに剣と鎧を装備してるように見えるが、EQUIPMENTにそれらしきアイテムの記載はない。

となると、モンスターが「装備」してるように見えるアイテムは、実は装備されたアイテムではなく、モンスターの身体の一部だとでも考えるしかない。実際、モンスターを倒した時には「装備」も一緒に消えてなくなるわけだからな。そのあたりのことも、暇を持て余した架空世界仮説信奉者に意見を求めれば、大喜びでもっともらしい理屈を考えてくれるだろう。「この世界が古代人に造られた虚構の世界であることの傍証《ぼうしょう》だ！」とかなんとか言ってな。このゴブリンキングも、凶悪なデザインの金属製の鎧と具足を「装備」してるように見えるんだが、ＥＱＵＩＰＭＥＮＴにそれらしきアイテムは載ってない。

しかしどういうわけか、武器だけは記載があるんだよな。

Status

超越せしゴブリンキング

LV 21/19
HP 314/350
MP 110/110
STR 81+19(右)、+21(左)
PHY 79
INT 25
MND 49
DEX 50
LCK 49

EX-Skill
覇王斬

Skill
統制 威圧 双剣技

Equipment
エクスキューショナーソード(改)
エクスキューショナーソード

この「エクスキューショナーソード」と「エクスキューショナーソード（改）」がそれだ。

このゴブリンキングは、本来のモンスターとしての「装備」ではなく、アイテムとしての武器を装備している――ということになるんだろう。

さらに詳しく見ることもできる。この装備欄をパッと見て、最初に気になるのはどこだろうか？　多分、通常の「エクスキューショナーソード」と「エクスキューショナーソード（改）」では何が違うのか？　ってとこだよな。

その直接的な答えはステータスにはないが、ひとつヒントになる情報がある。ゴブリンキングのＳＴＲの左右差だ。ゴブリンキングのＳＴＲは「81＋19（右）、＋21（左）」。左の方が２高く、しかもその２の差は、装備アイテムによる補正の差だ。

単純に考えると、より強いほうが改造されたエクスキューショナーソードなんだろうと思うよな。でも、これは逆なんだ。ゴブリンキングが右手に握ってるのが「エクスキューショナーソード（改）」。右手の補正がＳＴＲ＋19だから、改造されたエクスキューショナーソードのほうがＳＴＲへの補正が小さいことになる。この改造というのが「剣の切っ先近くに穴を開けて鎖を通し、人間が一人入った檻をぶら下げる」ことなんだとしたら、攻撃力が下がるのももっともだよな。

このゴブリンキングが、自発的にそんなことをしたとは考えづらい。おそらくはこの改造を施した誰かが、ゴブリンキングにこの剣を装備させたのだ。その誰かの目的は不明だが、この改造はゴブリンキングにとっては不本意なものに違いない。ゴブリンキングの持つスキル「双剣技」も、剣の先についた余計なウェイトのせいで十分に効果を発揮してないんじゃないか？

あるいは、ゴブリンキングが「覇王斬」を左の剣でしか使ってこないのは、べつに人質であるシオンを思いやってのことではなく、単に改造のせいで右の剣ではスキルが使えないからなんじゃないか？

最初はよく悲鳴を上げる玩具に気をよくしてたゴブリンキングだが、戦いが長引くにつれてシオンの扱いが雑になってきた。いや、最初から雑ではあるが、目に見えて鬱陶しそうになってきた。

「焦れてるのは向こうも同じか」

シオンを盾にする戦術は有効だが、そればかりでは俺に大きなダメージを与えられない。ゾンビポーションを飲んだ今の俺にとっては大きなダメージも小さなダメージも同じだが、そんなことはゴブリンキングにはわからないからな。

——ギイイイアアッ！

ゴブリンキングが左の剣をめちゃくちゃに振った。連発された覇王斬が虚空に黄金の斬線を幾重にも刻む。一拍遅れて、そこから衝撃波の束が襲ってくる。

「うおっ⁉」

回避は不可能と見て、俺は避けることを諦《あきら》めた。回避動作を捨てることで生まれた時間を使って、持ち物リストから爆裂石を二つ取り出す。空中に生まれた爆裂石を左右の手でキャッチして素早く投げる。

連投した爆裂石が、衝撃波の束に揉まれ、爆発する。衝撃波を散らせないかというのが俺の狙いだ。衝撃波を完全に相殺《そうさい》することはできなかったが、身体が吹き飛ばされるほどの余波はない。

思わず腕を顔の前に上げてしまったが、耐爆ゴーグルがあるんだから目を守る必要はなかったな。

このゴーグルだが、思った以上に役に立ってくれている。このゴーグルの価値は、爆発ダメージを軽減するだけではなかった。砂塵《さじん》や爆炎から目を保護するというごく常識的な効果もある。そのおかげで比較的クリアに見える視界の中で、俺は衝撃波に揉まれて爆裂石が爆発するさまを観察できた。不安定に揺れ、爆発する爆裂石。爆風に揉まれて渦巻く砂塵。その不規則な中に規則性のある光景を見て、俺の脳裏に閃きが走る。

といっても、俺の本来の頭の閃きじゃない。

「初級錬金術」のレシピ閃きだ。

閃いたレシピは――

Recipe――

爆裂石＋ゾンビパウダー→ゾンビボム

――

Item――――

ゾンビボム

ゾンビパウダーを利用して粉塵《ふんじん》爆発を起こす爆弾。爆発によって発生した粉塵を吸入すると、ゾンビパウダーと同等の効果が発生する。爆発そのものの威力は高くない。

「これだあああああっ！」

と叫びながら、持ち物リストからポーションに加工する前のゾンビパウダーと爆裂石を取り出した。

「錬金っ！」

「初級錬金術」の効果により、俺の両手の上にあるゾンビパウダーと爆裂石が融合する。

ころんと手のひらの上に落ちてきたのは、ゾンビパウダー色の大きな苔玉《こけだま》のようなものだ。

俺はそれを「投擲」――する前に、持ち物リストに入れてから取り出した。こうしておけば、避けられたとしてもマイナス個数で補充が利く。

「おまえもゾンビになりやがれ！」

俺が「投擲」したゾンビボムを、ゴブリンキングはシオンの盾で受け止めた。

「うわっぷ……!?」

ゾンビ色の爆発に呑まれ、シオンが噎《む》せる。シオンに当てるつもりはなかったんだが、ここは勘弁してもらおう。爆発で広がった粉塵は、ゴブリンキングも巻き込んだ。

――グヘッ、グヘッ！

と噎せこむゴブリンキング。その両手の剣が下がり、俺との直線上からシオンの檻が下に外れる。

その隙に、俺は持ち物リストからとあるアイテムを取り出して、ゴブリンキングに投げつける。

もちろん爆裂石――

ではなく、
初級ポーションだ。

ゴブリンキングの鎧にぶつかり、ポーションの瓶が砕け散る。飛び散った薬液が、ゴブリンキングに降りかかる。

また回復されてしまう！

――ことはなく。

ギイヤアアアッ⁉

ポーションを浴びたゴブリンキングが、苦悶《くもん》の声を上げてのたうち回る。

「よしっ！」

俺はさらにポーションを「投擲」。

グギャアアア！

ゴブリンキングは悲鳴を上げると、右手の剣を放り出し、その手で肌を掻きむしる。檻付きの剣が地面に転がり、檻の中にいるシオンが短くゴブリンキングを罵《ののし》った。

俺は追加のポーションを「投擲」するが、今度はその右手で防がれた。いや、防いだ右手にポーションがかかってダメージ自体は与えてるな。

ゴブリンキングは狂ったように左手の剣を振り回す。そのいずれもが覇王斬。襲いかかる衝撃波に、俺はあえて逆らわない。吹き飛び、受け身を取って身体を起こす。

ゴブリンキングが怒りに血走った目で、俺のことをぎろりと睨みつける。俺のポーションを警戒してか、左手の剣を身体の前で油断なく構えるゴブリンキング。

……ひょっとしたら必要ないと言われるかもしれないが、種明かしをしておこう。

「ゾンビパウダー」には、ひとつ大きな副作用があった。有効時間中は回復系のスキルやアイテムの効果が反転するという効果だな。本来であればHPを回復するはずのスキルやアイテムが、ゾンビパウダー使用中にはダメージに変わるのだ。そのせいで、ゾンビパウダーの有効時間中はHPの回復がほとんど不可能になる。HPが0のまま時間切れになれば、その瞬間に死亡が確定してしまう。厄介極まりない効果だよな。

歴史に名を残す英雄がゾンビパウダーを使って迫る敵軍を食い止めた、という話を覚えてるだろうか？　あの話には続きがある。擬似的な不死状態で敵軍と戦い続けた英雄はどうなったのか？　剣を構え、敵の前に立ちはだかった姿のまま、倒れることなく絶命した。王都にある凱旋門《がいせんもん》の上には、英雄のこの「立ち往生」を象《かたど》った、大きな彫像が立っている。シャノンがこのアイテムを俺に渡すのを躊躇《ためら》ったのも当然だな。

そんな「一度使えば180秒後にほぼほぼ死が確定する」アイテムの効果が、今はゴブリンキングにも乗っている。180秒間は死なないが、その間は回復アイテムによってもダメージを受ける。

――まさか、ゴブリンキングをゾンビにすることが攻略の糸口になるとはな。

MND（魔法防御力）の高いゴブリンキングに、爆裂石の効果は限定的だ。シオンを巻き添えにすることを厭《いと》わなかったとしても、ゴブリンキングを削り切る前にシオンのHPが尽きてしまう。

だが、ゾンビボムによってゴブリンキングをゾンビ状態にしたことで、ただのポーションが攻撃手段に変化した。本来は回復アイテムであるポーションなら、ゴブリンキングがいかに打たれ強かろうと関係なく、一定のダメージを与えられる。普通の攻撃魔法なら対象のMNDによってダメージを減殺されるが、回復アイテムの効果がMNDで減殺されることはないからな。

ゾンビボムの巻き添えを喰らったシオンも、ポーションがかかればダメージを受ける状態だ。

だが、ゴブリンキングはポーションの痛みで剣を取り落とし、シオンとの距離が開いている。

これは予期せぬ幸運だった。

もっとも、もし剣を落としてなかったとしても問題はなかった。ポーションから受けるダメージは、ゴブリンキングもシオンもほぼ同じ。残りのＨＰは、現在ＨＰが上限突破してるシオンのほうが高い。同時にポーションを浴び続ければ、先に倒れるのはゴブリンキングだ。

もちろん、ゾンビパウダーの有効時間中は死なないから、ＨＰを０にできてもゴブリンキングが倒れるのは１８０秒後になるけどな。

これまでとは打って変わって、ゴブリンキングは俺を警戒している。俺から距離を取り、ポーションをいつでも迎撃できる構えを取っている。こうまで警戒されてしまっては、正面からポーションをぶつけるのは難しい。

——俺から投げたのでは、な。

「シオン、投げろ！」

「くそっ、よくわからないがこういうことか⁉」

毒づきながらも、シオンはやるべきことを察していた。シオンは持ち物リストからポーションを取り出し、ゴブリンキングの背中に投げつける。

——グギャアアアッ⁉

がら空きの背中を灼《や》かれ、ゴブリンキングが悲鳴を上げる。

ゴブリンキングには、理解できなかった。

なぜ、無力なはずのシオンから攻撃を受けたのか——？

俺の投げたポーションがダメージを与えたことはわかっても、アイテムの回復効果が反転し

てるなんて、わかるはずもない。だから、シオンも持ってるただのポーションが――ちょっと前に自分の傷を癒《い》やす結果になったポーションが――今は劇薬と化してることもわからない。

怒り狂ってシオンへと振り向くゴブリンキングに、今度は俺からポーションを投げる。

――グギアアアアッ!?

「続けろ、シオン！」

「うるさい、僕に命令するな！」

俺の言葉に反発しながらも、シオンは地面に転がった檻の中からポーションを投げ続ける。

もちろん、俺からもだ。

ただのありふれた初級ポーションによって、ゴブリンキングのＨＰがみるみるうちに削れていく。

ポーション切れの心配はない。俺には「下限突破」のマイナス個数で実質無限のポーションがあり、シオンには領民の血税を注ぎ込んで買い占めた街一つ分のポーションがある。

『マスター、残り30秒ですぅ～！』

こなれてきたレミィのカウントでゾンビポーションを呷ってから、俺はポーションを投げ続ける。

俺が最初のゾンビボムを投げつけてからきっかり１８０秒後――

グガッ……!?

長引いた戦いとは不釣り合いな、ごく短い断末魔とともに。
ゴブリンキングは、大量の漆黒の粒子となって虚空に消えた。

†

《レベルが6に上がりました。》
《スキル「初級魔術」が「中級魔術」に成長しました。》
《スキル「爆裂魔法」で新しい魔法が1つ使えるようになりました。》
《スキル「初級錬金術」が「中級錬金術」に成長しました。》
《エクストラスキル「覇王斬」を会得《えとく》しました。》
《Aランクスタンピードのボス「超越せしゴブリンキング」をレベル10以下で討伐しました。》
《Aランクスタンピードボス極低レベル討伐によるボーナス報酬は以下の1つです。》
《ボーナススキル：次に列挙するスキルのうち、1つを選んで習得できます。低レベル達成ボーナスにより、さらにもう1つスキルを選ぶことができます。
スキル「心眼」、スキル「革命」、スキル「不屈」》
《秘匿された実績「不死の英雄」を達成しました。》
《秘匿された実績「不死の英雄」：HPが0以下の状態で5分以上戦闘した後、その戦闘に勝

利する。》

《秘匿された実績「不死の英雄」達成によるボーナス報酬は以下の1つです。》

《スキル「黄泉還《よみがえ》り」》

「長ぇよ！」

尽きることのない報酬ラッシュに思わずツッコミを入れる俺。それぞれ気になる内容ばかりだが、今はそれより優先すべきことがある。

「レミィ、『妖精の涙』を頼む！」

『了解ですぅ～！』

近くの茂みから現れたレミィが、俺の頭上でくるくると舞う。レミィの羽根からきらきらとしたものが舞い、俺の身体に降りかかる。鱗粉《りんぷん》かと思ったが、霧のような小さな水の粒みたいだな。優しい光を放つ粒が、俺の身体を包んでいく。

俺は、自分のステータスを開いてみる。戦闘終了時の俺のＨＰは「－《マイナス》５４７／35」だった。光の粒が俺の身体にすべて吸い込まれると、それが一瞬にして「35／35」に回復した。

『よかったですぅ～。臭いもなくなってますよぉ！』

「魔臭とか言ってたやつか」

レミィの言葉通りなら、ゾンビパウダーによる擬似無敵化効果も解除されたということだ。

今レミィが俺に使ったのは「妖精の涙」という特殊なスキルだ。対象のＨＰ・ＭＰを全回復し、同時にあらゆる状態異常を解除する、という超強力な回復効果を持っている。ただし、無制限に使えるわけじゃない。よく知られてるように、スキルの一部には再使用までに必要なクールタイムが設定されている。で、この「妖精の涙」のクールタイムはというと……なんと一ヶ月。しかもその効果が及ぶ対象はその妖精が憑いている相手に限られるという。

　ロドゥイエは、妖精のことを古代人の同伴者《コンパニオン》として生み出された存在だと言っていた。その言葉の正確な意味はわからないが、憑依《ひょうい》先として選んだ相手を手助けする存在だということだろう。一ヶ月に一回だけとはいえ、絶体絶命の状況からの起死回生が狙える「妖精の涙」はその解釈を裏付けるようなスキルなのかもな。

「妖精の涙」の効果については、ダンジョンでレミィを助けた帰り道にレミィから聞いて知っていた。強力だが、そうそう使う機会はないだろうと思ってたんだけどな。

『もう、無茶をしないでくださいよぉ～。いくら「妖精の涙」があるとはいえ、なにかの間違いでうまくいかなかったらどうするつもりだったんですかぁ～！』

　珍しく本当に怒ってるみたいだな。もっとも、レミィが怒っても迫力はなく、怒っていてすらどこか愛らしい感じがしてしまうのだが。

「一応、二重に保険をかけたつもりだったんだ」

『二重に、ですかぁ？』

「ああ。まずは、ゾンビパウダーを使うことで、「下限突破」でＨＰをマイナスにした時に、そのまま死んでしまう可能性をフォローしておいた」

「下限突破」でＨＰをマイナスにできるかもしれない、というアイデアは、比較的初期から思いついてはいた。それが確信に近づいたのは、シオンがポーションを買い占めた時だ。シオンの目的が過剰回復による現在ＨＰの「上限突破」にあるのなら、俺にもＨＰの「下限突破」ができる可能性が高くなる。でも、俺のほうはＨＰが０以下になるわけだからな。ＨＰが名目上マイナスになれたとしても、その瞬間にこの世界から死亡判定を喰らうおそれもあった。だから、第一の保険として、シャノンにゾンビパウダー入りのポーションを用意してもらったのだ。

「もうひとつの保険は、もちろんレミィの『妖精の涙』だよ。あらゆる状態異常を解除してＨＰとＭＰを最大値まで回復させる――この効果なら、ゾンビパウダーによる回復効果反転があっても回復できると思ったんだ」

『そうですかぁ？　結構綱渡りだと思うんですけどぉ……』

「まあな。でも、『妖精の涙』の性能がレミィの説明通りなら大丈夫だと思ったんだ」

レミィの説明では、「妖精の涙」の効果は「状態異常を解除するのと同時にＨＰ・ＭＰを最大値まで回復する」というものだ。

これがもし、「状態異常を解除してからＨＰ・ＭＰを回復する」、あるいは「ＨＰ・ＭＰを回復してから状態異常を解除する」だったら、うまくいかなかった可能性もある。先に状態異常だけを解除されてしまうと、その瞬間に俺はマイナスＨＰのまま疑似無敵効果を失うことになり、あのゴブリンキングと同じ最期を迎えることになっただろう。逆に、先にＨＰへの回復効果が入ってしまうと、まだ残ってる回復反転効果によって、その回復がダメージと見なされかねない。そうなると、ＨＰを回復できないままで疑似無敵効果を解除されることになり、その瞬間に死が確定してしまう。

……まあ、そもそも「下限突破」がなんらかの辻褄《つじつま》合わせを行ってくれていて、マイナスＨＰでも普通に生きていられる可能性もそれなりにあったんだけどな。

ゾンビパウダーと「妖精の涙」に意味があったのかなかったのかを、今から確かめる方法はない。さっきの俺の説明も「可能性がある」の連呼でどうにも煮えきらない感じだよな。もちろん、ゾンビパウダーを使ってない状態でＨＰをマイナスにしてみれば確かめられるんだが、もし悪いほうの想定が正しかったら「検証成功、俺は死亡」となるからな。

もし今後、ＨＰがマイナスになりかねない事態になった時には、たとえ本当はいらない可能性があったとしても、毎回ゾンビパウダーと「妖精の涙」を使うことになるだろう。

となると、この戦法は月に一回しか使えないことになるが……まあ、十分だよな。こんな戦いを月に何度もやりたくはない。

そこで、城門側から声が聞こえた。

「おーい、無事かっ！」

声に振り返ると、城門側からレオのパーティがやってくるところだった。一緒にギリアムまでいるな。

「なんとかな」

「マジであのゴブリンキングを一人で倒しちまったって言うのかよ。ぶったまげたぜ」

「運よく、いろんなことが噛み合っただけだ」

「ゼオンさん。過ぎた謙遜は嫌味にもなると言いましたよね？」

と言ってきたのは、ミラだ。レオやギリアムの後ろにいたからわからなかった。

「なんでミラまでこんなところに？」

「これでも元はAランク冒険者ですから。ゼオンさんに加勢しようと急いでやってきたのですが……遅かったようですね」

ミラは、左右の手に細身の双剣を提げている。ゴブリンキングと同じく双剣の使い手みたいだな。パワーで圧倒するゴブリンキングとは違って、技術やスピードで勝負するタイプだろう。

「この魔石は……たしかにゴブリンキングクラスのもので間違いない。いや、ゴブリンキングのものより大きくないか？」

ギリアムは焼け焦《こ》げた地面に転がる子どもの頭ほどもある大きさの魔石を拾い、さっそく検分を始めている。

地面には、魔石以外にも転がってるものがあった。いちばん近くにあるのはエクスキューショナーソードだ。ゴブリンキングが左手で握ってたほうだな。通常、モンスターが「装備」

してる防具は、モンスターと一緒に消滅する。それが残ってるということは、やはりこれはモンスターに後から装備させたアイテムだったんだろう。

俺はエクスキューショナーソードを持ち上げようとしてみるが、

「うぐぐ、重すぎる！」

なんとか持ち上げるので精一杯、それも切っ先は地面についたままの状態だ。これではとてもじゃないが武器としては使えない。ゴブリンキングは片手で振り回してたが、人間が使うとすればＳＴＲの高い前衛職が両手持ちで使うことになるだろう。

厳密にはドロップアイテムじゃないことになりそうだが、俺のものとしてもいいはずだ。俺はエクスキューショナーソードを持ち物リストにしまっておく。

エクスキューショナーソードを片付けてみて、その下に別のアイテムが落ちてることに気がついた。赤と黒が基調の、禍々《まがまが》しいデザインの腕輪だな。

Item ——————

宿業の腕輪

非業の死を遂げたゴブリンの王が身につけていたとされる腕輪。ＳＴＲが大きく上昇する代わりに他の能力値が大きく下がる。

ＳＴＲ＋45　ＰＨＹ－《マイナス》30　ＬＣＫ－《マイナス》99

「ずいぶん極端な性能だな……」

ＳＴＲ＋45は破格だが、ＰＨＹが下がった上にＬＣＫは底辺まで落ちることになる。使える状況が極めて限られる装備だろう。

俺が腕輪を持ち物リストに収納したところで、

「──おい、いい加減こんなところから出してくれ！」

地面に横倒しになったままの檻から、シオンが言ってくる。

「……これはどういう状況なのだ？」

と、ギリアムが訊いてくるが……俺だって知りたい。

「まあ、とりあえず出してやるか」

ポーション買い占めによって領都クルゼオンに多大な迷惑をかけたシオンではあるが、現時点では檻の中に閉じ込め続ける理由はない。法に触れることをしたわけではないからな。

それに、まだ周囲は戦場だ。出してやらないと、檻ごとモンスターに襲われて死ぬかもしれない。

俺がロドゥイエを倒して手に入れたスキル「魔紋刻印」を使えば、あの檻も開くことができるだろう。そう思って、俺がシオンの檻に近づこうとしたところで──

「あらあら。つまらない結果になってしまったわね」

檻の上に、いつの間にか異形の女が腰かけていた。

一瞬前には、女はいなかった。そのことは断言できる。シオンの入った檻を俺は直視してたわけだからな。だが、目を離したわけでもないのに、女はある瞬間からいきなりそこにいた。

俺、ギリアム、ミラ、レオのパーティが身構える。

女は、むせ返るほどに蠱惑的《こわくてき》だった。黒いフード付きのローブを羽織ってはいるが、その前はほとんど開いている。ローブの下は、衣類と呼べないような扇情的なドレスが、青紫色の肌を申し訳程度に隠してるだけだ。嫣然《えんぜん》と微笑《ほほえ》む唇は、それ自体が生きているかのように艶めかしい。

漆黒の白目の中に浮かぶ紅い瞳の中にあるのは、縦に裂けた金の瞳孔だ。その瞳孔には、男を引き込んで離さない奇妙な深みがあった。もしその深みを覗き込んでしまえば、もう二度とその瞳から逃れることはできない。吐き気がするほど人を吸い込む瞳である。

「お、おまえは……！」

女の腰かけた檻の中で、シオンが叫ぶ。

「あら？　記憶操作のかかりが悪かったのかしら？　私のことは忘れるよう暗示をかけたはずなのだけれど」

「ぐっ、頭が痛い……」

シオンが頭を押さえてうずくまる。

「おまえがシオンをその檻に入れたのか？」

俺が訊くと、

「さあ、どうかしら？」

女は笑みを浮かべてはぐらかす。

「ふふ……正真正銘の英雄さん？　街を救った気分はどうかしら？　それってどのくらい気持ちいいの？　私は街を滅ぼすほうがずっと素敵だと思うのだけれど……」

「……何を言ってるんだ？」

「ま、あなたにはわからない愉楽かもしれないわね。でも、あなたの弟君にはわかるかもしれないわ。ねえ、シオン？　自分が将来継ぐかもしれない街を、自分の落ち度で滅ぼすのってどんな気持ちだったの？　死んじゃうほど気持ちいいのかしら？」

「ふざ、けるな……」

と、頭を押さえたままでうめくシオン。

「まあ、今回は不発だったものねえ……。せっかくここまでお膳立てしてあげたのに、残念よ」

「黙、れ……」

「うふふ。我ながら傑作だったわ。ゴブリンキングの剣にあなたをくっつけて、特等席で街が滅ぶ様を見せつけてあげたらどうなるかしら？――そう思いついた時にはエクスタシーを感じたわ。とっても悲劇的なのに、とっても喜劇的。地獄を見せつけられながら、悲劇の主人公にすらなれないの。シオン君にはそんな最高の気分を味わわせてあげられるはずだったんだけど。ごめんなさいね、失敗しちゃったわ」

「黙れと言っている！」

「……今回のスタンピードを引き起こしたのはおまえの仕業か」

俺が訊くと、女は笑みを浮かべて首を振る。

「いいえ。スタンピードの引き金を引いたのは、私じゃないわ。たしかに、あのゴブリンキングにその剣をあげたのは私だけど、ね」

「だ、黙れと言っている！」

「……シオン？」

怒りで赤くなっていたシオンの顔が、蒼白に変わっている。

「そう。スタンピードを引き起こしたのは、ここにいる次期領主様――シオン・フィン・クルゼオン君なのよねえええ。うふふふふふ！」

「黙れえええええっ！」

「シオン……おまえ……」

俺のみならず、ギリアムやミラ、レオも厳しい視線をシオンに向けている。

「私、とおおおっても記憶力がいいのだけれど……。かわいそうなシオン君は、ダンジョンの中でこんなことを叫んでいたの。『ゼオンめ……！　あいつはいつもそうだ！　ほんの数秒この世に生まれたのが早かったというだけで、僕からすべてを奪っていく……。くそっ、もっとモンスターを殺させろ！　このダンジョンは何を出し渋ってるんだ！　『上限突破』であるこの僕が直々に攻略に乗り出してきたんだぞ！　危機感を覚えて強力なモンスターを生成するのが筋ってもんだろうがぁぁぁぁっ！！！』」

「やめろおおおおおおっ！！！」

細かな抑揚まで再現した女の言葉に、檻の中でシオンが暴れる。檻の上に腰かけた女までは摑みかかれる距離のはずだが、レミィの捕まってた檻と同じく、内側から外側へは干渉できないようになってるんだろう。それをわかった上で、女はシオンを挑発している。

女の言うことが事実かどうかは、確かめようのないことだ。

だが、シオンの反応からすれば――事実なんだろう。

「うふふ、うふふふふ！　『上限突破』、相当な可能性を秘めたギフトよねえ。なにせ、ダンジョンのモンスター生成上限を取っ払い、レベルの上限を超えたモンスターを生み出して、スタンピードまで引き起こしてしまうんだもの！　欲しい、すごく欲しいわああ！」

「そういう……ことか」

シオンは意図せずして「上限突破」を使ってしまい、スタンピードの引き金を引いた。それを見ていたこの女魔族は、シオンの力に目をつけた。

だが、わからないこともある。シオンの力に目をつけるのはいいとして、なぜそのシオンにスタンピードを見せつける必要があったのか？

「あんたは何をしに出てきたんだ？　ゴブリンキングの不始末を尻拭《しりぬぐ》いするためってわけじゃないんだろ？」

「せっかくの玩具を捨てるのはまだ早いと思って、ね」

そう言って、檻の中のシオンに流し目のような一瞥を投げる。

「……シオンを連れて行くっていうのか。何のために？」

「うふふ。私にそんなご大層な目的があると思う？　ただ弄んで愉《たの》しむためよ」

「おまえの言うことなんか信用できるか」

「ひっどーい。でも、あなたこそ、なんで私を止めるの？」

「なんでって……」

「そこにいるシオン君、あなたにとってそんなに大事？　あなたから家督を奪って実家を追い出したんでしょう？」

……痛いところを突いてくるな。

「……俺を追い出したのは親父だ」

「その尻馬に乗って喜んでいたのが、そこにいるシオン君よね。見捨ててもよくない？」

「……行き違いはあっても家族は家族だ。一緒に育った兄弟をむざむざ魔族なんかに渡せるか」

「さすがは英雄君。ご立派な心がけだこと。でも、シオン君本人はそれを望んでいるのかしら？」

ちろりと蛇のような舌で唇を舐《な》めながら、女魔族が訊いてくる。

「それは……」

シオンだって、得体のしれない魔族なんかに拉致されることは望まないはずだ。そのはずなのに、俺は即答をためらってしまう。

「さあ、シオン君。私の愛《いと》しい玩具。私と一緒に気持ちのいい世界に行きましょう?」

檻をそっと撫でながら、魔族がシオンに語りかける。

「こ、断る!」

さすがにシオンも、一言で断った。俺はほっと胸を撫で下ろす。シオンにしたって、魔族についていくメリットはないはずだ。

「あらあ? いいのかしらあ? このままあなたをここに置いていってしまっても……」

意味ありげに、魔族が言った。

「ど、どういう意味だ……?」

「どうもこうも、状況を考えてみなさいな。今のあなたはどんな立場に置かれているのか……考えればわかるでしょう?」

「そ、それは……」

「そうよ。今のあなたは、領主の嫡男でありながら、この街を――ひいてはこのクルゼオン領を危険に晒した大罪人。この街の中に居場所があると思うのかしら?」

「ぐ……」

シオンが顔を強張《こわば》らせる。

魔族の言葉に反論したのは、俺の後ろにいるギリアムだ。

「今回のスタンピードは被害が小さかった。冒険者や騎士に負傷者はいても、犠牲者は出さずに済んだはずだ」

「あらあらそうなの？ 本当につまらない結末ねえ」

「貴様の話を聞いた限りでも、シオン殿は自分のギフトの使い方がわからず、意図せずしてスタンピードを起こしてしまったとしか思えんな。伯爵閣下からお叱りは頂戴するかもしれないが、処罰まで受けることはないだろう。それも、貴様の話を信じるとしての話だが」

ギリアムがシオンに殿を付けるのは、もちろんシオンが次期領主であるからだ。あえて殿を付けて呼ぶことで、立場を自覚させようとしたのかもしれないな。

ギリアムの言ったことは間違ってない。ギフトについては、はっきり言ってわからないことだらけだからな。その使い方を誤って危険な事態を招くことだって、そんなに珍しい話ではない。もしそれで人的被害が生じていれば、伯爵家の跡取りとはいえ、責任を問われる可能性もあった。だが、さいわいにして今回のスタンピードでは取り返しのつかない被害は出なかったらしい。

「シオン殿。将来を悲観されることはない。人間誰しも失敗はある。その失敗を糧《かて》にし、前を向いて進めばよいのだ。あなたはまだお若いのだから」

ギリアムの説得は、積み重ねた経験の重みを感じさせるものだった。冒険者ギルドのギルドマスターとして、冒険者や職員などが失敗するのをたくさん見てきたに違いない。ギリアム自身だって、完全に失敗と無縁だったわけじゃないだろう。いつも謹厳なギリアムの声に苦味が混じってるような気がするのは、俺の錯覚ではないはずだ。

だが同時に、

「ぼ、僕は……何も失敗なんて、していない……」

ギリアムの言葉は、これまで失敗とは無縁だったシオンには響かない。

俺みたいに領主の名代として仕事をしていれば、時に失敗することもある。人間が相手の仕事で、いつも自分の思い通りにことが運ぶはずはないからな。

シオンには、そういう機会が限られていた。優秀なシオンは、剣や勉強で躓《つまず》くことがあっても、才能と努力でそれを乗り越えることができていた。

挫折を知らない温室育ち——と言う奴もいるかもしれないが、その評価は少し待ってほしい。シオンはシオンなりにその環境の中で自分を律し、自分なりに懸命に努力して課題を乗り越えてきたんだ。貴族の子どもの中には生まれのよさにあぐらをかいて遊び呆《ほう》けてる奴がいくらでもいる。そうでない奴だって、成人前に積める経験なんてたかが知れている。

シオンが特別甘やかされたわけではないし、シオンが特別に甘えているわけでもない。

だが、現場からの叩き上げでギルドマスターにまでなったギリアムとでは、温度差があるのは間違いない。

ギリアムからすれば、シオンはやはり苦労知らずの貴族の少年であり、シオンからすれば、ギリアムは正論を振りかざすだけの無理解な大人だ。

思ったよりも薄い反応に、ギリアムは焦ったんだろう。だが、口早に説得の言葉を重ねようとする。

「無論、取り返しのつかない失敗も、世の中にはある。だが、今回のこれは、ぎりぎりのところでそうならずに済んだのだ。ゼオン君の獅子奮迅《ししふんじん》の活躍のおかげで、起きた現象の規模に比べて驚くほど小さな被害しか出ていない。それに、今回のスタンピードを乗り切ったことは、ギルドと騎士団を跨ぐ伯爵領全体の成果とすら言えるだろう。君にたとえ失敗が――いや、失敗とは言わん、多少の落ち度があったのだとしても、未来が閉ざされるようなことはないはずだ」

ギリアムの言葉の途中で、シオンはびくりと身を震わせていた。

言葉が響いた――わけじゃない。

俺にだってわかる。ギリアムの言葉は、シオンの地雷を踏み抜いた。

「ち、ちょっと、ギリアムさん！」

ミラが慌てた声でギリアムを制するが、遅かった。

「うふふふ！　ねえぇ、聞いた、シオン君？　あなたのものになるはずだった街は、憎いお兄さんのおかげで一人の死者も出さずに済んだのだそうよおおお？　優しいお兄さんがあなたの尻拭いをしてくれてよかったわねええぇ？」

満面の笑みを浮かべて、女魔族がシオンにささやく。

「く、そ、が……ぁ！」

「あなたの街が酷いことにならなくて本当によかったわねぇえ、シオン君。でも、だからと言って、あなたに温かい居場所が用意されてるわけじゃないわよねぇえぇ？　これから何年もの間――いいえ、何十年、ひょっとしたら一生の間、お兄さんが救ったこの街で、あなたは肩身の狭ぁぁぁぁぁい思いをしながら生きていく……。そんなことがあなたに耐えられるのかしらあ、シオン君？」

「ま、待つんだ、シオン殿！　その女の言うことを聞いてはいけない！」

自分の失言を悟ったギリアムが叫ぶが、その言葉はシオンの耳には届かない。

「うふふふ！　シオン君、あなたはこれから、『ああ、あの時馬鹿なことをしなければ！』そう思いながら余生を過ごすの。こんなことをしでかしたあなたを、いったい誰が領主として認めてくれると言うのおおお？　あなた自身でもわかるでしょう？　あなたは、他の誰かがこんな失態を見せたとして、その誰かを赦《ゆる》すことができるのかしらあああ？　あなたのお父様の立場になってみることねぇえ！　かたや街を救った英雄の兄！　かたや、街を危機に陥《おとしい》れた愚か者の弟！　どちらがより後継者にふさわしいかなんて、火を見るよりも明らかよねぇええ⁉」

「う、があああああ！！！」

「シオン君。私たちは、あなたに居場所を用意してあげられるわ。『上限突破』は無限の可能性を秘めたギフトよ。無限の可能性を秘めたあなたが、こんなちっぽけな街に縛られるのは馬鹿らしい――そうは思わないかしら？　うふふふふ！」

「僕は、僕は……！」

「……くっ」

……このままじゃマズいことはわかってる。

だが、俺は動けないでいた。

ひとつには、目の前の魔族の力がわからないからだ。

ゴブリンキングを破れたのは、ゾンビポーションと「妖精の涙」を組み合わせることによる疑似無敵状態の力だ。だが、レミィの「妖精の涙」はさっきの戦いの後に使ってしまった。

「下限突破」による無限「詠唱加速」も厳しいだろう。この女魔族は、さっきから瞬間移動をいとも無造作に使ってる。この魔族にとって距離や時間は大した障害にならないということだ。

そして、俺が動けないもう一つの理由は、それ以前の問題だ。

この魔族相手に戦うのが無謀である以上、シオンを言葉で説得するしかない。

だが、俺の言葉がシオンに届くとは思えない。俺がシオンに何か言葉をかけようとしても、その言葉は舌の動きに結びつく前に消えていく。

大事な弟だったはずなのに、どうしてこんなことになってしまったのか。

魔族なんかよりも、シオンの心の中のほうが、今の俺には恐ろしい。

俺が凍りついたように立ち尽くしていると、どこからか遠い羽ばたきの音が聴こえてきた。

鳥の羽ばたきというには力強い。空気を力ずくで摑まえ、それを手がかりにして空を掻き分け進んでいく——そんな強い意思の宿った羽ばたきだ。

「あら残念。時間切れみたいね」

女魔族が北の空を見上げてそうつぶやく。

そこに現れた鳥のような影は、近づくにつれて明瞭になっていく。

飛竜だった。翼幅は五メテル以上はありそうだ。

飛竜がさらに近づくと、その背に人間が何人か乗っているのが見えてきた。

まだ高くを飛ぶ飛竜の上から、ひとつの影が飛び出した。

「魔女ぉぉぉぉぉっ！」

飛び降りざまに振るわれたハルバードが、シオンの檻にぶつかって火花を散らす。「ひぃっ」と檻の中でシオンが腰を抜かす。

そこにいたはずの女魔族は、ハルバードの間合いの外に転移していた。

「私、暑苦しいのは嫌いなのよね」

「探したぞ、魔女ネゲイラっ！」

叫んでハルバードの切っ先を魔族の女に突きつけたのは――

「ベルナルド！」

飛竜から墜落するように降ってきたのは、勇者パーティ「天翔ける翼」のリーダー、「古豪」のベルナルドだった。ベルナルドは油断なく女魔族を睨みながら、

「おう、こっちはうまくやれてたみたいだな」

「そうでもないぞ。レベル上限を超えたゴブリンキングが現れて、増援にはゴブリンジェネラルがさらに二体も出てきたからな」

「なんだと⁉　ゴブリンキングはどこへ行った⁉」

「俺がなんとか倒したよ」

「はぁ⁉　ゴブリンキングを、か⁉」

ベルナルドは肩越しにギリアムを一瞥した。ギリアムは小さくうなずくと、

「事実だ。ゴブリンキングはゼオン君が単騎で倒してしまったよ」

「マジか。とんでもねえな。あれは俺らでもかなり手こずる相手なんだが……」

「実際、手こずるなんてレベルじゃなかったからな。それより、その女魔族を知ってるのか？」

「ああ。その界隈《かいわい》では有名な魔族だよ。『蠱惑』のネゲイラ……と本人は名乗っているな」

言って、ベルナルドが女魔族――ネゲイラを睨《ね》めつける。

「面倒な人たちが来てしまったわね。まあ、いいわ。今回はここまでにしてあげる」

「逃がすと思うか？」

「逆に、どうやったらあなたに捕まるというの？　私があなたたちを見逃してあげるのよ」

「ふざけるな。今日をおまえの命日にしてやる！」

「できないことは言わないほうがいいわね。勇者としての信用にかかわるわ」

と言って、ネゲイラは右手の指をぱちんと鳴らした。

「待てっ！」

颶風《ぐふう》と化したベルナルドが、竜巻のごとき一撃を放つ。比喩《ひゆ》ではない。おそらくは風系統の魔法を使って自分を加速し、ハルバードに旋風の刃を纏《まと》わせて突いたのだ。ベルナルドの一撃は森をえぐり、深い轍《わだち》のような爪痕《つめあと》を地面に残す。

ネゲイラはその一撃が命中する前に消えていた。

「残念だけど、シオン君は置いていくことにするわ」

森のどこかから声が聞こえた。探してみても、ネゲイラの姿は見つからない。

「考えてみると、その方がおもしろそうだものね。私の干渉なんて何もないところで、勝手にそのシオン君が追い詰められて、私に救いを求めるようになる――。シオン君が堕《お》ちるのは、魔族の誘惑のせいじゃない。人間同士の、心を押しひしがれるような軋轢《あつれき》のせい。うふふ、そんな展開も愉しそうね」

最後まで勝手なことばかり言い散らかして、ネゲイラの声は聞こえなくなった。

エピローグ

――それから、二週間が経《た》った。

超越せしゴブリンキングを頂点とするスタンピードが片付いた後、領都クルゼオンは案外早く、元の賑《にぎ》わいを取り戻していた。

俺《おれ》にとっては大変な出来事だったが、結果的に人的な被害は最小限で済んだ。シオンの買い占めによるポーション不足も、徐々にだが解消に向かっている。

俺は、領都クルゼオンの城門の前で、火炎魔法の煤《すす》が残る城壁を見上げていた。あれだけいたモンスターも、倒されれば粒子となって消えてしまう。激戦の名残《なごり》を残すのは、城壁のそこここにある魔法の跡と、城壁外の荒れ地に回収されずに残った矢くらいだな。

まあ、ちょっと先に行って森の入口あたりを見れば、俺が爆裂石を投げまくって作った倒木の束《たば》と、焼け焦《こ》げた地面があるんだが。

「本当に、行ってしまわれるのですか？」

見送りに来ていたトマスが、俺に言う。

「今回ゼオン様が成し遂げられたことは、いずれも驚嘆《きょうたん》すべきことばかりでした。いくら伯爵閣下が頑迷であっても、その功績をいつまでも無視することはできますまい」

「別に俺は、親父《おやじ》に認められたくてやったわけじゃないよ」

「さようでございましょう。しかし、もし伯爵閣下に対するご反発があるのでございましたら――」

「認められたいわけでもないけど、反発して突っ張ってるわけでもないさ」

俺はべつに、冒険者として活躍することで親父の鼻を明かしてやりたいと思ってるわけじゃない。成人の儀以降の仕打ちについて思うことはあるが、それにこだわって自分自身の生き方を狭くしたいとは思わないからな。

「シオン様は今回のスタンピードの引き金を引いてしまわれたのでしょう？　むろん、神より授《さず》かるギフトは、神秘のヴェールに包まれております。ギフトを扱いきれずに暴走させてしまうのは、やむをえぬ面もございましょう。しかしそれは、責任を認めずに頬《ほお》っ被《かぶ》りしてよい理由にはなりませぬ」

そう。トマスの言う通り。

シオンは結局、スタンピードについて、自分の責任を認めなかった。

もちろん、シオンがスタンピードのきっかけになったという確かな証拠はない。あるのは、俺やギリアム、ミラ、レオたちが聞いた、あの女魔族――「蠱惑《こわく》」のネゲイラの証言だけだ。

シオンが「あんなのは魔族が僕を陥《おとしい》れてクルゼオンを混乱させるために吐《つ》いた嘘《うそ》だ」と

突っ張れば、それを否定するのは難しい。

で、シオンはまさにその通りに突っ張って、俺の親父──クルゼオン伯爵もそれを認めたというわけだ。

結果、シオンはクルゼオン伯爵家の嫡男《ちゃくなん》──次期クルゼオン伯爵の地位にとどまっている。

トマスはもちろん、今回のスタンピード戦に参加した騎士たちの中にも、シオンではなく俺を嫡男に戻すべきだという声が出たらしい。放っておけば俺を担ぎ出そうという動きまで出るかもな。もしそういう動きがなかったとしても、俺は父やシオンから潜在的な政敵と見做《みな》され続けることになる。そうなったら、実力で排されるのはむしろ俺のほうだ。いくら「下限突破」が強かろうと、領主である父が本気で俺を排除しようと思ったら、俺の力だけで跳ね除けるのは不可能だからな。

「シオン様に責任を取って勇退せよとまで求めるつもりはありませぬ。誤りを誤りと率直に認め、未来の政《まつりごと》に活かしてほしいだけなのでございます。それすら叶《かな》わぬとなると……処置なしですな。せめてゼオン様が見ていてくだされば……」

「俺がいても同じ──いや、俺がいたほうが悪いだろう。『天翔《あまか》ける翼』が、当面のあいだはクルゼオンを拠点にして活動すると言ってくれてるからな。シオンが望むのであれば、一時的にパーティに加えて鍛えてもいいとまで言ってくれてる」

俺が会議で無責任だと詰め寄ったのが効いてるんだろうな。正式なメンバー候補としてはもう見限ってるみたいだが、最低限の責任は果たすということだ。鍛えるっていうのはもちろん、レベルのことだけじゃない。精神的に鍛えることも含んでる。

もしネゲイラが現れ、シオンを誘《いざな》うことがあったとしても、その時にシオンにそれを拒絶するだけの精神的な強さがあればいい。「古豪」の二つ名を持つベルナルドは、パーティメンバーの育成についても豊富な経験を持ってるはずだ。関係のこじれてしまった俺が余計なことをするよりも、彼らに任せてしまったほうがいいだろう。

だが、

「シオン様が今さらそれを望みますかな?」

「わからないな。あいつなりに力を付ける必要を感じてるんじゃないかとは思うんだが……」

あいつは昔から負けず嫌いだからな。どこかで気持ちに折り合いをつけ、奮起してくれる可能性もなくはない。

「その時に、俺は近くにいないほうがいい」

「ゼオン様……」

トマスとの話はどうしても堂々めぐりになってしまうな。

俺は声を明るくして、

「それに、結構気に入ってるんだよ。冒険者って仕事がな」

「……ゼオン様らしいですな。ふつう、貴族から平民となって冒険者になれば、不満ばかりの鬱屈《うっくつ》した人生を送ることになりがちですが」

冒険者は、きつくて危険と隣合わせの仕事である。一攫千金《いっかくせんきん》の夢はあるが、それを実現できるのは千人に一人もいるかどうか。

「古代人は、冒険者をこの世界に欠かせないロマンだと思ってたらしいぞ。他《ほか》のことはともかく、これに関しては古代人の気持ちもわかる気がする」

領主代行として親父の仕事の補佐をするのとは別のやりがいを感じるんだよな。政治は政治で重要だが、どうしても大所高所からの発想になりがちだ。かかわりを持つのも貴族や有力者ばかりになりやすい。冒険者は、ふつうの人たちの困りごとを、自分たちの力だけで解決する。

そのことに早くもやりがいを感じ始めてる俺がいた。

「シオンにはうざったく思われてたみたいだが、俺はどうも困ってる人を助けるのが好きらしい」

べつに、恩を着せたいわけじゃない。もちろん、相手が喜んでくれれば嬉《うれ》しいが、たとえ感謝されなかったとしても構わない。放っておけないと思ったことをそのままにはしておけないってだけだ。

「ゼオン様は、たとえ相手が使用人であっても、困っていれば助けずにはいられない方ですからな」

「かえって迷惑な場合もあったと思うけどな」

自分が仕えてる貴族の嫡男にいきなり仕事を手伝われても、対応に困ることも多いだろう。

「そうですなぁ。幼いゼオン様はメイドが水瓶《みずがめ》を運ぶのを手伝おうとなされて……」

「そんな昔のことは忘れてくれよ」

「いえいえ。そのようなこともありましたが、ゼオン様が素晴らしいのは、相手の反応を見て学ばれるということですな。最近はそのようなこともめっきりなくなり、寂《さび》しい思いでおりました」

「最近まではあったんだな」

と苦笑する。

「魔族のことも気がかりだ。ネゲイラがシオンを諦《あきら》めていないのだとすると、また姿を見せる可能性もある。その時にネゲイラに対抗できるだけの力を手に入れておきたいんだ」

「何もゼオン様がそこまでせずともよいのではありませんかな？　つらく苦しい旅になりましょう」

「そうかもしれないけど、楽しみでもあるよ。『下限突破』にはまだまだ可能性が眠ってるはずだ」

楽しみなら、他にもある。

「生まれてからほとんどこの領を出たことがなかったからな。もし冒険者にならなかったら、広い世界をほとんど見ずに人生を終えてたはずだ。そう考えると、これはこれでいい機会だ」

元々、伯爵家の蔵書を読んで、見知らぬ国々や古代人の伝承に想像を膨らませるのが趣味みたいなもんだったからな。俺の中にはそうしたロマンに惹《ひ》かれてやまない部分もあったんだろう。妖精《ようせい》だの魔族だのといった伝説と思われていた存在も目にし、世界は俺が思っていた以上に広いのだと、今回の一件を通じて思い知らされた。逆に、今から領主になって、一生この土地で生きていけと言われても、それはそれで欲求不満になりそうだ。

「ハズレギフトだと決めつけられて家を追い出されたときはどうなることかと思ったけどな。そういや、シオンの奴《やつ》が言ってたよな。俺の人生が下限を突破してこの先転落していくんだろうと。ある意味ではそうかもしれない。でも、下限を突破した先にも思わぬ道があるものなんだって、今は思うよ」

「ゼオン様は前向きですな。たしかに、ゼオン様を後ろ向きな理由でお引き止めしては、大器と成る可能性をみすみす潰《つい》えさせるようなものでございましょう。クルゼオンの家名に縛られず、ゼオン様の望まれる人生を歩んでくださいませ」

「そんな立派なもんじゃないと思うけどな。でも、ありがとう」

父伯爵から廃嫡《はいちゃく》を言い渡された俺だったが、つい最近までその正式な手続きは済んでなかったらしい。なんのかんのと理由をつけて、トマスが手続きを止めてたからだ。それに業を煮やした父が、新生教会に直接出向き、俺の廃嫡を確定させたのは最近のことだ。

これにより、手続き的な意味で俺の廃嫡が確定したのみならず、俺のステータスから「クルゼオン」の家名がなくなった。シオンじゃないが、今の俺は正真正銘ただの「ゼオンさん」なんだよな。

トマスとなおも昔話に興じていると、

「ま、間に合いましたか！」

息を弾《はず》ませたミラが、城門の中から飛び出してきた。ミラの後ろには見知った顔が揃《そろ》っていた。ギルドの受付嬢のミラ、錬金術師のシャノン、元屋敷のメイドで今は冒険者のコレットたち、そして勇者パーティ「天翔ける翼」のベルナルドだな。

「みんな揃ってどうしたんだ？」

「たまたま一緒になったんですよ」

とミラ。

「皆さん、別れを惜しまれたいでしょうから、まずは私の用件から片付けてもいいでしょうか？」

ミラの言葉に、他の面々がうなずいたり、同意の声を返したりする。

「ゼオンさん、こちらの冒険者証を受け取ってください」

そう言ってミラが差し出してきたのは、銀のプレートの冒険者証だった。

今俺が持ってるのと同じものに見えるんだが……？

不審に思いつつ受け取ると、

「実績を考えると、ゼオンさんには既にAランクに相当する力がおありかと思うのですが、さすがにこの短期間でゴールドを発行するわけにはいきませんでした」

「いや、さすがに冒険者になって一ヶ月も経たないのにゴールドなんて受け取れないよ。実力だけじゃなくて経験だって大事だろ？」

「そうおっしゃると思っていました。そこで、せめてもの措置《そち》として、冒険者証に裏書きをさせていただきました」

「裏書き？」

その言葉に、俺は冒険者証をひっくり返して裏面を見る。

「見づらいと思いますが、刻印があります。傾けていただけると見やすいかと」

「えーっと……これか」

冒険者証の裏面には、ノミで直接彫ったような文字が刻まれていた。

「『この冒険者につき、クルゼオン支部はその信用を保証する』……？」

「はい。冒険者証は、ラミネーターと呼ばれる魔導具を使って作成します。この魔導具の仕組みは末端のギルドには知らされておらず、改造を加えることはできません。ただ、ちょっとした裏技を使うことで、冒険者証に簡単な印字をすることができるんです」

「そんなことができるなんて、初めて聞いたぞ」

「ギルドでも一部の職員しか知らないことですから」

「この裏書きは何のために？」

「冒険者を評価するのに、A、B、Cの三段階評価だけでは、多様な要素を汲《く》み取れないという欠点があります。かといって、ラミネーターの仕様上、ランクを増やすこともできません」

「なるほど」

「その問題を緩和するために考え出されたのが、この裏書きという方法なんです。いわば現場から出た知恵ですね。誰が最初に始めたのかはわかりませんが、ランクとは別に、特に信用できる冒険者の情報を他のギルドに伝える機能を果たしています。逆に、素行の悪い冒険者の情報を密《ひそ》かに伝えることもありますね」

「いいのか、そんなことを教えてしまって？」

「ゼオンさんは秘密をいたずらに漏《も》らす方ではありませんから」

「そうか……ありがとう」

「どういたしまして。この程度のことしかできず、申し訳ありません」

「いや、助かるよ」

　実を言うと、ゼオン・フィン・クルゼオンからただのゼオンになったことで、不安を覚えなくもなかったんだよな。これまでは、追放されたとはいえクルゼオン伯爵家の一員だったものが、完全にただ一人の人間としてのゼオンになったわけだからな。そのことにさっぱりした気持ちもあるんだが、一人の人間としての俺が誰にでも受け入れてもらえる保証はない。この裏書きによって、少なくとも冒険者ギルドで門前払いをくらうことはなくなったはずだ。

「ゼオン様ぁ。本当に行ってしまわれるんですね」

今度はコレットが話しかけてきた。

「ああ、すまないな」

「ゼオン様は何も悪くありません！　今度のスタンピードだって、ゼオン様のおかげでたくさんの人の命が救われたんです！　実家を追い出されても領民のために戦ってくれたゼオン様に、まったく報いようとしない伯爵様は間違ってます！」

「そう言ってくれるのは有り難《がた》いが……気をつけろよ？」

シオンや親父の耳に入ったら厄介《やっかい》だ。俺の言葉に、コレットのすぐそばにいたアナとシンシアが、

「大丈夫ですよ、ゼオン様。私とシンシアもいますから」

「ですです。コレットのことはお任せください！」

「アナとシンシアにも迷惑をかけてしまったな。俺の追放の巻き添えを喰《く》ったようなものだろう？」

「とんでもありません。私はコレットの保護者ですから」

「私たちのマスコットをクビにするようなお屋敷で働く気にはなれないですよ」

「いつからアナは私の保護者になったんですかぁ⁉　シンシアも、私をマスコット扱いするのはやめてって言ってるじゃないですかぁ⁉」

屋敷にいた時と変わらないアナとシンシアのおふざけに、コレットが頬をリスのように膨らませて抗議する。……俺に自責の念を持たせないためのおふざけ——なんだろうか。本当にふざけてるだけかもしれないが。

「まさか、こんなに早く『中級錬金術』を覚えてしまうとは思いませんでした」

とシャノンが言ってくる。

「早くても半年、遅ければ数年、人によっては一生かけても中級に手が届かないこともあるんです。間違いなく、ゼオンさんには錬金術の才能があります」

と褒《ほ》めてくれるが……どうだろうな。俺の場合は「下限突破」で捕捉可能最小粒の下限を超えられる。なんだかズルをしてるようで申し訳ない気持ちになるんだよな。

「シャノンさんには本当に世話になった。俺が生きていられるのもシャノンさんのおかげだ」

「い、いえ、私は何も。元はと言えばゼオンさんが貴重な素材を持ち込んでくださったからですし」

「シャノンさんの『リサイクル』がなかったらゾンビパウダーも手に入らなかっただろ。ゾンビパウダーをポーションに溶かし込むのも、言うほど簡単なことじゃなかったはずだよな」

アイテムを素材にして錬金術で別のアイテムを作るのは、錬金術の普通の手順だ。でも、アイテムであるゾンビパウダーをアイテムであるポーションに「溶かし込む」のは、錬金術で普通にアイテムを作るよりもはるかに難しい。スキルではなく純粋な技術らしいからな。

「もし気になるようでしたら、私の弟子になりませんか？　私の師匠の弟子でもいいですけど」

「魅力的なお誘いだけど、研究に専念できる時間がなさそうだからな」

「そうですか……残念です」

そう言ってシャノンは少し寂しげに微笑《ほほえ》むと、

「……『白也《はくや》　詩に敵無し　飄然《ひょうぜん》として思いは群ならず』」

いつかのような凛《りん》とした声で詩を詠じる。ええと、君の詩は人並み外れて優れていて、世間に流されずに自分独自の思いを持っている、くらいの意味だったか。

「いや、その詩は俺には重いって。俺は詩人じゃないし」

伝説の詩人が伝説の詩人に宛てた別れの歌……だったと思う。敵なしと言えるほど優れた詩才を持ってるのはシャノンのほうじゃないか？

「でも、そうだな。『何《いず》れの時か一尊《いっそん》の酒もて　重ねて与《とも》に細《こま》やかに文《ふみ》を論ぜん』……だっけか」

「私はお酒が飲めませんが、月や花を酒にして、古代詩について語り合いたいものですね」

ふふっ、とほころぶような笑みをシャノンが浮かべる。普段クールな感じの彼女だけに、そんな表情の破壊力は抜群だ。

「……随分シャノンさんと打ち解けたみたいですね、ゼオンさん」

と、ミラがじとっとした目で俺を睨《にら》んでくる。

「そ、そんなでもないよ。貴重な友人ってだけで」

「ふふっ……今はそれでよしとしておきます。無二の親友ということですね」

とシャノン。

「無二……まあ、言われてみればそうか？」

ゼオン・フィン・クルゼオンには、貴族という立場を外れて純粋に友人と呼べる相手はいなかった。冒険者ゼオンとなってから知り合って、ある程度親しくなったといえるのは、たしかにシャノンだけかもな。ミラだって友人と言えなくもないが、冒険者と受付嬢という立場がある。コレットたちは元使用人だから、俺のほうから「友達だよな？」と訊《き》けば、違うとは言いづらいかもしれないよな。

『ちょっとぉ～！　あたしはどうなるんですかぁ、マスターぁ！』

と、いきなり現れ、俺の耳を引っ張ってきたのはもちろんレミィだ。

「いたた……もちろん、レミィもだよ。友達というか、仲間というか……相棒って感じか？」

いつも俺と一緒にいてくれて、苦しい時も支えてくれる。楽しい時は一緒に喜び合える。こんな有り難い相手はいないよな。

「ゼオンよ。やはり、『天翔ける翼』に入る気はないか？　おまえならば歓迎だ」

と訊いてきたのは、当然ながらベルナルドだ。女魔族ネゲイラを前に猛《たけ》り狂っていた面影《おもかげ》は既になく、元の人懐《ひとなつ》っこい笑みを取り戻している。

「いや、俺が入っても嚙《か》み合わないさ。俺の戦い方は特殊すぎる」

「そのあたりのことは、やってみればなんとでもなろう」

「シオンを鍛えるんだろ？　そこに俺はいないほうがいい」

「おまえに無責任と言われたからな。あの坊主《ぼうず》をある程度見られるようにしたいとは思ってる。だが、あいつがそのまま勇者としてやっていけるとは正直思えん。勧誘しておいて無責任など、また責められるかもしれんがな」

「そんなことはないさ。ちゃんとパーティに入れて育ててみて、それでもダメだったら、それ以上はお互いのためにならないだろ」

「あいつの根性を叩《たた》き直した後でも構わんぞ。おまえには勇者としてやっていけるだけの素質がある」

「そう言ってくれるのは光栄だが、俺はべつに、正義の味方になりたいわけじゃない」

「あれだけのことをやっておいて、何を言う」

「俺はやりたいと思ったことをやっただけだ。やるべきだと思ったことも含めて、俺はやりたいことしかやってない。俺はたぶん、身勝手な人間なんだろう。使命を果たすための終わりなき旅に身を捧《ささ》げる、なんてことはとてもじゃないができそうにない」

「……そうか。ならばこれ以上は言うまい」

言葉に反して、ベルナルドはまだ何か言いたそうだったが、太い首を左右に振って瞑目《めいもく》する。

その後もしばし、道の外れで車座になって別れの会話を交わしてから、

「じゃあ、そろそろ行くよ」

俺は立ち上がり、街道の奥へ目をやった。

「お気をつけて、ゼオンさん」

「いつかまた——私たちが力をつけたら、一緒に冒険してください」

「たまには顔を見せてくださいね。ふらりと訪ねてくる旧知の友人、というのも詩趣がありますから」

「おう、気をつけろよ。奴らの尻尾《しっぽ》を掴《つか》んだら教えてくれ」

この街で知り合った皆にうなずくと、俺は踵《きびす》を返して足を踏み出す。

乾いた街道をわずかばかり進むだけの一歩だが、その一歩には重さと軽さが宿っていた。

故郷を捨てて去る足取りの重さと、まだ見ぬ世界を求めて奮い立つ心の軽さだ。

歩くにつれて重さは抜け落ち、俺の心は弾《はじ》けそうなほどの期待で沸き立ってくる。

こらえきれず、俺は叫んだ。

「よしっ、行くぞ！」

近くを歩いていた旅人が驚いて俺を見るが、その視線も今は気にならない。

俺は込み上げてくる感動と興奮を持て余し、街道を全力でダッシュし始める。

走れば走るほどこみ上げる興奮に、我を忘れて走る俺。

『ちょっとマスターぁ！　大丈夫なんですかぁ〜⁉』

「知るか！　今はこうしてたいんだよ！」

息を弾ませて走るうちに、興奮は徐々に激しさを失い、穏やかな喜びへと変わっていく。

「これが、自由ってやつか！」

一瞬にして、こんなにも世界が鮮やかに見えるようになるなんてな。

『はしゃぎすぎですよぉ～！』

「しょうがないだろ、はしゃぐのも自由なんだから！」

『意味がわかりません～！』

その後もレミィとそんなやりとりをしながら走り続けた。走り疲れて足が重くなり、膝《ひざ》が笑う。そんな馬鹿《ばか》をやったせいで、街道沿いの小屋にたどり着いた時には疲労困憊《こんぱい》になっていた。

『もぅ～！　だから言ったじゃないですかぁ』

「悪い、悪い」

『これからは好きなように生きられるんですからぁ。ちゃんと身体《からだ》を大事にしないとダメですよぉ？』

「あはは、そうだよな」

レミィに説教を食らってしまい、笑う俺。

『で、結局どこを目指すんですかぁ？　いくつか候補はあるって言ってましたけど』

「そうだな。最初の目的地は――」

俺はレミィに目的地を告げた。

あとがき

はじめまして。またはおひさしぶりです。天宮暁《あまみやあきら》と申します。

ＲＰＧに様々なロマンがある中で、異彩を放つのが「限界突破」というものでしょう。よくあるのは、本来はダメージの上限が９９９９であるにもかかわらず、「限界突破」の特性のついた最強武器やアクセサリ、スキルやアビリティを使うことでそれを上回るダメージを与えることができてしまう、というやつだと思います。大抵はゲーム終盤で手に入る隠しに近い要素になっていて、入手には苦労させられることが多いです。でも、それだけに初めて実戦投入した時の感動もひとしお。見慣れた桁数を超えるありえない数字が表示された瞬間、脳汁がドバっと出ますよね。パラメーターの上限を超えられるようにプログラムするのはおそらく手間がかかると思うのですが、その手間を惜しまずかけて感動を作りにいくところにゲーム開発者の心意気を感じます。

そう考えると、この作品の鍵となるのが「上限突破」だったとしても、おかしくはなかったと思います。むしろそのほうがシンプルで強さがわかりやすかったことでしょう。ではなぜ、「上限突破」を授かったシオンではなく「下限突破」を授かったゼオンが本作の主人公になったのでしょうか？

「上限突破」はゲーム開発者が想定した「上限」を超えさせるものですから、その効果の及ぶ範囲はシステムの想定内に留まります。ゲームの中で突破できるような「上限」はそのゲームの本当の上限ではないというわけです。開発者の織り込んだ趣向に舌を巻きつつも、結局は開発者の掌《たなごころ》の上で転がされているのがプレイヤーという存在なのかと思ったりもします。もちろん、ゲームをプレイしている時には上手に転がしてほしいと思うものなのですが。

「下限突破」が「上限突破」に勝る点は、システムの想定外に飛び出してしまうところにあります。この作品は小説ですので、いくらゲーム的なシステムが実在する世界といえど、そのあたりはまったく自由です。その想定外の能力にゼオンという探究心旺盛な主人公が掛け合わされた結果、物語はどんどん予期せぬ方向に膨らんでいきます。ゼオンの旅路とその行き着く先を一緒に見届けていただければ、これに勝る喜びはありません。

最後に、本作をネットの海から熱い言葉で拾い上げてくださった担当編集様と、躍動感溢れるイラストでゼオンたちに生命《いのち》を吹き込んでくださった中西達哉様に改めて心よりお礼を申し上げます。

それでは、二巻でお会いしましょう！

ファンレター、作品の
ご感想をお待ちしています

〈あて先〉

〒105－0001
東京都港区虎ノ門2－2－1
SBクリエイティブ（株）
GA文庫編集部 気付

「天宮暁先生」係
「中西達哉先生」係

本書に関するご意見・ご感想は
右の QR コードよりお寄せください。

※アクセスの際や登録時に発生する通信費等はご負担ください。

https://ga.sbcr.jp/

ハズレギフト「下限突破」で俺はゼロ以下のステータスで最強を目指す
～弟が授かった「上限突破」より俺のギフトの方がどう考えてもヤバすぎる件～

発　行	2024年4月30日　初版第一刷発行
著　者	天宮暁
発行人	出井貴完
発行所	SBクリエイティブ株式会社 〒105－0001 東京都港区虎ノ門2－2－1
装　丁	AFTERGLOW
印刷・製本	中央精版印刷株式会社

ISBN978-4-8156-2298-5
Printed in Japan　　GA文庫

試読版は
こちら!

試読版は
こちら!

試読版は
こちら!

クラスのぼっちギャルをお持ち帰りして清楚系美人にしてやった話7

GA文庫

著：柚本悠斗　画：magako　キャラクター原案：あさぎ屋

　高校三年生になった晃は、葵と再び一緒に暮らすという約束のために、受験勉強に励んでいた。共に都内の大学へ進学するために忙しい日々を過ごす中、葵の誕生日を祝おうと泊まりの温泉旅行を企画する。自然豊かな秘境の宿で、日頃の疲れを忘れてリフレッシュしつつ、甘い時間を過ごしていく晃たち。二人きりのお泊りとなると、当然とある期待も膨らむのだが……。

　季節は移ろいながら、互いの夢に向けて歩みを進めていく。同居生活を通じて互いへの想いを育み、時に離れながらも再び繋がってきた晃と葵。やがて道は一つに重なり――。

　出会いと別れを繰り返す二人の恋物語、感動のフィナーレ！

僕とケット・シーの魔法学校物語2

著：らる鳥　画：キャナリーヌ

GAノベル

幼馴染の猫の妖精・シャムとともにウィルダージェスト魔法学校に入学して早一年。努力と持ち前の才能によって、学年一の成績を収めたキリクは初等部の二年生となる。学年替わりの冬休み、キリクとシャムは先代校長・ハーダス先生が遺した仕掛けを見つけるため、学校内を探索することに。新たな魔道具の手掛かりを発見するも、そこに見知らぬ上級生が現れて——。

学年も上がりレベルアップした魔法の授業。初めての後輩との出会いと交流。そして、ケット・シーの村がある故郷の森への林間学校。二年次も魔法学校では楽しいイベントが目白押し！　マイペースな少年キリクとしっかりものの相棒シャムの、ちょっと不思議な魔法学校物語、第二弾。